25年目の「ただいま」

5歳で迷子になった僕と家族の物語

サルー・ブライアリー 著

Saroo Brierley with Larry Buttrose

船山 むつみ 訳

静山社

ଛଅ ବର୍ଷର ବାଳକ
ସାରୁ
Indian Society for Sponsorship and Adoption
1 KYD Street, Calcutta.
S/2675

迷子になりカルカッタで路上生活をしていた僕は、運よく孤児院に収容された。赤いＴシャツが僕。
左は僕のことを尋ねる新聞広告。

(上)僕は養子としてオーストラリアに渡った。養父母となったブライアリー夫妻と初めて会った日。僕は右手にチョコレートバーを持ったままだ。

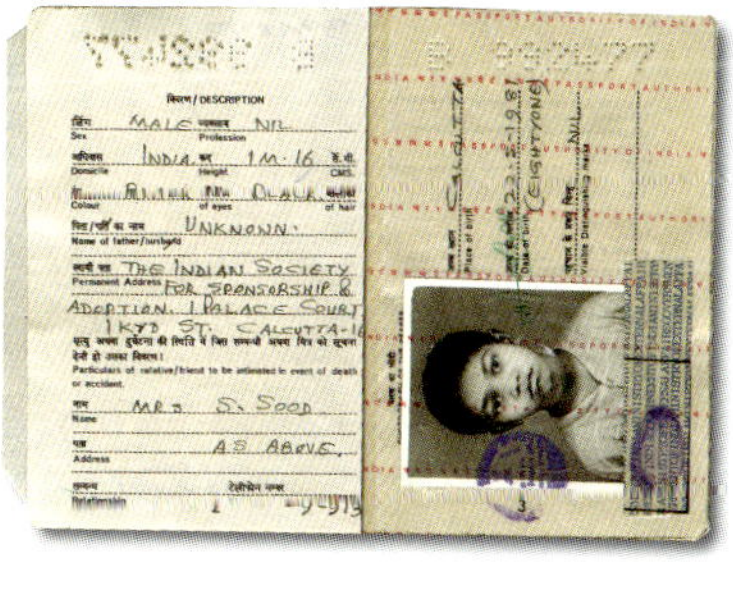

(左）僕のパスポート。1981年5月22日生まれになっているが、生年はインドの役所の推定で、5月22日は僕が孤児院に収容された日だ。

ブルハンプール　2011年3月、グーグル・アースをダウンロードしてから5年、僕はついに故郷を見つけた。兄とはぐれた「ブルハンプール駅」。僕は駅の前に水道タンクがあることを覚えていた。

カンドワ　僕の住んでいた家から最寄りの駅「カンドワ」。3本のプラットフォーム、駅の北にあった連絡通路、噴水のある公園、すべての位置が僕の記憶と一致した。

ブルハンプール駅から画面をスクロールし、線路をたどっていくと、記憶どおりの場所に子どもの頃に兄たちと遊んだ川があり、大きなダムが現れた。

ガネッシュ・タライ　「ジネストレイ」と覚えていた僕の住んでいた地域。僕が5歳まで暮らしていた家と隣人の家。貧しい地域だ。

母との再会。5 歳で迷子になってから、25 年後にようやく母と再会した。母はもし僕が帰ってきたら、すぐに見つけられるようにと、当時住んでいた家のそばにひとりで暮らしていた。

兄グドゥに捧げる

プロローグ

もう、ここにはいないんだ……。

今日のこの日のことを、僕は二五年間ずっと想像していた。地球をぐるっとまわった別の世界で、新しい名前で、新しい家族とともに暮らしながら、それでも僕は、いつか母や兄たち、妹に会えるだろうか、とずっと考えていた。それなのに今、インドの真ん中の埃《ほこり》っぽい小さな町にある、貧しい通りのおんぼろな建物の角の戸口に（ここが僕の育った家だ）、やっとたどり着いたというのに、ここには誰も住んでいない。空き家だ。

この前に、この戸口に立っていたとき、僕は五歳だった。

蝶番《ちょうつがい》の壊れたドアは、子どもの頃の記憶にあるものよりずっと小さい。今の僕は腰をかがめないと戸口をくぐることもできない。ノックをしても無駄だとわかっていた。窓からも、崩れかけた煉瓦《れんが》の壁の隙間《すきま》からも、空っぽの小さな部屋が見える。ここが、僕たち家族が住んでいた部屋だ。天井は今の僕の身長よりほんの少し高いだけだ。

最も恐れていたことが現実となり、僕は麻痺《まひ》したように立ちすくんでいた。何年も何年もかけてやっと自分の家を見つけたとき、もうそこに家族は住んでいない……。その恐ろしい想像が心に浮かぶたびに、僕はそれを無理やり抑えつけ、考えないようにしてきた。

人生で初めてのことではないが、僕はまた迷子になって、途方に暮れている。今度の僕は三〇歳で、ポケットにはお金も、家に帰る飛行機のチケットも入っている。それでも今の僕は、ずっと昔、駅のプラットフォームに立ち尽くしていた子どもだった自分とすっかり同じだ。息ができない。胸が締め付けられる。そして、今起きたことをなかったことにしてほしいと祈っている。

そのとき、隣家のドアが開いた。赤いサリーを着た若い女性が、僕の家よりはだいぶましな家から出てきた。赤ん坊を抱いている。こっちを不思議そうに見ている。それも当然だろう。僕の顔はインド人だが、一目で先進国の人間とわかる擦り切れていない服を着ている。ヘアスタイルも新しい。どう見てもよそ者に、外国人に見えるだろう。ますます困ったことに、僕は彼女の言葉がわからない。何か話しかけてきたが、おそらくは「何の用ですか?」と尋ねているのだろうと推察するしかない。僕はもうヒンディー語をほとんど覚えていない。知っている数少ない言葉も、発音に自信がない。僕が「ヒンディー語は話せません。英語を話します」と言うと、驚いたことに彼女はこう答えた。「私、英語を話します。少し」

僕は空き家になった自分の家を指さして、そこに住んでいた家族の名前をあげた。「カムラ。グドゥ。カルゥ。シェキラ」それから、自分を指さして言った。「サルー」

女性は黙りこんでしまった。僕はオーストラリアを発つときに母さんが渡してくれた物を思い出した。そう、あれはこういうときのために持たせてくれたのだ。僕はデイパックの中を引っかきまわして、Ａ４サイズのカラー写真を出した。子どものときの僕の写真だ。もう一度自分を指さし、「小さい」と言ってから、写真の子どもを指さした。「サルー」

昔ここに住んでいたとき、隣はどんな人たちだったろう。今これくらいの年になっているような、小さな女の子がいただろうか。

女性は写真をじっと見て、それから僕の顔を見た。僕の言おうとしたことをわかってくれたかどうかはわからないが、つっかえながら英語でこう言った。「ここの人、住んでいません。今は……」

自分でもすでにわかっていたことを言われただけなのに、声に出して言われると、ひどい衝撃だった。目まいがした。その女性の前に突っ立ったまま、僕は動けなかった。

たとえ、家の所在地をつきとめることができたとしても、家族はもうどこかへ引っ越しているかもしれない。それは本当はよくわかっていたことだ。僕が家族といっしょに生活していた短い年月の間にも、僕らは一度引っ越しをしている。貧しい者は住む場所を選ぶことなどできないし、母は仕事がありさえすれば、より好みをせずに働くしかなかった。

ほかにも僕には箱の中に押し込んでしまいたいような恐ろしい考えがあった。もう一つの可能性、それは母がもう死んでいるのではないかということだ。また頭に浮かびそうになったその考えを、僕は無理やりどこかへ押し込んだ。

一人の男性が、僕たちが話しているのに気づいて、こっちへやって来た。僕はさっきと同様に、お経を唱えるように家族の名前を繰り返した。母のカムラ、兄のグドゥとカルゥ、妹のシェキラ、それに自分、サルー。その人が何か言おうとしたところで、別の男性が近づき、声をかけてきた。「どうしたんですか？　何かお困りですか？」きれいな英語だった。

インドに到着してから、ちゃんと話ができる相手はこの人が初めてだ。僕は大慌てで自分の話をした。小さいときにここに住んでいたこと、兄といっしょに出かけて迷子になったこと、その後、外国で大きくなったこと、この場所の名前さえ覚えていなかったが、なんとか帰り道を見つけて、このガネッシュ・タライの街にたどり着き、母と兄たちと妹を探しているること、カムラとグドゥとカルゥとシェキラを探していることを。

その人は僕の話を聞いてびっくりした顔をした。僕は家族の名前をまた繰り返した。

一瞬黙りこんでから、その人は言った。「ここで待っていて。すぐ戻って来るから」

心臓がどきどきした。どこに何をしに行ったのだろう。誰か、僕の家族がどうなったか知っている人がいるんだろうか。もしかしたら、今の住所を知っている人とか……。だけど、あの人は本当に僕の言ったことを理解してくれたんだろうか。

しばらくして、その人は戻って来た。そのとき、彼が言った言葉を僕は一生忘れることができない。

「いっしょに来て。お母さんのところへ連れていくから」

目次

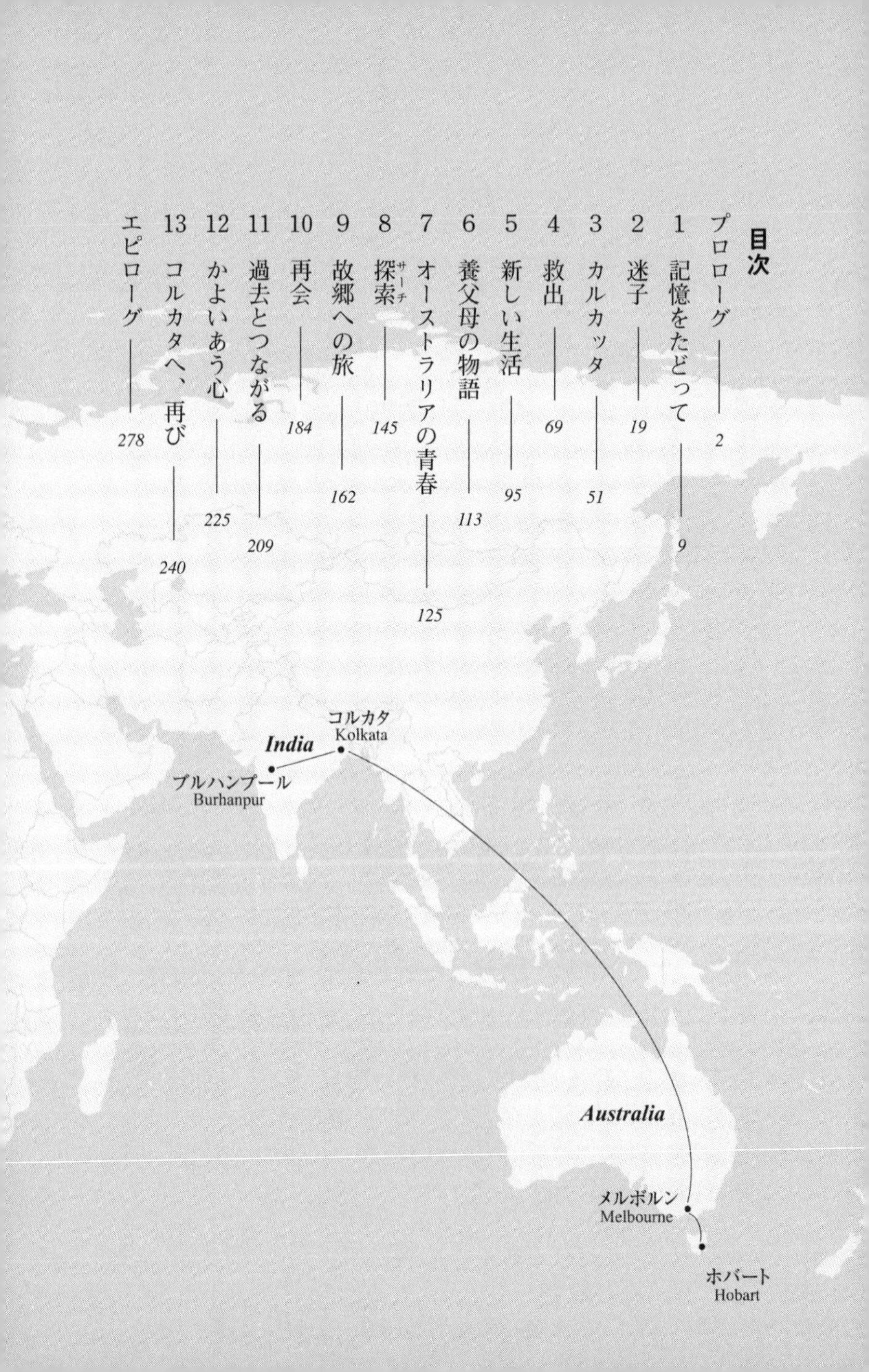
コルカタ
Kolkata
India
ブルハンプール
Burhanpur
Australia
メルボルン
Melbourne
ホバート
Hobart

25年目の「ただいま」

5歳で迷子になった僕と家族の物語

A LONG WAY HOME

by Saroo Brierley with Larry Buttrose

Japanese translation published by arrangement with
Penguin Australia Pty Ltd through The English Agency
(Japan) Ltd.

◎装丁：柳平和士

1 記憶をたどって

オーストラリア、タスマニア島の中心都市ホバートで過ごした子ども時代、僕の部屋の壁にはインドの地図が貼ってあった。母が、つまり、僕が「母さん」と呼んでいる養母が、僕が安心できるようにとその地図を貼ってくれたのだ。僕は一九八七年、六歳のときに養子としてインドからやって来た。地図にはどういう意味があるのか、母さんが教えてくれなければわからなかっただろう。僕はまったく教育を受けていなかったので、地図が何なのかも知らなかったし、ましてや、インドの形なんて知るはずもなかったからだ。

母さんは家中をインドの物で飾った。ヒンドゥーの神々の像とか、真ちゅうでできた装飾品やベル、それにたくさんの小さな象の置物があった。そういう物がオーストラリアの家庭には、普通はないのだということを、当時の僕は知らなかった。母は僕の部屋のドレッサーの上にインド製の染め物の布も飾った。それに、鮮やかな色彩の服を着た木彫りのあやつり人形も。それらとまったく同じ物を前に見たわけではなかったが、どれも僕にとってはとても親しいものに感じられた。僕はまだ小さかったから、もといた場所と関係なく、白紙の状態から新しい人生を始めればいいと、ほかの養父母だったら考えたかもしれない。だが、僕の生まれは肌の色で誰の目にも明らかだったし、それに両親はちゃんとした考えがあってインドの子どもを養子にしたのだった。

子どもだった僕の目の前に広がるインドの地図には、地名があふれていた。それらの地名をまだ読めなかった頃にも、巨大なV字型のインド亜大陸は大きな都市や小さな町、砂漠や山、川や森がいっぱいの場所なのだということはわかっていた。ガンジス川やヒマラヤ山脈があり、虎がいて、神様がいる！　そう思っただけで胸がどきどきした。僕はよく地図を見上げては、このたくさんの地名の中のどこかに自分がもといた場所がある、自分が生まれた場所がある、という思いにふけった。その場所が「ジネストレイ」という名前であることは覚えていた。だが、それが都市の名前なのか、それとも町の名前なのか、村の名前なのか、あるいは単なる通りの名前なのか、そして地図のどの辺から探し始めたらいいのかとなると、まったく見当もつかなかった。

自分が何歳かもはっきりわかっていなかった。公式の書類には誕生日は一九八一年五月二二日だと書いてある。だが、一九八一年という生まれ年はインドの役所が推定したものだし、五月二二日は養子になる前にいた孤児院に収容された日だ。自分が誰で、どこから来たのか、教育を受けていないうえに混乱し、途方に暮れていた僕はほとんど何も説明できなかった。

オーストラリアの両親は最初、僕がどうして迷子になったのか知らなかった。二人にとっても、そしてほかの誰にとっても、わかっていたのは、僕がカルカッタの路上で発見されたということだけだ（この大都市は現在はコルカタと呼ばれているが、その当時はカルカッタと呼ばれていた）。家族を見つける試みがすべて失敗したので、僕は孤児院に収容された。ブライアリー夫妻の養子になったのは、僕にとっても、養父母にとっても、とても幸せなことだった。というわけで、母さんと父さんはまず地図の上でカルカッタを指して、僕はそこから来たのだと話して聞かせてくれた。だが、カルカッタという都市の名前は、そのとき二人から聞いたのが初めてだったと思う。自分はそもそもカルカッタ出身ではないと説明できたのは、それから一年ほどたって、英語がだいぶ進歩してからのことだ。僕は自分の住んでいた「ジネストレイ」の近くの駅からカルカッタまで列車で運ばれた。その駅は「ブラマプール」とか、「ベランプール」とか、そんな感じの名前だったと思うが、よく覚えていない。わかっていたのは、その駅がカルカッタからはるかに遠い場所にあり、誰もその場所を見つけることができなかったということだ。

もちろん、新しい家に到着したとき、重要だったのは未来であって、過去ではなかった。僕はそれまで生きてきたのとはまったく別の新しい世界で生きていくことになった。そこで直面するさまざまな困難を乗り越えられるように、両親は大変な努力をしてくれた。すぐに英語が話せるようにならなくても心配はいらないと母は考えていた。毎日使っているうちに自然とできるようになるとわかっていたからだ。はやく英語を覚えろとせかすよりも、母さんはまず、僕をいつくしみ、安心させ、信頼してもらうことの方がずっと大事だと考えていた。そのためには言葉は必要ではなかった。

母は近所に住むインド人のカップルと知り合いだった。サリーンとジェイコブだ。よくその二人の家に行って、いっしょにインド料理を食べた。二人は僕の母語であるヒンディー語で話しかけてくれ、簡単な質問をしたり、いっしょに生活していくために両親が僕に理解してほしいと思っていることを説明してくれたりした。僕はとても貧しい家に生まれたから、ヒンディー語でも知っている言葉は限られていた。それでも、誰かに自分を理解してもらえることは大きな助けになり、新しい環境に安心して慣れることができた。新しい両親が身振りと笑顔だけではうまく伝えられなくても、サリーンとジェイコブが助けてくれた。だから、途方に暮れたり、困ったりすることはなかった。

子どもなら誰でもそうだろうが、僕は新しい言語である英語をどんどん覚えた。それでも、はじめのうちはインドでの自分の過去についてはほとんど話さなかった。両親は僕がその気になるまで無理に話をさせるつもりはなかった。それに、僕はその頃、インドのことをしょっちゅう考えているようには見えなかったはずだ。母の記憶によると、僕は七歳のとき、ひどく悲しげな様子で、突然、「ボク、ワスレッチャッタヨ！」と叫んだそうだ。後になってから母にもわかったのだが、僕はインドの家から近くの学校までの道のりを思い出せなくなったことに気づいて動揺していた。僕はよくその学校まで歩いていって、生徒たちを見ていた。そのとき、僕は母と話しあって、忘れてしまってもたいしたことではないと思うことにした。だが、心の奥底では重大な問題だった。記憶だけが僕を過去とつなぐすべてだったから、僕はひそかにインドの記憶を何度も何度も心の中で反芻《はんすう》していた。絶対に「ワスレッチャッ」てしまわないように努力していたのだ。

実際、僕の心から過去が消え去ることはなかった。夜になるといろいろな記憶が一気によみがえってきて興奮してしまい、なかなか眠りにつけなかった。昼間はまだいい。やることがたくさんあって気が紛れるからだ。それでも、僕は心の中でいつも記憶を反芻していた。それに絶対に忘れるものかと固く決意していたから、インドでの子どもの頃の経験をはっきりと思い出すことができた。家族、家、それに家族と離れ離れになってしまった頃のつらい出来事はいつも生々しい記憶だったし、ときにはかなり細かいことまで思い出すこともあった。楽しい思い出もあれば、嫌な思い出もあったが、それらの思い出は互いにつながっていて、どれも決して忘れることができなかった。

新しい国、新しい文化に慣れることは、人が考えるほど難しいことではなかった。それはおそらく、インドでの生活に比べると、オーストラリアでははるかに豊かな暮らしができたからだろう。もちろん、何にも増して、生みの母にまた会いたかったが、それが不可能だとわかってからは、生きていくために目の前にあるチャンスをつかまなければならないと理解した。両親は最初から、とてもやさしくしてくれた。しょっちゅう抱きしめてくれて、僕を安心させてくれた。僕を愛してくれ、何よりも自分が「必要とされている」と感じさせてくれた。家族からはぐれ、誰にも心配してもらえないつらさを経験した子どもにとって、それは本当にありがたいことだった。僕はすぐに両親になつき、完全に信頼するようになった。まだ六歳だったが（一九八一年が自分の生まれた年だということにまったく異存はない）、自分はありがたい二度目のチャンスを与えてもらったということをちゃんと理解していた。僕はすぐにサルー・ブライアリーになった。

今ではホバートの新しい家で、安全で何の心配もいらない生活をしているのだから、過去にこだわるのはいけないことかもしれない、と僕は考えるようになった。新しい人生のために過去はしまい込んでおくべきだと思い、夜になると浮かんでくる過去の記憶を人には話さなかった。どちらにしても、始めのうちは話したくても英語ができなかったのだ。それに、なんというか、僕は自分のそれまでの経験が尋常でないということがわかっていなかったと思う。自分にとっては大変なことだったが、それほど珍しいことでもないだろうと思っていたのだ。後になって自分の経験を人に打ち明けるようになって初めて、彼らの反応から、めったにあることではないと知ったのだった。

夜中の物思いが昼間の世界に入り込んでくることもあった。両親は僕をヒンディー語の映画『サラーム・ボンベイ！』に連れていってくれた。大都会の混沌《こんとん》の中でたった一人、母親のもとに帰るため、必死で生きていく少年の姿を見て、自分自身のつらい思い出がありあり

とよみがえってきた。僕は映画館の暗闇の中で泣いた。僕が喜ぶだろうと思って映画に連れていった両親は、なぜ泣いているのか、理解できない様子だった。

どんな種類の音楽であれ（クラシックは特に）、悲しい曲が聞こえてくると、思い出がよみがえって感情が揺さぶられた。赤ちゃんが泣いているのを見たり、泣き声が聞こえたりしても、気持ちが動揺した。特にたまらない気持ちになったのは、子どもの多い家族連れを見かけたときだ。自分は幸運な身の上だとわかってはいたが、それでも、失ったものを思い出さずにはいられなかった。

だが、だんだんに、僕は過去について話せるようになった。ホバートに到着してまだ一カ月かそこらだった頃、僕はサリーンにインドの家族のことをざっと話して聞かせた。母、二人の兄、妹だ。それに、兄とはぐれて迷子になってしまったことも。うまく説明することはできなかったが、サリーンは僕をせかしたりはせず、やさしく話を聞いて、言いたいことを導き出してくれた。英語がうまく話せるようになると、もっといろいろなことを両親に話すようになった。たとえば、僕がまだごく小さかった頃に父が家を出ていったことなどだ。とはいえ、僕はほとんどの時間、現在の生活に熱中していた。学校へ行き、友達を作り、スポーツが好きになった。

ホバートに来てから一年ほどたったある雨の降る週末、母も自分自身も驚いたのだが、僕はインドにいたときの生活について話し始めた。多分、新しい生活になじんで、言葉も覚

え、やっと自分の経験を語れるようになったからだろう。気がつくと、これまでにないほど詳しく、インドの家族について母に話していた。とても貧乏だったので空腹に苦しむこともあった、ときには母親に鍋を持たされて近所の人たちの家をまわり、残り物を下さいとお願いして歩かなければならないこともあったと僕は話した。話しているうちにとても悲しくなったが、母さんは僕をギュッと抱きしめてくれた。

　母さんは、僕が育った場所の地図をいっしょに描こうと提案した。母が地図を描き始めると、僕はいちいち指さしながら、通りのどこに自分たちの家があったか、子どもたちがよく遊んでいた川まではどの道を行くか、鉄道の駅に行くときにくぐる立体交差はどこにあったかなどを説明した。二人で地図の上の道を指でたどり、それから家の中の様子も詳しくスケッチした。家族のそれぞれが家のどこで眠っていたか、夜になるとどういう順番で寝たかまで記した。ときどき地図を見直し、僕の英語が上達すると、地図をもっと正確な

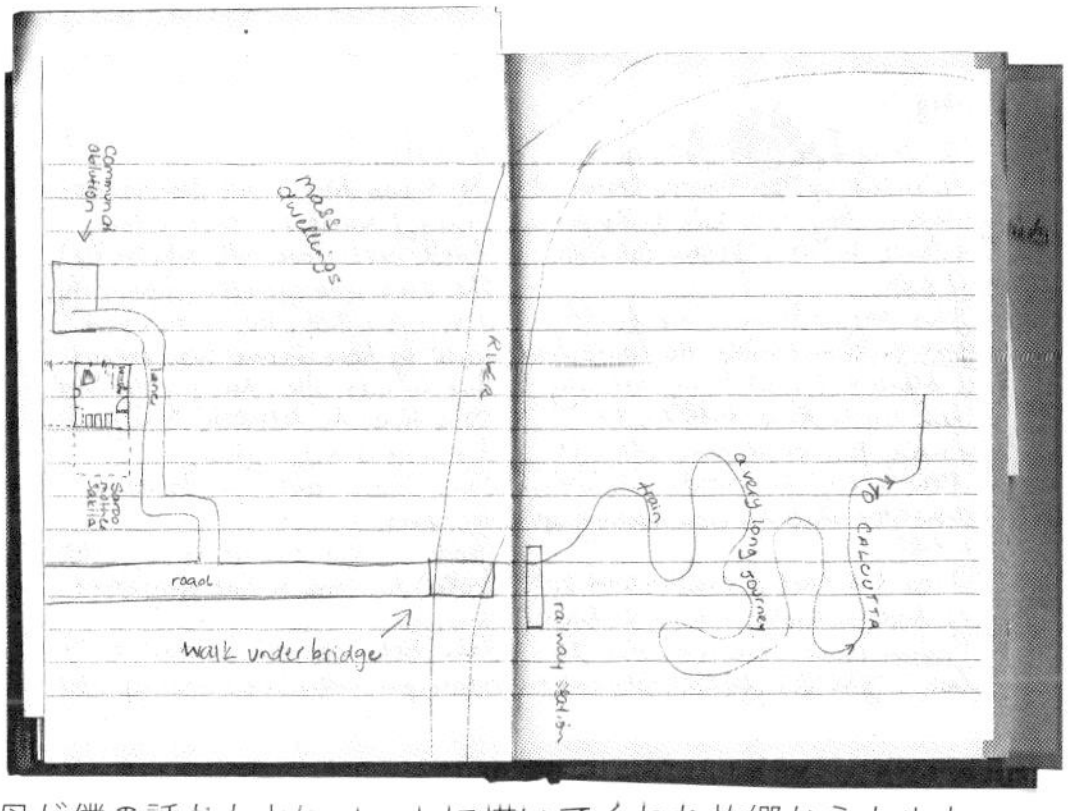

母が僕の話をもとにノートに描いてくれた故郷からカルカッタへの地図。

ものにしていった。地図を描いたことによっていろいろな記憶が渦を巻くように押し寄せてきて、僕はやがて迷子になったときの様子を話し始めた。母は驚いた顔で僕を見ると、メモを取り始めた。そして、地図の上にカルカッタに向けてくねくねした線を描いて、「とても遠い道のり」と書き加えた。

それから二カ月ほどたって、僕たちはメルボルンに行って、僕と同じカルカッタの孤児院から養子としてやって来た子どもたちに会った。自分と同じ境遇の子どもたちとヒンディー語で熱心に話していると、過去の記憶が否応なく鮮やかによみがえってきた。自分は「ジネストレイ」という所に住んでいたのだと初めて母に話した。そこはいったいどこなのと聞かれると、まったく非論理的な話だが、僕は自信をもって答えた。「連れていってくれれば、すぐに教えてあげるよ。行き方はちゃんとわかってるんだ」

自分の出身地の名前をオーストラリアに来て初めて声に出して言ってみると、まるで排気バルブを開けたような感じがした。それからまもなく、大好きな先生にも自分に起きたことをもっと詳しく話していた。一時間半ほども話しただろうか、先生はメモを取りながら聞いてくれた。母に話したときと同様に、とても驚いた表情をしていた。僕にとってはオーストラリアが見慣れぬ土地だったのと同じように、母や先生にとっては、僕の話すインドの出来事はまるで別の惑星で起きたことのように理解しがたいことだったに違いない。

母や先生に話して聞かせた人々や場所のことを、僕はオーストラリアに到着して以来、心

の中で何度も何度も繰り返し思い起こしていたし、それから後もしょっちゅう思い出しながら成長していった。もちろん、記憶のあちこちに空白があった。詳しいことがはっきりしない場合もあった。たとえば、それぞれの出来事が起きた順序や、その間に何日くらいの間があったかなどだ。それに、子どもだった僕がそのときに考えたこと、感じたことと、その後の二六年間に考えたり、感じたりするようになったことを区別するのが難しい場合もあった。何度も何度も考え直して、過去の記憶の中を探り、鍵《かぎ》を見つけ出そうと試みるうちに証拠の一部を損ねてしまったかもしれない。それでも、子どもの頃の経験の多くは今も生き生きと僕の記憶の中にある。その頃、自分の記憶を話すことは心の安らぎだった。少なくとも、自分ではそう感じていた。

そして二年前、僕の人生をすっかり変える出来事が起こった。僕の体験がほかの人たちにも希望を与えることになれば……。そう思うと、僕の胸は高鳴っている。

オーストラリアの両親が僕のために用意してくれた部屋。インドの地図が貼ってある。

2 迷子

まず思い出すのは、小さい妹の子守りをしていたことだ。「いないいないない、ばあ」をしてやると、妹のべたべた汚れた顔が笑顔になって僕を見上げていた。それから、暑季の長く暖かい夜、同じ家に住んでいた別の家族といっしょに中庭に出て、誰かがハルモニウムを演奏し、みながそれに合わせて歌ったことも思い出す［訳注　ハルモニウムは、片手または足でふいごを動かし、空気を送り込んで音を出す小型のオルガン。インドで広く普及している］。そんな夜には本当に、ここが自分のいるべき場所だ、ここにいれば幸せだと感じたものだ。女性たちはマットや毛布を部屋から持ち出して、みんな体を寄せ合って眠っていた。すっかり眠りに落ちるまで、じっと夜空の星を見上げていた。

これは最初の家の記憶だ。そこは僕の生まれた家で、別のヒンドゥー教徒の一家といっしょに住んでいた。一つの大きな部屋の両側をそれぞれの家族が使っていた。壁は煉瓦《れんが》で、床はなくて、牛糞《ぎゅうふん》と藁《わら》と泥を固めた土間だった。とても質素だったが、それでも、ムンバイ（ボンベイ）やデリーのような大都市で貧しい家族が住む、チョールと呼ばれるウサギ小屋のような住居よりはましだったと思う。狭い場所に大勢が住んでいたが、とても仲良く暮ららしていた。あの頃のことを思い出すと僕は今でもとても幸せな気持ちになる。

母はヒンドゥー教徒で、父はイスラム教徒だった。そういう結婚は当時は珍しく、結局、長続きしなかった。父が僕たちといっしょにいた年月はとても短い。後になって知ったことだが、父は二人目の妻と結婚していた。だから、母は自分一人で四人の子どもを育てなければならなかった。僕たちはイスラム教徒として育てられたわけではないが、母は町のイスラム教徒の多い地域に引っ越し、僕たちはそこで育つことになった。母はとても美しかった。ほっそりしていて、髪は長くつやつやしていた。世界で一番美しい人だと僕は思っていた。母と小さな妹のほかに、二人の兄がいた。グドゥとカルゥだ。僕は二人が大好きだったし、すごく尊敬してもいた。

二つ目の家は僕たちの家族だけだったが、前よりもっとごちゃごちゃした地域にあった。僕たちが住んでいたのは、赤い煉瓦の建物の一階の三つの部屋のうちの一つで、やはり牛糞と泥を固めた土間だった。ここも一部屋だけで、隅に暖炉があり、別の隅には素焼きの水瓶《みずがめ》があって、飲み水としても、体を洗うためにも使っていた。棚が一つあって、寝るときに使う毛布をしまっていた。建物は壊れかけていて、煉瓦が崩れてくると、僕と兄たちはそれを壁から抜き取り、しばらくふざけて外をのぞいてから、もとの場所にはめ込んだりした。

僕たちが住んでいた町はいつも暑くて乾燥していたが、季節風《モンスーン》の時期は別で、ものすごい雨が降った。遠くに見える山々を源とする川が古い城壁の外側を流れていたが、モンスーンになると、川は岸を破って周囲の野原や畑を水浸しにした。雨がやんで、川が岸の内側に収まるのを僕たちは待っていた。そうなれば、穏やかになった川に入って、小さい魚を取ることができるからだ。町の中では、モンスーンの雨が降るたびに、鉄道をくぐるガード下の道路に近くの小川の水があふれ、通れなくなってしまう。その線路の下の道にいると、上を通る貨車から土埃《つちぼこり》や砂利《じゃり》が降ってきたが、それでもそこは僕たちの大好きな遊び場所だった。

僕たちの住んでいた所は、町の中でも特に貧しい地域だった。舗装されていないでこぼこ道を走っていくと、鉄道労働者の住居がたくさんあった。線路の反対側に住む豊かな人たちや上流の人たちにとっては、足を踏み入れてはならない地域だったと思う。新しい物はあまり見当たらなかった。崩れかけた建物も多かった。大型の集合住宅も多かったが、僕たちの家族のように、曲がりくねった狭い路地に並んだ一部屋か二部屋の小さな家に住む人たちもいた。家財道具はほとんどなく、棚が一つか二つ、低い木のベッド、流しと蛇口があればいい方だったろう。

道をうろうろしているのは、僕たちのような子どもだけではない。牛も多かった。町の中心部でさえも牛はたくさんいて、交通量の多い道路の真ん中でも平気で眠っていた。夜になれば街角に豚の家族が固まって眠り、朝が来れば起き出して、何でもいいから食べられる物をあさりに出かけて行った。豚たちはまるで九時から五時まで働いて、退勤すると家に帰って寝るという生活をしているようだった。いったい誰の豚なのか、誰も知らない。いつもその辺にいた。それから、ヤギもいた。イスラム教徒の家庭が放し飼いにしているものだ。鶏も道端のゴミの中をついばんでいた。

困ったことに、犬もたくさんいた。犬は怖かった。人なつこいのもいたが、何をするかわからないのもいたし、すごく凶暴なのもいた。一度、犬がうなったり吠《ほ》えたりしながら、追いかけてきたことがあって、それ以来、僕は犬が大嫌いだった。犬に追われて走るうちにつまずいて、古い通路の壁から飛び出した割れたタイルに頭をぶつけた。運が悪かったら、片目がつぶれていたかもしれない。眉毛《まゆげ》のすぐ上をひどく切ってしまった。その近くの家の人が絆創膏《ばんそうこう》で傷をふさいでくれた。家に向かって歩き始めたとき、ババと呼ばれる土地の聖者に出会った。その人は犬を怖がるなと僕を諭した。犬がお前に噛みつくのは、お前が怖がっていると感じたときだけだぞ、と。僕はそのアドバイスを絶対に忘れないようにしていたが、それでも、町で犬を見かけると不安になった。犬の中には悪い病気をもっているのもいて、軽く噛まれただけでうつることがあると母から聞かされていたからだ。今でも僕は犬が嫌いだ。額の傷は今も残っている。

父が家を出てから、母は家族を養うために働かなくてはならなかった。シェキラが生まれてすぐ、母は建築現場で働くようになった。炎天下で、重い大きな石を頭にのせて運ぶ仕事だ。週に六日、朝から日暮れまで。だから、母といっしょにいられる時間は少なかった。母は別の町に働きに行くこともあって、そうなると何日も家に帰れなかった。一週間に二回しか会えないときもあった。それでも、母が稼ぐお金は家族が生きていくのに十分ではなかった。上の兄のグドゥは一〇歳くらいになると、食堂の皿洗いの仕事を始めた。それでもちゃんと食べられなくて、空腹に耐える日も多かった。いつも今日一日のことを考えるだけで精一杯だった。近所の人たちに食べ物を分けてもらわなくてはならないのはしょっちゅうだったし、市場や駅のまわりでお金や食べ物を恵んで下さいと物乞いすることもあった。それでも、僕たちはなんとか生き延びていた。毎日毎日、本当にその日暮らしの生活だった。朝になると家族全員が家を出て、お金でも食べ物でも何か見つけてこようとした。夕方になれば家に戻って、手に入れた物をテーブルの上に出し、みんなで分けあった。ぼくはいつも腹ペコだったが、不思議なことに、それほどつらいと思っていなかった。空腹は生活の一部であり、当たり前のことだった。僕たちは痩《や》せこけた子どもで、胃は空っぽでガスで膨れていた。多分栄養失調だっただろうが、その頃のインドでは、貧しい子どもは誰でもそうだったはずだ。そんなのは珍しいことでも何でもなかった。

近所の子どもたちと同様、僕たち兄弟も食べ物を手に入れる方法をいろいろ考えついた。簡単なところでは、よその家のマンゴーの木になっている実に石を投げて落とすというのがある。もっと危ないこともした。ある日、家に帰る途中で畑の中に入り込んで歩いていると、長さが五〇メートルはある鶏小屋を見つけた。武器を持った番人がいたが、グドゥが、大丈夫、卵を盗むのは簡単だと言い出したので、三人で計画を練った。じっと隠れていて、お茶の時間になって番人がいなくなったら、まず、一番チビで見つかりにくい僕が鶏小屋に入り、グドゥとカルゥが後に続く。グドゥは僕たちに、シャツの前をまくり上げて卵を入れればいいと言った。できるだけすばやく、できるだけたくさんの卵を集めて、家まで走って逃げる。そういう計画だった。

　僕たちがじっと隠れて見ていると、やがて休憩時間になり、番人たちは納屋で働いていた人たちといっしょに遠くに行ってすわり込むと、ロティという薄く焼いたパンを食べ、ミルク入りのお茶・チャイを飲み始めた。ぐずぐずしてはいられない。僕が最初に鶏小屋に入り、卵を集め始めた。グドゥとカルゥも入って来て、同じことをした。すると、僕たちが入って来たのに驚いた鶏たちが、大きな声でギャーギャー騒ぎ始め、番人たちの注意を引いてしまった。僕たちは大急ぎで外に飛び出した。番人たちは、鶏小屋から二〇メートルほどしかない納屋の所まで走って来ていた。グドゥが叫んだ。「逃げろ！」僕たちはばらばらの方向に別れて、全力で走った。僕たちは番人たちよりずっと足が速かったし、幸いなことに彼らは撃ってはこなかった。何分か走って、なんとか逃げおおせたことがわかったので、後は家まで歩いて帰った。

　残念ながら、全力で走るということは、卵を運んでいるときにはあまり望ましいことではない。僕が集めた九個のうち、無事だったのは二個だけだった。残りはすべて割れてしまい、シャツの前からぽたぽた垂れていた。兄たちに小突かれながら家へ帰ると、母はフライパンを火に掛けた。卵は全部で一〇個残っていた。家族みんなが食べるのに十分な数だ。僕はとにかく早く卵を食べたくて、母が卵焼きの最初の一かけらをシェキラにやるのを見ると我慢できず、妹の皿から卵焼きをひったくると、ドアから外に飛び出した。妹は怒って、火が付いたように泣き喚《わめ》いたが、知らんぷりをした。

ある日のこと、あまりに腹ペコで早く目が覚めたが、家の中には何も食べる物がなかった。近所の畑にトマトが赤く実っていたことを思い出して、絶対にあれを取って来ようと決心した。朝の空気はまだ冷たく、僕は毛布を体に巻き付けたままで出かけた。畑に着くと、鉄条網の隙間《すきま》から中に入り、すぐにトマトの収穫を始めた。何個かはその場で食べた。柔らかいトマトの果肉は最高だった。そのとき、鋭い笛の音が聞こえて、五、六人の年上の少年が畑の向こうから走って来るのが見えた。フェンスまで走って戻り、隙間から外に出た。彼らは僕のように小さくはないから、隙間を抜けるのは無理だとわかっていた。だが、僕の大切な赤い毛布が鉄条網に引っかかってしまった。少年たちは今にも追いついてきそうだ。僕は毛布をあきらめて、逃げ帰るしかなかった。母は僕がトマトを持って来たので大喜びだったが、そのために毛布をなくしたことはすごく怒った。それでも、母はよその親たちのように僕を殴ったりはしなかった。僕たちきょうだいの誰も、母に叩《たた》かれたことはなかった。

食べ物をめぐるもう一つの事件は、あやうく命に関わるところだった。僕は町の市場で西《すい》瓜《か》を売る男から、目抜き通りを横切って一〇個の大きな西瓜を運べと言いつけられた。小銭をもらう約束のほかに、終わったら西瓜を一切れくらいはくれるだろうと思って引き受けた。だが、西瓜はものすごく大きくて、僕の体は小さかったから、最初の一個を運び始めるとすぐに、まわりを行きかう人や車に注意を払う余裕がなくなった。気がついたら、コールタールで舗装した道路に仰向けに倒れていた。頭から血が出ていて、西瓜は頭の隣で赤いぐしゃぐしゃになっていた。頭が西瓜と同じようにつぶされなかったのは幸運だった。僕はスピードを出したオートバイに衝突され、ひかれてしまったのだ。足にもケガしていた。オートバイの運転手はかわいそうがって、家まで乗せていってくれた。僕は片足を引きずりながら、家に入った。母は震え上がって、すぐに僕を医者に連れていった。僕は傷に包帯を巻かれて帰った。母がどうやってお金を工面したのかはわからない。

二人の兄は成長するにつれて、だんだんジネストレイから離れて過ごすようになった。食べ物を見つけられる場所を探し、夜も家に帰らず、鉄道の駅や橋の下で寝る日が増えた。聖者ババがモスクで僕とシェキラの面倒をみてくれるときもあったし、長い棒と糸を持って川に釣りに連れて行ってくれるときもあった。そうでなければ、僕たちは近所の人たちの世話になったり、食堂に行って水桶《みずおけ》で鍋を洗うグドゥのまわりで過ごすこともあった。

厳しい生活に聞こえるかもしれないが、僕たちはそれなりに幸せだったと思う。もちろん、もっと恵まれた暮らしだったらよかったのにと思うことがなかったわけではない。朝早く目が覚めると、すぐに近くの小学校の門の所に行って、制服を着て中に入っていく子どもたちを見ていたものだ。自分もこの学校の生徒になれたらいいのにと思いながら、校門の中をじっと見ていた。だが、うちでは僕を学校に行かせる余裕などなかった。僕はちょっと劣等感を感じていた。自分がさっぱりものを知らないと自覚していたからだ。読み書きもできないし、知っている言葉も少なかった。だから、口下手で、うまく人と話をすることができなかった。

僕にとって一番身近な人間は妹のシェキラだった。僕がある程度大きくなると、妹の面倒をみるのは僕の責任になった。妹に水浴びをさせたり、食事をさせたり、お守りをするのが僕の仕事だった。僕と妹は同じベッドで眠り、目が覚めると、何でもいいから家にある物を朝食に食べさせた。いつもいっしょに遊んだ。いないいないばあをしてやったり、かくれんぼをしたりした。シェキラは本当にちっちゃくて、本当にかわいかった。僕のことが大好きで、どこにでもついてきた。僕はいつも妹を守り、誰かにいじめられたりしないように聞き耳を立てていた。妹は僕にとって最優先事項だった。小さな子どもなりに、僕は自分の責任を果たそうとしていた。

カルゥはグドゥより年下だったが、僕が妹の面倒をみるように、カルゥの方が兄のグドゥの面倒をみていた。グドゥは家計を助けるためにあちこちで働いていたから、カルゥは、家の大黒柱の一人として、グドゥがちゃんと食べているか、家ではない場所に寝泊まりするときはちゃんと安全な場所で寝ているか、いつも気づかっていた。父親はいなかったし、母親は仕事のために留守が多かったから、僕たちはお互いの面倒をみていたのだ。

ほとんどの時間、僕は家と中庭という境界から出ないで過ごしていた。一日中、一人で土間にすわって、シェキラが寝ている間、まわりの人たちが話すのを聞いたり、ぼんやり見ていたりした。たまに、僕たちの面倒をみてくれていた近所の人たちが、外に行ってもいいよ、台所で使う薪《まき》でも拾っておいで、と言うことがあった。僕は薪を見つけると、地面を引きずって持ち帰り、家のわきに積んでおいた。それから、近所の店が板を配達するのを手伝って、一パイサか二パイサ稼ぐこともあった。棒付きキャンデーが一本買える金額だ。だが、ほとんどの日は一人で中庭にすわっていた。家にはテレビもラジオもなかった。本も新聞もなかった。もちろん、たとえあったとしても、読めるはずもなかった。それはとても単純で、質素な生活だった。

僕たちの食べる物も、とても質素だった。ロティやご飯、それにダールという豆のスープで、運がよければほかの野菜が入っていることもあった。家の敷地には果物もなっていたが、果物は贅沢《ぜいたく》品で、たいていは売って現金に換えた。外には果物を盗めるような木はあまりなかった。野菜畑と同様に番人がいたからだ。でも、僕たちは空腹でも平気でいられた。それは当たり前のことだったからだ。

午後になると、学校帰りの子どもたちが寄ることがあって、そういうときは僕も遊んでおいでと言われた。ちょっとでも空き地があれば、クリケットをして遊んだ。ちょうちょを追いかけるのも好きだった。日が暮れてからなら、蛍だ。凧《たこ》を飛ばすのも好きだった。凧は細い棒と紙でできたごく単純なものだったが、それでも自分で買うにはお金がいる。だから、凧がほしくなると、木にからまったのを探し、よじ登って取った。どんなに危険でも気にしなかった。ケンカ凧もやった。すごく面白かった。凧の糸に砂をすりつけて鋭くする。そして、飛ばしながら、敵の凧の糸を切るのだ。子どもたちはビー玉でも遊んでいた。だが、ビー玉の仲間に入るには、最初の一個を買う必要があった。

僕には仲のいい友だちはいなかった。一度引っ越しをしたからかもしれないし、よく知らない人を信用できないたちだったからかもしれない。だから、たいていは二人の兄にくっついていた。僕は二人が大好きだった。

いくらか大きくなると、家から少し遠くまで出かけて、その辺の子どもたちと遊ぶようになった。しばらくの間、シェキラを家にほったらかして出かけることもあった。一人でも大丈夫だと思ったからだ。先進国だったら許されないだろうが、僕の育った町では、親に用事があったら、子どもを置いて出かけるのは当たり前のことだった。僕だって小さいときには何度も一人で置いていかれたし、それが悪いことだとは全然思わなかった。

小さい子どもなら誰でもそうだろうが、僕も最初のうちは家の近くでしか遊ばなかった。何かあったら、大急ぎで家に駆け戻れる所にいるようにしていた。でも、少しずつ遠くに、町の中心の方に出かけていくようになった。グドゥとカルゥといっしょにずっと遠くの町外れまで歩いていって、ダムの壁の下の川まで降りることもあった。僕たちは漁師が網を使って魚を取るのを長い間見ていた。

その頃には、グドゥとカルゥは一四歳と一二歳くらいになっていたと思う。二人に会うのは週に二、三回だけになっていた。二人はもうほとんど自分たちの才覚で生きていた。通りをあさって何でもいいから見つけて生き延び、夜は鉄道の駅で寝ていた。駅では掃き掃除の仕事をして食べ物やお金をもらうこともあった。彼らはたいてい、いくつか向こうの駅のある別の町で暮らしていた。鉄道で一時間ほどの所だ。二人が言うには、ジネストレイはだめだ、だから、「ベランプール」とかいう別の場所に行っているんだ、ということだった。僕はその場所の名前をちゃんとは思い出せないのだが、そっちの方がお金も食べ物も簡単に手に入るという話だった。そっちで友だちも増えているようだった。彼らはみな、動いている列車に飛び乗ったり、飛び降りたりしていた。

僕が四つか五つになると、二人はたまに僕もいっしょに連れていってくれるようになった。車掌に切符はあるのかと言われると飛び降りて、次の列車に飛び乗った。ごく小さい駅を二つ過ぎた。何もない所にプラットフォームだけがある駅だ。それから、ベランプールの駅に着く。ジネストレイの駅より小さくて、町外れにある駅だった。兄たちは僕に駅の中にいるように言いつけた。町の中を歩いてみることは許されなかった。迷子になってしまうからというのだ。だから、二人が働いている間、僕はプラットフォームでぶらぶらしていた。

それから、三人いっしょに家に帰った。食べ物には困っていたが、僕らは自由だった。そんな生活が気に入っていた。

五歳になってからのことだ。ある晩、外で遊ぶのに飽きて、家に戻ってみると、久しぶりに家族のほとんど全員が晩御飯を食べに帰っていたので、僕はうれしかった。母が仕事先から戻っていて、グドゥも珍しいことに家にいた。カルゥだけは留守だった。

その晩、四人でいっしょに食事をして、グドゥは一時間ほど家にいた。グドゥはきょうだいで一番上だったから、僕はグドゥを一番尊敬していた。グドゥはその晩までしばらくの間、家に戻っていなかった。僕はグドゥやカルゥといっしょにいたくてしかたがなかった。僕はもう小さい子どもじゃない、兄さんたちが外の世界に出かけるとき、家に残るのはもう嫌だと思っていた。

母は何かもっと食べる物を見つけられないかとでも思ったのだろう、また外に出ていった。グドゥは、また出かける、ベランプールに戻ると言い出した。また置いていかれる、小さい子でもないのに、家にいたってすることもないのに。そう思うと、僕はもう我慢ができなかった。僕はすっくと立ち上がって宣言した。「僕も行く！」もう日が暮れていたから、一度出かけてしまえば、グドゥは僕を家に戻すことはないだろう。いっしょに外に泊まるしかない。グドゥはちょっと考えていたが、結局同意した。僕は興奮した。僕たちは、母が戻って来る前に、床にすわっているシエキラを残して出発した。母もそれほど心配しないだろうと僕は思った。だって、グドゥ兄ちゃんといっしょなんだから。

それから間もなく、僕たちはグドゥがどこかから借りてきた自転車に二人乗りして、夜の静かな道を駅に向かって飛ばしていた。最高に素敵な夜だと思った。それまでにも兄たちと列車で出かけたことはあったが、今夜は特別だ。これからどこに行くのか、どこで寝るのかも決めずに、グドゥ兄ちゃんといっしょに出発するのだ。彼がそれまでいつもカルゥと二人でしていたように。グドゥがいつまでいっしょにいさせてくれるつもりかわからなかったが、夜道を飛ばす自転車に乗っかった僕はそんなことは気にしていなかった。

あの夜のことは今でもよく覚えている。僕は自転車のハンドルのすぐ後ろのフレームの上に乗っかって、前輪の車軸の両側に足を乗せていた。でこぼこ道でひどく揺れたが、まったく平気だった。夜空に蛍がたくさん飛んでいて、それを子どもたちが追いかけていた。「おーい、グドゥ!」と一人の少年が叫んだが、僕たちは止まらなかった。グドゥは町では顔がきくんだと思って誇らしかった。そういえば、列車の中でグドゥのことを話している声が聞こえたこともあった。グドゥはやっぱり有名なんだと僕は思っていた。夜道は暗かったから、歩いている人にぶつからないように気をつけなければならなかった。とりわけ、線路の下をくぐる低い通路を通ったときだ。それから、グドゥは突然、あとは歩くぞと言い出した。きっと僕を乗せて自転車をこぐのに疲れてしまったのだろう。僕がぴょんと飛び降りると、グドゥは自転車を押し始めた。駅に続く表通りを行くと、忙しそうにチャイを売る露店が並んでいた。駅の入り口に近づくと、グドゥは葉の茂った藪《やぶ》の中に自転車を隠した。僕たちは線路の上をまたぐ通路を渡り、プラットフォームで次の列車を待った。

列車が騒々しい音を立てて止まり、急いで乗り込んだ頃には、僕はすっかり眠たくなっていた。硬い木の座席でできるだけ楽な姿勢をとったが、冒険に出発する興奮はすでに冷め始めていた。僕はグドゥの肩に寄りかかり、列車は駅を後にした。すでに時間は遅く、乗り込んでから一時間ほどたっていた。僕を連れて来たことをグドゥが後悔し始めていたかどうかはわからないが、僕自身はちょっと後ろめたい気持ちになっていた。母が働きに行っている間、僕がシェキラのお守りをしている必要があるからだ。それなのに、僕はいつ家に帰れるかわからないのだ。

ベランプールで列車を降りたとき、僕はもう疲れ切っていて、プラットフォームの木のベンチにすわり込むと、眠くてもう一歩も動けないと言った。グドゥは、そこで寝ていてかまわない、自分はどうせいくつかやることがあるから、と言った。「そこにじっとしてろ。動くなよ。すぐ戻って来るから。そしたら、今晩眠る場所を探そう」グドゥはどこかへ食べ物を探しに行ったのかもしれないし、プラットフォームに小銭が落ちていないか見てまわったのかもしれない。僕はベンチに横になって、目を閉じると、そのまますぐに眠り込んでしまった。

目が覚めると、駅には誰もいなくて、あたりは静まり返っていた。寝ぼけ眼《まなこ》でグドゥを探したが、どこにも見えなかった。僕たちが降りたプラットフォームに列車が止まっていて、車両のドアは開いていたが、それが自分たちが乗って来たのと同じ列車かどうかはわからなかった。自分がどれほどの時間、眠っていたのかもわからなかった。

そのときの自分の気持ちはどんなものだったか、後になってから僕は何度も何度も考えてみた。半分寝ぼけたまま、夜中に一人ぼっちになって狼狽《ろうばい》していた。僕の頭の中は混乱していた。グドゥはどこにも見当たらないが、遠くには行かないと言っていた。もしかしたら、また、あの列車に乗っているんじゃないだろうか。僕はぐずぐず歩いていくと、車両の中を見てみようとステップを上った。中には何人かの人がいて座席で眠っていたのを覚えている。その人たちが僕に気づいて車掌を呼んだら困ると思って、すぐにステップを下りた。グドゥは僕に動くなと言ったけれど、もしかしたら、この列車の別の車両に乗っているんじゃないだろうか。座席の下を掃いたりして働いているんじゃないだろうか。僕がまた暗いプラットフォームで眠り込んでしまって、列車が出発してしまい、一人でここに残されたら、どうしよう。

別の車両をのぞいてみると、そこには誰も乗っていなかった。誰もいない木の座席は居心地がよさそうで、静まり返ったプラットフォームよりも安全そうに見えた。グドゥはすぐに僕の所に来てくれるだろう。もしかしたら、掃除中に何かおいしい物を見つけて、にこにこしながら持って来てくれるかもしれない。車両の中では、ゆっくりと体を伸ばすことができた。僕は瞬く間にすやすやと眠りに落ちてしまった。

今度は本当にぐっすりと眠り込んだに違いない。目が覚めたら、すっかり日が射していて、眩《まぶ》しい日光が目に刺さった。僕はびっくりした。列車は動いていた。規則正しい音を立てて、線路の上を走っていた。

僕は飛び起きた。車両の中にはあいかわらず誰もいなかった。鉄格子のはまった窓の向こうで、景色が飛ぶような速さで過ぎ去っていた。兄はどこにもいなかった。誰も僕を起こしてはくれなかった。眠り込んだ小さな僕はひた走る列車の中に一人ぼっちで残されていた。

低い等級の車両には隣の車両と互いに行き来するドアはなかった。各車両の両端に外に向けたドアがあって、そこから直接乗り降りするようになっていた。僕は車両の端まで走って行って、左右両側にあるドアを開けようとした。どちらも鍵《かぎ》がかかっていて、びくともしなかった。反対側の端まで行ってみたが、そちら側のドアにも鍵がかかっていた。

閉じ込められたとわかったとき、ぞっと寒気がしたのを今でも覚えている。僕はパニックに陥った。自分がか弱い存在に感じられ、同時に、いてもたってもいられず、何もかも信じられない気持ちになった。その瞬間に自分がどうしたかは覚えていない。大声で叫んだかもしれない。窓をガンガン叩いたかもしれない。あるいは、泣き喚き、悪態をついたかもしれない。気が狂ってしまいそうだった。心臓の鼓動が三倍の速さになった。車両の内部にはいろいな表示や注意書きがあったが、僕には読めなかった。もし読めたら、行き先がわかったかもしれないし、ドアの開け方がわかったかもしれない。僕は車両の端から端まで走りまわって、座席の下までのぞいてみた。もしかしたら、自分のほかにも誰か寝ている人がいるかもしれないと思ったのだ。だが、僕一人だけだった。それでも、僕は走りまわり続けた。兄の名前を呼び続け、「早く来て、早く来て」と叫び続けた。母を呼び、カルゥの名も呼んだが、無駄だった。答えてくれる人は誰もおらず、列車は走り続けた。

僕は一人ぼっちだった。

やがて僕は自分の置かれた状況の深刻さに縮こまってしまった。防御するように背中を丸めてすわり、長い時間、すすり泣いた。

それから、空っぽの車両を長いこと走りまわったりしているうちに、窓の外に何か見慣れたものはないか見てみようと思いついた。窓の外の世界は僕の育った町に似ていたが、目印になるようなものは何もなかった。自分がどこへ向かっているのか、まったくわからなかった。今まで来たこともないくらい遠くまで来てしまったことは確かだった。もう家からすごく離れた所に来てしまったのだ。

それから、僕は一種の冬眠状態に陥った。なんとかしようとじたばたして疲れ切ってしまい、心も体もスイッチが切れたような状態になった。泣いたり眠ったりを繰り返し、ときおり窓の外を眺めた。食べる物はなかったが、車両の後ろに汚いトイレがあって、そこの蛇口から水を飲むことはできた。トイレの穴からは下の線路が見えていた。

一度、目が覚めたら列車が停まっていたときがあった。どこかの駅に入ったのだ。僕はうれしかった。プラットフォームにいる誰かに気づいてもらえると思ったのだ。だが、薄暗い駅には誰一人いなかった。車両のドアはやはりびくともしなかった。ドアを拳《こぶし》で叩き、何度も何度も叫んだが、大きくガクンと揺れたかと思うと、列車はまた動き始めた。

やがて、僕は疲れ切ってしまった。人は誰も純粋なパニックと恐怖の状態に永久に留まっていることなどできない。どちらも、やがては終了する。だからこそ人は泣くのだとそれ以来僕は考えるようになった。頭脳と心が吸収しきれないものを体でなんとかしようとするのが、泣くという行為なのだ。僕はたくさん泣いた。体を感情にまかせているうちに、不思議なことにいくらか気分がよくなり始めた。僕は恐ろしい経験に疲れ切って、うとうと眠ったり、目覚めたりを繰り返していた。今振り返って、自分がどこにいるのか、どこへ行こうとしているかもわからないまま、一人きりで閉じ込められている恐怖を想像すると、まるで悪夢のように思われる。僕はその経験をスナップ写真のように切れ切れに覚えている。目を覚ましては窓の外を見て怯《おび》え、体を丸めて眠りに引きずり込まれては、ときおり目を覚まし……。列車はその後もいくつかの駅に止まったと思う。しかし、ドアはけっして開かず、なぜか誰も僕を見つけてはくれなかった。

時間がたつにつれて、生まれ育った町を探検したときに身につけたしぶとさが僕の中によみがえってきた。僕はこう考え始めた。自分で出ることができないなら、誰かが出してくれるのを待てばいい。それから、どうやって家に帰るか、考えればいいんだ。こういうとき、兄ちゃんたちだったらどうするか、考えてみよう。あの二人は何日も家を離れるときもあるんだから。僕にだってできるはずだ。兄ちゃんたちは前に、どうやって眠る場所を見つけたらいいか教えてくれた。それに僕だってこれまで、食べ物を見つけたり、物乞いをしたりして、一人でちゃんとやってきたじゃないか。この列車が僕を家から遠くまで連れて来てしまったのなら、家に連れ戻すことだってできるはずだ。僕はきちんとすわって、窓の外を見た。窓の外を過ぎて行く世界のことだけを考えるようにした。いったいどんな所に行くのか、しっかりこの目で見てやろう。

次第に、窓の外の田園風景は今まで見たことがないほど緑深くなっていった。青々とした畑が続き、枝もないのに幹のてっぺんにだけふさふさと葉の生い茂った木が生えていた。太陽が雲の後ろから姿を現すと、すべての物が明るい緑の光に包まれた。線路のわきのごちゃごちゃした藪の中を猿が走りまわっているのも見た。驚くほど鮮やかな色の鳥もいた。いたる所に水があった。川があり、湖があり、池があり、田んぼがあった。それは僕にとって新しい世界だった。人々もなんだか少し違うように見えた。

しばらくすると、列車は小さな町を横切るようになった。子どもたちが線路のそばで遊び、母親たちは家の裏で料理をしたり、洗濯をしたりしていた。通り過ぎる列車の窓に貼り付いた一人ぼっちの子どもに気づく人はいなかった。やがて、もっと大きな町を過ぎるようになり、町と町の間の間隔も狭くなっていった。畑はなくなり、開けた土地はまったくなくなって家ばかりになり、通りがたくさんあって、自動車やリキシャがたくさん走っていた。大きなビルもたくさんあって、僕の生まれた町よりずっと多かった。バスやトラックが走り、ほかの列車が走る線路も並んでいて、人もどんどん増えていった。それまでそんなにたくさんの人を見たことはなかった。一つの場所にそんなに多くの人が住んでいるなんて、想像もできないことだった。

列車はだんだん速度を落としていった。きっとまた駅に近づいているのだろうと思った。今度こそ、僕の旅は終点に着くのだろうか。列車は惰性でゆっくり進み、やがてほとんど動かなくなって、ガクンと大きく揺れると、すっかり停止した。窓の鉄格子の間から目を見開いていると、人々が群れをなしてプラットフォームに降り立ち、荷物をぐいっと持ち上げて足早に去って行くのが見えた。人が何百人も、いや、もしかしたら何千人もいて、忙しく歩いていた。突然、誰かが僕の乗っていた車両のドアを開けた。僕は一瞬も考えずに、通路を全速力で走り、プラットフォームに飛び下りた。ついに解放されたのだ。

自分がたどり着いたその都市の名前を僕が知ったのは、後になってホバートの両親が壁に貼った地図を指さして教えてくれたときだった。たとえ、到着したそのときに誰かが教えてくれていたとしても、その名前は僕にとっては何の意味もなかっただろう。それまで一度も聞いたことのない名前だったからだ。僕が到着したのは、当時カルカッタと呼ばれていた都市だ。無秩序に広がるその巨大都市は人口過密と公害、圧倒的な貧困で悪名高い場所だった。世界で最も恐ろしく危険な都市の一つだった。

僕は裸足《はだし》だった。埃だらけの黒い半ズボンに、ボタンがいくつも取れた半袖の白いシャツを着ていた。身に付けているその服以外に所持品は何もなかった。お金は一銭も持たず、食べ物も、身分証明書の類も一切持っていなかった。いくらか空腹だったが、それはいつものことだったから、たいした問題ではなかった。僕が心底必要としていたのは、助けてくれる人だった。

牢獄《ろうごく》のような車両から解放されたことはうれしかったが、巨大な駅とその中を行きかう群衆を見て、僕は怖気《おじけ》づいてしまった。必死になってまわりを見まわした。グドゥが人々を押しのけて僕の所に駆けつけ、助けてくれるかと思ったのだ。兄も自分と同じ列車に閉じ込められていたのなら、きっとそうしてくれるはずだと思ったからだ。だが、知っている顔などどこにもなかった。僕はもう身がすくんでしまって動けなかった。どこへ行ったらいいのか、何をしたらいいのか、まったくわからない。ただ本能的に、こっちに歩いてくる人とぶつからないように必死でよけているだけだった。僕は大声で叫んだ。「ジネストレイ！　ベランプール！」どうしたらそこへ行けるのか、誰か教えてくれないかと思ったのだ。だが、道を急ぐ人の群れの中の誰一人として、僕に気がついてくれる人はいなかった。

いつの間にか、僕が乗っていった列車はまた出発してしまっていた。だが、僕はそのときにはまだ気がついていなかった。たとえ気がついたとしても、慌てて飛び乗ったとは思わない。あんなに長い時間閉じ込められていた後だったから、とてもそんな気にはなれなかった。僕は恐怖のあまり動けなくなっており、ここからちょっとでも動いたら、事態はますます悪くなると感じていた。僕はプラットフォームから出ないようにして、ときおり、「バランプール！」と叫んでいた。

まわりにはただ、騒音が無秩序に広がっていた。人々は大声を上げたり、互いに呼びかけたり、あるいはぼそぼそ会話したりしていた。誰の言うことも理解できなかった。彼らはものすごく忙しそうで、押し合いへし合いしながら、自分の行かなければならない所に一刻も早く到着したい様子で、列車に乗ったり、降りたりしていた。

僕の話を聞いてくれようとした人も少しはいた。だが、僕がなんとか言えることは、「ジネストレイ！　電車！」だけだった。彼らはただ首を振って、歩き去っていった。ある男性はこう聞き返してきた。「だけど、ジネストレイってどこなんだい？」何を聞かれているのか、理解できなかった。だって、僕にとって、それは「家」という意味だったのだから。ジネストレイがどこにあるかなんて、説明できるはずはなかった。その人も顔をしかめて、歩き去った。駅ではたくさんの子どもたちが物乞いをしたり、ぶらぶらしていたりした。彼らも、ちょうど僕の兄たちが地元の駅でそうしていたように、何でもいいから見つけようとしていたのだ。僕が到着したところで、そんな貧しい子どもが一人増えただけの話だ。何か叫んでみても、小さ過ぎて、誰にも気づいてもらえなかった。

僕はいつもの習慣で、警察官に見つからないように気をつけていた。警察官に見つかると、牢屋に入れられてしまうと思っていた。グドゥが一度、そういう目に遭ったからだ。グドゥは駅で歯ブラシと歯磨きのセットを売っていて逮捕され、牢屋に入れられてしまった。家族がそれを知ったのは、三日もたってからだった。それ以来、車掌、警察官など制服を着ている大人は全部避けるようにしていた。もしかしたら、彼らに助けてもらえたかもしれないとは、そのときは考えてもみなかった。

誰にも気づいてもらえないまま、すっかり人がいなくなっても、僕はまだプラットフォームに残って、居眠りをしたり、目を覚ましたりしていた。どこかへ行くことも、次に何をするか考えることもできなかった。次の日になると、疲れ果て、みじめな気持ちで、誰かに助けてもらうことはあきらめてしまった。駅の中にいる人々は人間じゃないんだ、僕が動かすことも話しかけることもできない大きな塊にすぎない、川や空のようなものなんだと思うようになった。

一つだけわかっていたことがある。自分をここに連れてきた列車があるということは、もとの場所に連れ戻してくれる列車もあるはずだということだ。生まれ育った町の駅では、同じプラットフォームで、乗ってきた列車と反対側に停まっている列車に乗れば、逆方向に戻れるはずだった。だが、この駅はあらゆる路線の終点だということに僕は気づいていた。この駅に到着した列車はどれも、向きを変えて、もと来た方向へ戻って行くのだ。それらの列車がどこへ行くのか、誰も教えてくれないなら、自分で調べてみるだけだと僕は思った。

　だから僕は次に到着した列車に乗り込んだ。だが、そんなに簡単に帰れるものだろうか。列車がごとごと動き出すと、中にいるときより駅がよく見えた。それはアーチや塔のたくさん付いた赤い煉瓦の巨大な建物だった。今までこれほど大きな建物は見たことがなかった。その大きさには圧倒された。この駅から、そして中でうごめいている人々から、永遠に遠ざかりたいと僕は思った。だが、列車は一時間ほどで、その路線の最後の駅に着いてしまった。そこはまだ同じ都市の郊外だった。列車は別の線路に乗り換えて、もとの巨大な駅に戻ってしまった。

　僕は別の列車に乗ってみたが、また同じことだった。自分が乗らなくてはならない列車は、別のプラットフォームから出発するのだろうか。生まれ育った町の駅とは違って、この駅にはたくさんの数のプラットフォームがあり、それぞれ、別の種類の列車が止まるように見えた。車室《コンパートメント》がたくさん並んでいて、ポーターが荷物を運び込んでいる列車もあれば、僕が乗ってきた列車のように木の座席が並び、人がぎっしり乗った車両がたくさん連なったものもあった。驚くほどたくさんの列車が停まったが、その中にきっと僕を家に連れて帰ってくれる列車があるはずだ。それが見つかるまで、試し続けるしかない。

　そう思ったから、僕は本当に試し続けた。毎日、来る日も来る日も、その都市から出発する列車に乗ってみた。

　また閉じ込められるのは嫌だったから、昼間にしか乗らないことにした。列車の旅が始まるたびに、僕は希望を抱いて通り過ぎる景色を見つめた。そう、そうだ、これこそ家に帰る列車だ、あのビルは見たことがある、あそこに生えている木々も見たことがある……。列車はいつの間にか終点にたどり着き、また戻っていった。ときには、終点に停まったまま動かず、何もない見知らぬ駅に取り残され、次の日になってようやく、帰りの旅に出発することもあった。列車が終点に着かないうちに降りてしまったのは、日が暮れ始めたときだけだ。そういうときには、人に見つからないように駅の待合室のベンチの下にもぐり込んで、体が冷えないように小さく丸まって眠った。幸い、それほど寒い夜はなかった。

　僕は地面に落ちた食べ物のかけらを拾って生き延びていた。旅客が落としたピーナツとか、すっかり食べ切っていないトウモロコシなどだ。幸い、水道の蛇口はあちこちにあって、水には困らなかった。その点では、家にいたときとたいして変わらない生活だった。怖かったり、みじめな思いをしたりすることはあっても、生き延びる方法はわかっていたし、僕はそんな生活に慣れていた。それに、今では一人で生きていく方法を学びつつあった。

　こうして、僕はあちこちに行ったり来たりした。違うプラットフォームを試しながら、いろいろな路線に乗った。ときには、知っている景色が見えたこともあったが、それは偶然前に試した路線にまた乗ってしまったからだった。結局、僕はどこにも行き着くことができなかった。

それだけ列車に乗っていても、切符を見せろと言われたことは一度もなかった。もちろん、車掌が乗っているのが見えた列車には乗らないようにしていた。僕たち兄弟はいつもそうしていたからだ。とにかく、いったん乗り込んでしまえば、誰にも何も聞かれることはなかった。もし、鉄道会社の人が僕を呼び止めていたら、勇気をふりしぼって、「助けて下さい」と言ったかもしれない。だが、誰も僕を呼び止めはしなかった。一度、一人のポーターが、僕が迷子であることに気づいたようだった。だが、僕がちゃんと説明できなかったので、すぐにこれ以上邪魔をするなという態度に変わった。大人の世界は、僕には閉じられた世界だった。僕は自分で自分の問題を解決するしかないらしかった。

やがて、おそらくは二週間ほどたった頃のように思うが、僕は完全に失望した。どこかわからないが、僕の家は確かにある。だが、ここから家まで行ける列車はないのかもしれない。あるいは、僕にはどうしようもない複雑な問題があるのかもしれない。駅の外に広がる都市について僕が知っているのは、出発したり到着したりする列車の窓から見える景色だけだった。外のどこかには、誰か助けてくれる人がいるかもしれない、家に帰る道を教えてくれる人が、あるいは少なくとも食べ物をくれる人がいるかもしれないのだが。

その頃になると、巨大な赤い駅の様子はだいぶわかるようになっていた。駅を出入りする大勢の人の群れは怖かったが、駅は自分がもといた場所とつながる唯一の場所だと思われた。新しい見知らぬ場所に行って帰ってくるたびに、大きな駅に戻るのがうれしかった。駅の中なら、どこで眠れるか、どのあたりで食べ物が見つかりそうか、よくわかっていたからだ。もちろん、一番見つけたいのはお母さんだった。それでも、僕は駅での生活に順応しつつあった。

駅には子どもたちのグループがいて、いつも同じプラットフォームの端にたむろしていて、夜になると固まって古い毛布のような物にくるまって眠っていた。自分と同じように、帰る所のない子どもたちらしかったが、その子たちは座席の下に隠れたり、列車に忍び込んだりはしないようだった。僕はその子たちを観察していた。彼らも僕を見ているようだったが、僕の存在にまったく興味がない様子だった。僕は彼らに話しかける勇気はなかったが、家が見つからないので疲れ果てていくうちに、彼らに対する不信感もすり減っていった。大人は全然助けてくれないことがわかったが、もしかしたら、子どもたちなら助けてくれるかもしれない。少なくとも、近くにいても怒りはしないだろう。もしかしたら、大勢の子どもといっしょの方が安全かもしれないと僕は考えた。

子どもたちは僕を歓迎してはくれなかったが、追い払いもしなかったので、僕は彼らの近くの硬い木のベンチに横になって、手を枕にして頭をのせて休んだ。大人がつきそっていない子どもたちがいても、おかしなことだと思う人もいなかったから、それが一人くらい増えても、もちろん誰も気にしなかった。僕は昼間に列車で往復して疲れ切っており、明日はどこにも行かないことにしようと決めてちょっと安心していた。ほかの子どもたちの近くにいて、いつもより安全な気にもなれたので、僕はすぐに眠りに落ちた。

　しかし、しばらくすると何かが眠りを妨げた。最初は悪い夢を見ているのかと思った。子どもたちの声で、「あっちへ行って！」とか、「放して！」とか、叫んでいるのが聞こえたのだ。叫び声はさらに頻繁になり、子どもの声も大人の声も聞こえてきた。駅のぼんやり薄暗い灯りの下に、「こっちに来い！」とかなんとか怒鳴っている男の姿が見えたような気がした。それから、子どもの叫ぶ声がはっきり聞こえた。「逃げろー！」僕は飛び起きた。これは夢ではない。

　混乱状態の中で、子どもたちが大人の男たちに持ち上げられて連れ去られるのが見えた。僕は必死で逃げだした。プラットフォームの端では、小さな女の子が男に捕まりそうになって暴れていた。プラットフォームの端で、暗いプラットフォームを一気に駆け抜けると、端で飛び下りた。それから、暗闇の中の線路の上を走り続けた。

　まわりがよく見えないままに、高い壁に沿って走りながら、僕は誰かが追いかけてこないかと思って何度も振り返った。誰も追いかけてはこないと確信してからも、速度を緩めなかった。たった今、駅で何が起きていたのか、なぜあの男たちは子どもを捕まえていたのか、僕にはまったくわからなかった。はっきりわかっていたことは、絶対に捕まってはいけないということだけだ。

だが、危険は後ろだけではなく、前にも待っていた。線路はだんだん右に曲がり、突然、真正面から眩しいライトを照らして列車が迫ってきた。僕が片側に飛び退くと、列車は耳がつぶれそうな音を立てて、僕の体のわきを突進した。恐ろしいほど接近していた。僕は必死で体を壁に押し付けた。列車が通り過ぎるまでの時間は永遠のように長く感じられた。車両から何か飛び出している物があると大変だから、顔を横にそむけ続けた。

やっと列車が通り過ぎると、僕は元気を取り戻した。危険がいっぱいの都市に怯え切ってはいたが、僕はもうかなりの時間、自分の知恵で生き延びており、その知恵をなくすことはなかった。もしかしたら、たった五歳であることが有利に働いたのかもしれない。ほかの子どもたちがどうなったのか、さっき起きたことはどういう意味だったのか、僕はあまり考えてもみなかった。わかっていたのは、逃げなければならないということだけだ。ほかに選択肢があるはずはない。僕はただ生きていくしかなかったのだ。

僕はさらに線路に沿って進んだ。今度はさっきより気をつけるようにした。線路が道路と交わったので、道路に入り、線路とは別れた。つまり、到着してから初めて、列車ではなく徒歩で駅とも別れたわけだ。人通りの多い道だったので、人気のない所にいるより安全に感じられた。やがて、道は大河のほとりに出た。川には巨大な橋が架かっており、灰色の空に黒々としたシルエットが浮かび上がっていた。その景色にすっかり圧倒されたことを今でもはっきりと覚えている。列車の窓から橋はいくつも見ていた。どれも、生まれ育った町で兄たちとよく遊びに行った小さな川に架かる橋よりは大きかった。今、目の前にある大河の岸辺には露店が並び、その隙間《すきま》から、広大な水の広がりが見え、ボートが行きかっていた。その上に橋の巨大な構造がのしかかるようにそびえている。橋上の歩道には人がいっぱいで、車道には自転車やオートバイ、車やトラックがのろのろと騒音の塊のようになって進んでいた。小さな町から来た小さな子どもにとっては、信じられない光景だった。いったい何人くらいの人がいるんだろう？　ここは世界で一番大きい場所なんだろうか？　駅を出て、巨大な都市が広がっているのを見ると、自分が迷子だということをそれまでよりなお強く感じずにはいられなかった。

僕はしばらくの間、景色のスケールの大きさに肝《きも》をつぶして、道に留《とど》まっていた。だが、誰も自分に気づいてもくれないので、心配にもなってきた。さっきのやつらのような悪者に目をつけられたらどうしよう。いや、さっきのやつらが実際に追いかけてこないとも限らない。そう思いつくと、店やもっと大きいビルの間を抜けて、川岸まで歩いていく勇気が湧《わ》いてきた。大きな木々の陰になり、草の繁った急な斜面を下りていくと、すぐに泥だらけの川岸に出た。そこには、大勢の人たちがいて、いろいろな事をしていた。体を洗っている人もいれば、そのすぐそばで鍋や鉢を洗っている人もいる。川岸で小さな焚火《たきび》をしている人もいれば、長く低いボートからはポーターたちがさまざまな物を運び上げている。

家にいたときには、僕はとても好奇心の強い子どもだった。だから、一人で出かけることを許される年齢になってからは、同じ所にじっとしているのは我慢できなかった。どこにいても、次の角を曲がったらどんな物があるのか見たくてたまらなくなった。だから、二人の兄のように自由に移動する生活がしたくてしょうがなかったし、だからこそ、あの夜すぐに、グドゥといっしょに出発することを決意したのだ。しかし、この不安になるほど巨大な都市のあの巨大な駅で迷子になってからは、新しい物を見たがる僕の本能は抑えつけられていた。故郷の町の通りが懐かしくてしかたなかった。そういうわけで、すでに慣れてきた狭い一帯から離れてしまうのはまずいのではないだろうかと僕は考え直してもいた。駅とその周辺のごちゃごちゃした通りに戻るべきか。それとも、この広々とした、しかし、まだよく知らない川辺の地帯に留まってみようか。僕はどちらとも決めかねていた。この都市は、見渡す限り、あらゆる方向に大きく広がっている。日中の列車の旅に疲れ、ちゃんと食べても眠ってもいないまま、僕はただ、人にぶつからないようによけるだけで、これからどうしたらいいかわからなかった。食べ物の露店の近くをうろついてみた。誰かが何か恵んでくれるのではないかと思ったが、ただ、「シーッ」と追い払われただけだった。

しばらくの間、僕は土手の上を歩いてみた。すると、故郷の町にいたのと同じような聖者と思われる人たちが眠っている場所があった。故郷のモスクにいたババとは少し違う。ババは近所の人たちと同じように、白い長いシャツとズボンを穿《は》いていた。だが、ここの聖者たちは裸足で、黄色い服をまとい、ビーズの飾りを付けていた。なかにはかなり恐ろしげな人たちもいた。長い汚い髪の毛を頭の上に編み上げて、顔には赤や白で模様を描いているのだ。その人たちは僕と同様、屋外で暮らしているからすっかり汚れていた。それまで僕はできるだけ大人を避けていたが、ここなら、この聖者たちに混じっていれば、悪者に見つかることはないんじゃないだろうか。僕はその人たちのすぐそばに寝そべると、ボールのように丸くなり、枕の代わりに手を組んで頭の下に敷いた。

目が覚めるより前に朝になっていて、僕はただ一人取り残されていた。聖者たちはいなくなっていた。すでに太陽が昇り、その辺を多くの人が歩いていた。僕はカルカッタの路上で最初の夜を生き延びた。

3 カルカッタ

腹ペコなのはいつものことだったが、しばらく前に自分が運ばれて来てしまった巨大な赤い駅の中より、この大きな川のそばにいる方が、食べ物を見つけるチャンスが多いことに僕は気づいた。

露店の主《あるじ》たちは食べ物をねだる子どもを相手にしてくれなかったので、水辺に降りてみることにした。何か料理している人たちがいるのではないかと思ったからだ。明るくなって見ると、この川はやはり今まで見たうちで一番大きい川だったが、今まで見たうちで一番汚れて嫌な臭いのする川でもあった。あちこちに動物の死体や、人間の糞便《ふんべん》や汚物があった。水際をゆっくり歩いていくと、ゴミの山にまみれて人間の死体が二つあったのでびっくりした。一人は喉《のど》を切られており、もう一人は両耳が切り落とされていた。死体を見たのは初めてではなかったが、前に見たのは自宅で亡くなった人で、家族に丁寧に扱われていた。屋外に放り出されている死体を見るのは初めてだった。ここでは、人間の死体を見ても、動物の死体と同じように誰も気にしないらしい。それがたとえ、ひどい暴行を受けた形跡のある死体でもだ。二つの死体は外に放置されたままで、強い日光にさらされ、蠅《はえ》がたかり、さらにネズミにかじられてもいるようだった。

僕は気分が悪くなった。そして、すでに薄々感じ始めていたことではあるが、この都市では一日一日が生死をかけた戦いなのだという事実に打ちのめされた。どこも危険だらけだった。それに、どの人間も、危険な人間かもしれないのだ。そこらじゅうに泥棒がいて、子どもをさらうやつらがいて、人殺しまでいる。あらゆる恐怖が湧《わ》き上がってきた。兄たちが家を離れて暮らしていたときには、こんな世界で生きていたのだろうか。それだから、たまに僕を連れて出てくれたときには、絶対に駅から離れるなと言いつけたのだろうか。あの後、駅でグドゥに何が起きたんだろう。グドゥ兄ちゃんはどこへ行ってしまったのか。どうして、僕が目を覚ましたときにそばにいなかったのか。どこか、ここのような場所で、僕を探していたのだろうか。家族は僕に何が起きたと思っているんだろう。僕を探しているだろうか、それとも、僕はもう死んでしまった、どこかへ行ってしまった、二度と戻ってこないと思っているのだろうか。

僕はとにかく母さんに、グドゥに、家族のみんなに会いたくてしかたなかった。守ってもらいたくて、かまってもらいたくてたまらなかった。だが、その希望を失わないためには、できるだけ強くならなければいけないこともわかっていた。そうでないと、僕はこの広い泥の川の岸辺に消えてしまう、ここで死んでしまうだけだ。自分の力でなんとかしなければいけない。僕は勇気をふりしぼった。

僕は橋の方に戻り、川の中へ下りていく階段の所までやって来た。水浴びをしている人たちもいれば、階段で洗濯をしている人たちもいた。階段のそばに大きな石造りの排水溝があって、通りから川の中へ水とゴミを押し流していた。そこでは子どもたちが水の中でふざけたり、水しぶきをあげたりして遊んでいた。僕は仲間に入りたくて近づいていった。インドでは、下水道でもあり、死体処理場でもある川で、人々が平気で水を浴びたり、体を洗ったりしている。今考えると本当に驚いてしまうが（インドを訪れた外国人は誰でも驚くだろう）、そのときの僕は何とも思わなかった。それはただ川なのだ。川はそれらすべての事のためにある。そして、川では信じられないような善意の行動も見ることができる。僕はまさにそれを体験しようとしていた。

子どもたちは僕を受け入れてくれて、僕たちはしばらく水の中で遊んだ。昼間の暑さから一息つくことができた。子どもたちの中には自信満々な様子で階段の横から川に飛び込む子もいたが、僕は膝上《ひざうえ》の深さのあたりまで階段を下りて遊ぶだけだった。兄たちは町の近くのダムのある川で僕に泳ぎを教えようとしたが、僕はまだ泳げるようになっていなかった。ふるさとの町では、モンスーンの季節以外には、川はただ足でバシャバシャする程度のやさしい流れに過ぎなかった。それでも、僕は水遊びが大好きだった。この日は特に水遊びがうれしかった。普通の子どもに戻って、ほかの子どもたちと遊ぶのは素晴らしい気分だった。

午後も遅くなって、ほかの子どもたちは家に帰っていった。僕は階段にすわったままだった。この日が終わってしまうのが嫌だった。だが、川には驚くことがたくさんあった。僕はまだわかっていなかったが、川の水位はずっと上がり続けていたらしい。さっきは安全だと思っていた場所に飛び込んだら、そこは思ったよりずっと深く、僕の身長より深くなっていたのだ。強い流れもあって、僕は階段からどんどん遠くに流されていった。しぶきを上げて、水をばたばた叩《たた》きながら、僕は水底を蹴《け》り、水面に浮かび上がって息を吸おうとした。だが、水の流れは僕を底の方へ、遠《とお》くの方へと引きずり込むのだった。もう、底に足をつくこともできなくなっていた。僕は溺《おぼ》れかけていた。

そのとき、近くで大きな水しぶきの音が聞こえたかと思うと、上の方向に引きずり上げられ、水面に出て、階段の上に引っ張り上げられた。僕は階段にすわって、バシャバシャ水を垂らし、咳《せ》き込んで泥水を吐き出した。僕は年老いたホームレスの男性に助けられていた。彼は石造りの排水溝の所から水に飛び込んで、危ういところで僕を水中から引きずり出してくれた。それから、その人は黙って階段を川岸へと上っていった。おそらくそこに住んでいたのだと思う。

見知らぬ人のやさしさに触れて油断してしまったのか、それとも、やはり五歳という年齢の愚かさだろうか、僕は次の日も同じ場所に水遊びに行った。またしても、水位が上がって来て、強い流れに引っ張られ、あきれたことにまた溺れそうになっていた。驚いたことに、同じ人がまた助けてくれた。もしかしたら、僕が川辺に戻って来たのに気がついて、注意して見ていてくれたのかもしれない。このときはほかの人たちも何が起きているか気づいていた。その人は僕を助け出し、僕は階段にすわって昨日よりも多く泥水を吐き出していた。僕たちのまわりに人が集まってきた。人々が何と言っているか、僕にもなんとなくわかった。神様がお助け下さったのだ、まだこの子の死ぬ時は来ていなかったのだ、などと話していたようだ。

大勢の人が近くに寄って来てじろじろ見るので、気後れしてしまったのかもしれない。あるいは、二度も溺れそうになった自分が恥ずかしく、情けなかったのかもしれない。僕はいきなりぴょこんと立ち上がると、全速力で走り出した。川に沿って、これ以上走れないと思うまで走った。もう二度と川には入らないと誓いながら。

そういうわけで、僕はあのホームレスの老人にお礼も言っていないと思う。一度ならず二度まで僕を救ってくれた命の恩人なのに。

人だかりから逃げ出して、なじみになったあたりから遠くまで来てしまった。日が暮れ始めていた。日が暮れる前に川沿いの自分のよく知っているあたりまで戻るのは無理そうなので、この辺で急いで寝る場所を見つけなければならなくなった。歩いていくうちに、使われなくなった工場のような場所があった。裏の暗がりにはゴミの山がいくつもあった。疲れ切った僕は、段ボールの切れ端を見つけてゴミの山の後ろに隠れ、段ボールを敷いて横になった。その場所は嫌な臭いがしたが、そんなことにはもう慣れてしまっていたし、そこなら人目から隠れることができた。

夜中に、近くの街灯の下に集まっている恐ろしげな犬の吠《ほ》え声で目を覚ました。僕は大きな石を手に握り、ほかにもいくつか石を集めて近くに置くと、どうやらそのまま、また眠り込んだらしい。顔に当たる日の光の暑さに目を覚ましたとき、石はそのままそこにあったが、犬の姿はどこにも見えなかった。

その後、僕は駅周辺の一帯にだんだんなじんでいった。店や屋台があって、僕は食べ物を探し歩いた。店からは食べ物のたまらなくいい匂いが流れてきた。マンゴーや西瓜、揚げ物、それに菓子の店からはグラブジャムン［訳注　乳固形分の揚げ団子をシロップ漬けにした菓子］や、ラドゥ［訳注　ひよこ豆で作ったドーナッツのような菓子］の甘い匂いがした。何か食べている人たちしか、目に入らなくなった。ピーナッツをかじりながら、おしゃべりする男たち、チャイを飲み、一房の葡萄《ぶどう》を分けあって食べている人たちもいた。僕は空腹にさいなまれながら、一軒ずつ食べ物をせがんで歩いた。だが、どの店でも追い払われた。まわりにはいつも僕と同じように食べ物をせがむ五、六人の子どもたちがいた。憐みをかけるには、飢えた子どもの数が多過ぎた。

僕は人々が食べるのをじっと見ていた。僕の家族と同じように貧しい人ばかりで、いい食べ物を残していくことはなかった。それでも、何かこぼしたり、すっかり食べ切らずに去ったりすることはあった。まわりにはゴミ箱がなかったから、食べ終えた人は食べかすをそのまま地面に落とした。故郷の町の駅で兄たちといっしょに食べ物をあさったときに学んだように、僕はここでもどんな食べ物が安全か学習しつつあった。サモサのような揚げ物は泥をちゃんと落としさえすれば食べても大丈夫だが、そう簡単には手に入らなかった。残り物をほかの物乞いの子どもたちより先に手に入れるには、競争に勝たなくてはならなかった。僕はだいたい、地面にこぼれやすいナッツ類や、ブジャ・ミックス［訳注　乾燥したひよこ豆やレンズ豆を混ぜた辛いスナック］をねらった。ときには、平たいパンをねらって争うこともあった。必死になって食べ物のくずをねらう子どもたちの間の競争は熾烈《しれつ》で、ときには乱暴に突き飛ばされたり、殴られたりすることもあった。僕たちはまるで骨を奪い合って戦う野犬のようだった。

眠るときには駅や川のそばから離れなかったが、僕は少しずつ、周囲の通りを歩いてみるようになった。生まれつきの冒険心がよみがえってきたのかもしれないが、それ以上に、次の角を曲がったら、何か食べる物があるのではないか、ほかの子どもたちがまだ見つけていない食べ物のありかが見つかるのではないか、やさしい露店の主人がいるとか、市場から出た残飯の箱が転がっていたりするかもしれないという期待に突き動かされていたのだと思う。これほど広い場所であれば、チャンスもたくさんあるはずだった。

だが、そこには危険もいっぱいだった。ある日、知らない通りに入ってみたら、両側には崩れた家や、バラバラにならないように竹や鉄条網でまわりを縛った掘立小屋ばかりが並んでいた。まるで何かの死体でもあるのかと思うほど、ひどい臭いがした。その一帯の人々は奇妙な目つきで僕をじろじろ見た。まるで僕にはそこにいる権利がないとでもいうように。やがて、葉っぱで巻いた煙草《たばこ》を吸っている年上の少年たちのグループに遭遇した。そいつらがこっちを見ると、僕は怖気《おじけ》づいて、そこに立ち止まった。

そのうちの一人が手に持った煙草を振りながら、立ち上がってこっちに向かって歩いてきた。そして、何か大きな声で僕に怒鳴った。ほかの少年たちはそれを聞いて笑った。何と言われたのか一言も理解できないので、どうしたらいいかわからず、僕はそこに立ち尽くした。すると、彼はまっすぐこっちに歩いてくると、いきなり僕の頬《ほほ》をひっぱたいた。二度もだ。その間、ずっと何か怒鳴っていた。僕は驚きのあまり、泣きだした。もう一度強く殴られ、僕は地面に倒れて泣き続けた。少年たちは声をあげて笑っていた。

もっとひどいことをされる可能性もあるから、ここから脱出しなくてはならないと思ったので、気持ちを落ち着かせようと努めた。僕は立ち上がると、くるっと後ろを向いて、落ち着いたペースで歩き始めた。ちょうど、恐ろしい犬たちに遭遇したときのように。顔はずきずき痛んでいた。彼らの場所に留《とど》まるつもりはないことを明らかにすれば、放っておいてくれるかもしれないと僕は考えた。だが、彼らは追いかけてきたので、僕はたまらずに走り出した。涙で霞《かす》む目に、二つのビルの間の細い隙間《すきま》が見えたので、そこに向かって懸命に走った。少年たちのうちの誰かが投げた石が僕の腕に当たった。

隙間を無理やりすり抜けると、そこは四方のふさがった中庭のような場所だった。出口は見つからず、後ろからは少年たちの怒鳴り声が聞こえた。地面はゴミの海で、壁際にもゴミが高く積み上がっていた。もしかしたら、あのゴミの山から上によじ登って、逃げることはできないだろうか。中庭を突っ切って行こうとしたとき、僕が気づいていなかった別の入り口から、少年たちが入って来た。彼らは錆《さ》びたゴミ箱から次々に何か取り出し始めた。リーダーが僕に向かって何か叫んだ。すると、最初の瓶が空を切って飛んで来て、僕の後ろの塀に当たって砕けた。それから、たくさんの瓶が飛んで来て、僕のまわりで砕け散った。狙いが的中して僕に当たるのは、時間の問題だ。つまずいたり、首をすくめたりしながら、僕はゴミの山を登り始めた。幸いなことに、ゴミの山は僕の体重では崩れなかった。僕は上までよじ登り、塀の上に体を引き上げると、やつらが追って来ないように祈りながら、塀の上を歩き始めた。足もとの塀には次々に瓶が炸裂《さくれつ》し、足をかすめて飛んでいった。

僕が逃げるのを見ただけで、彼らは気がすんだのかもしれない。自分たちのテリトリーの外に追い払えば、それ以上、僕を追いかけてくることはしないようだった。僕はふらつきながらも、できるだけ大急ぎで逃げた。しばらく塀の上を進むと、誰かの家の裏庭から、竹でできた梯子《はしご》が立てかけてあった。僕は梯子を下りると、家の中に飛び込み、赤ちゃんといっしょにすわっている女性のそばを通り抜けて、そのまま表のドアから外に飛び出した。その人は僕が走り過ぎるのに気づかない様子だった。僕は遠くにそびえているあの橋の方へと、全速力で駆け続けた。

川のそばに戻っても、食べ物を探さなければならないこと、安全に眠れる場所を探さなければならないことは同じだった。前に眠ったことのある場所に行ったら、誰かほかの人間が寝ていて、よそへ行かなければならないことが何度もあった。たまたま、前よりよさそうな場所が見つかることもあった。毎晩野宿をして、しかも常に警戒していなくてはならないせいで、僕は常に疲れていた。ある日の黄昏《たそがれ》時、寝る場所を探しながら、川沿いに歩いていくうちに、初めて巨大な橋の真下に入った。橋の下には、木の小さな舞台のような物がいくつか集まっている場所があって、女神の絵や小さな像の前にココナッツのかけらや硬貨などの捧げ物が並べられていた。僕も知っている女神ドゥルガーで、偉大なる女神マハーデーヴィが戦士の姿になった神様だ。女神は虎の背にすわり、たくさんの腕で武器を振りまわしている。前に聞いたお話に出てきたが、このたくさんの武器を使って、女神は悪魔を退治しているのだ。素焼きの蠟燭《ろうそく》立ての瞬く灯りに照らされた女神は恐ろしい姿をしている。それでも、まわりが少しずつ暗くなっていく中で、小さな灯りがきらめいている光景には何か心安らぐものがあった。僕は橋の下にすわって、川を見渡した。相変わらず空腹だったから、捧げ物に食欲をそそられた。僕は果物とココナッツを少しずつ取って食べた。それに、硬貨もいくつか取った。

この場所から離れたくないと思った。ここにいれば大丈夫だという気がした。小さな神殿と並んで、木のデッキが川の水の上に突き出していた。僕はその板が丈夫でしっかりしていることを確認すると、そこによじ登った。人々が女神に祈りを捧げに来る神聖な場所にいるのだと感じた。硬い木のデッキに横たわって、下を流れていく水の音を聞きながら、僕は家族のことを考えた。みんな元気だろうか、みんなも僕のことを心配してくれているだろうか……。

だが、今考えてみると、そのときの僕の家族への思いは、大きな駅に初めて到着したときとは違っていた。僕の思いは前ほど鋭い痛みをともなったものではなくなっていたが、前より深みを増していたと思う。僕の家は変わっていない。だが、僕自身はすでに変わっていた。もちろん、僕は家に帰りたかった。どうしても、帰りたかった。だが、その思いに溺れてしまうことはなくなっていた。家族のもとへ戻ることをあきらめたわけではない。だが、そのときの僕は今この場所で生き延びること、毎日をなんとかやっていくことに気持ちを集中させていた。自分は今、見つけることのできない家で生きているのではない、ここで生きているのだとはっきり自覚するようになっていたと思う。家は、失ってしまった家は、ますます遠くに感じられた。おそらく、そのときの僕は、今は「ここ」が自分の住む場所なのだ、少なくともこれからしばらくはそうなのだと考えるようになっていたと思う。

次の朝、目を覚ますと、黄色い衣をまとった荒々しい容貌《ようぼう》の聖者の一人が僕のすぐそばで瞑想《めいそう》していた。すぐにほかの聖者たちもやって来て、いっしょに瞑想を始めた。上半身裸の人もいれば、飾り立てた長い杖を手にしている人もいた。僕は静かにその場所を離れた。僕は彼らの場所で眠り、捧げ物を取った。僕が眠った水の上の場所は、彼らがもう一つ新しいドゥルガー女神の小さな神殿を作るために用意した場所だったかもしれない。それでも、彼らは僕に何もしなかったし、眠っていた僕を起こしもしなかった。僕はそのとき、聖者たちといっしょにいて安心していた。まるで、どこかへ向かっていっしょに旅をしているような気持ちだった。

ほかにすることもないので、駅の構内に戻り、たくさんの線路の間を歩きまわる日もあった。そんなとき、まわりにはいつでも多くの子どもたちがいた。僕と同じように、何かいい物が見つからないかと探していたり、ただ時間をつぶしたりしているのだった。もしかしたら、その子たちも迷子で、どの線路が家に続いているのかと考えていたのかもしれない。ときおり、列車がそばを通り過ぎた。線路の上にいる者を追い払うために、大きく警笛を鳴らしながら。

ある静かな、しかしとても暑い日、僕は歩きまわっているうちに暑気当たりして、線路にすわり込み、そのまま居眠りを始めていた。汚れた白いシャツとズボンの男が寄って来て、こんな危ない所でいったい何をしているんだと話しかけてきた。たどたどしく返事をすると、その人は僕の言うことをわかってくれただけでなく、僕の方でも彼の言うことがちゃんとわかるように、ゆっくりと話してくれた。その人は、ここで列車にひかれて死んだ子どもや、腕や足をなくした子どもがたくさんいると言った。駅やそのまわりの線路は危険な場所で、子どもの遊び場ではないよと言った。

僕は彼に自分は迷子なのだと言った。僕の言うことを辛抱強く聞いてくれて、わかってくれる様子なので、勇気を出して、自分はジネストレイから来たが、誰もそれがどこか知らないということ、だから今は家族と離れ、住む場所もなく、一人ぼっちなのだと話してみた。

誰かにきちんと話ができたのはそれが初めてだった。その人は僕の話を聞き終わると、自分の家へ連れて行って食べ物と飲み水、眠る場所を用意してあげようと言ってくれた。すごくうれしかった。ついに誰かが足を止めて僕を助けてくれるというのだ。僕は迷わず彼のあとについて行った。

その人は鉄道労働者で、線路わきの小さな小屋に住んでいた。多くの線路が集まって、巨大な赤い駅の入り口に入っていく地点の近くだった。小屋は木の枠に波型の鉄板や厚い段ボールをつなぎ合わせてできていた。小屋にはほかの鉄道労働者たちも住んでいて、いっしょに夕食を食べようと言ってくれた。テーブルについて、誰かが料理してくれた暖かい食事をとるのは、迷子になって以来初めてだった。その食事がレンズ豆のダールとご飯だったことを今でも覚えている。鉄道労働者のうちの一人が小屋の隅の小さなコンロで料理してくれたものだ。その人たちは僕がいることをちっとも気にしていない様子で、食事を分けることに文句を言う人もいなかった。貧しい人たちだったが、少なくとも、路上で生活している人たちとは異なるルールで生きているのだと思った。彼らは屋根のある暮らしをしており、質素な食事のできる稼ぎがあり、仕事もあった。それがどんなにきつい仕事だったとしても。彼らが僕に分けてくれたのは少しの食事だけだったが、それでも、見知らぬ者に食事を与え、泊めてくれるのだから、この上なくありがたいことだった。これまで生きてきたのとはまったく違う世界に足を踏み入れたような気持ちだった。その外の世界から自分を隔てているのは、波型鉄板の薄い壁と一杯の豆のスープだけだったが、僕はまたしても見知らぬ人に救われた気持ちになっていた。

小屋の奥に藁《わら》でできた小さな簡易ベッドがあり、僕はまるでもう家に戻ったかのように気持ちよく、幸せに眠った。鉄道労働者は僕を助けてくれそうな人を知っていると話していたが、次の日になると、その人に来てもらうように話をしてきたと言った。僕はもうすっかり安心していた。今までのつらい体験も悪い夢を見ただけだと思えてきた。もうすぐ家に帰れる。鉄道労働者たちが仕事に出かけた後、僕は小屋に留まり、自分を救済してくれる人を待っていた。

約束通り、次の日になると別の男性が現れた。その人もやはり僕にわかるようにゆっくりと話してくれた。きちんとしたスーツを着た人で、特徴ある口ひげを僕が指さして「カピル・デブみたい」と言うと、声を出して笑った。その頃のインド代表クリケットチームのキャプテンにそっくりのひげだった。その人は僕のベッドにすわると「こっちに来て、どこから来たのか話してごらん」と言った。僕は言われたとおりにすわって、これまで起きたことを話した。その人は、できるだけ詳しく話してごらん、そうすればその場所を見つけてあげられるから、と言った。僕は一所懸命に説明した。やがて彼はベッドに寝そべり、僕にも隣に横になるようにと言った。

僕はこれまでの人生で、たくさんの幸運とたくさんの不運に出会った。賢い決断もしたし、まずい決断もした。僕の直感はいつも正しいとは限らなかったが、何週間もの路上生活で、意識するしないにかかわらず、危険に対処するために決断を重ねるうちに、直感はすっかり研ぎ澄まされていた。人は生き延びていくうちに、自分の直感を信じるようになる。いや、もしかしたら、ほかの五歳の子どもでも、知らない男の人といっしょにベッドに横になったら、何かが変だと気づくものかもしれない。実際には何もおかしな事は起きなかったし、その人は僕に指一本触れなかったが、家に帰れるようにしてくれるという素晴らしい夢のような話を聞きながら、何かがおかしいと僕は感じ始めていた。だが、その人を信用していないことに気づかれてはいけないとも思った。今は話をあわせておかなくては。次の日にその人の知っている場所にいっしょに行って、僕の家を探そうと言うので、僕はうなずき、同意した。だが、心の中では、絶対にこの男とかかわってはならない、なんとかして逃げ出さなくてはならないと考えていた。

その夜、夕食がすむと、その前の二晩と同じように、小屋の隅のドアのわきの古ぼけた桶《おけ》で皿を洗った。男たちはいつものとおり、集まってチャイと煙草を楽しみ始め、やがておしゃべりと冗談に夢中になって、僕のことは忘れたように見えた。今がチャンスだ。僕はすきを見はからって、ドアの外に飛び出した。命がけのように必死で走った。実際、後から振り返ると、命がかかっていたと思う。不意をついてやれば、たとえ追われることになっても、十分な距離をかせげるはずだと思った。僕はまたしても夜の中、線路を越えて、知らない通りを駆け抜けていた。どこへ行ったらいいかわからないまま、ただ逃げることだけを考えていた。

やがて息が切れてしまい、人通りの多い道に出たので速度を緩めた。もしかしたら、あの人たちは僕がいなくなったって全然気にしないかもしれない。それに、たとえ僕を追いかけたとしても、こんな遠くまで追いかけてくるはずはない。そう思った瞬間、後方すぐ近くから、僕の名を呼ぶ声が聞こえた。僕はまるで体を電気が通りでもしたように、びくっとした。もともとまわりを歩く人たちよりずっと小さかったが、さらにさっと身をかがめて、狭い通りで最も人の多い方に走った、歩道のわきの食べ物を売る露店のまわりだ。あたりを見まわすと、僕を追いかけてきたらしい二人の男の姿があった。怖い顔をして、あたりを見まわしながら、足早に動いていた。そのうちの一人が、あの最初に出会った鉄道労働者であることに気づいた。僕の面倒をみてくれたときのやさしげな様子はもうまったくなかった。急いでその男たちと反対の方向に移動したが、人が多くなってきて、さっさと動くのが難しくなってきた。男たちがますます近づいてきている気がした。どこかに隠れなくては。二軒の家の間に狭い隙間があるのを見つけたので、そこに飛び込んだ。できるだけ奥まであとじさって行くと、片方の家の壁から水の垂れている排水管が突き出ていた。なんとか入れそうだった。四つんばいになって排水管にもぐり込むと、通りから姿が見えないくらい奥まで進んでいった。蜘蛛《くも》の巣も気にしなかったし、手を覆う高さまで臭い排水が流れていることも気にしなかった。暗い排水管の中より、外で自分を待ち構えているものの方がずっと怖かったからだ。見つかってしまったら、もう逃げられない。

　男たちのうちの一人が、僕が隠れている場所からすぐ近くの果物の屋台の主人に何か話しかけているのが聞こえた。それればかりか、恐ろしいことに、排水管からひょいと外をのぞいた瞬間に、あの最初の鉄道労働者が壁の間に頭を突っ込んで排水管の方を見たことを覚えている。探るような鋭い視線が一瞬僕の上に止まり、ちょっと躊躇《ちゅうちょ》してから、よそへ動いていったような気がした。僕は本当に見つかりそうになっていたのだろうか。そのときに見えた男は、本当に僕を小屋に連れていったあの鉄道労働者だったのだろうか。今となっては、記憶は定かではない。だが、その光景は後になってもはっきりと思い浮かべることができる。もしかしたらそれは裏切られたショックのせいかもしれない。その人を信用し、助けてくれると思ったのに、いきなり地面がぱっくりと割れて、僕を飲み込もうとしているかのようだった。あのときの恐ろしさを僕は忘れたことはない。

　それからしばらく隠れていたが、男たちが本当に行ってしまったと確信すると、排水管からはい出し、暗い道を選んで歩き出した。僕はすべての希望を失ってうちひしがれていたが、なんとか逃げおおせたことで、心から安心してもいた。少なくとも、僕の生存本能はかなり強いらしい。自分でなんとか切り抜けたという事実から、僕は確かに力を得ていた。

4　救出

あの鉄道労働者たちに見つかるのが怖かったので、駅の近くにはいたくなかった。それまでは、ときおり近隣の地域に出かけてみることはあっても、最初に到着した駅周辺から遠く離れたことはなかった。しかし、今となってはそうするしかない。僕は初めて川を渡る決意をした。

長い橋の両側にある歩道は駅のプラットフォームのように混んでいたが、駅よりももっといろいろな種類の人々がいた。ほとんどの人はとても忙しそうに、一人で、あるいはグループで、どちらかの方向に急いでいたが、まるで川の上に住んででもいるように、ただぶらぶらしている人たちもいた。ごちゃごちゃ固まって歩いている家族連れや、頭の上にものすごく大きな荷物をのせて歩く人たちを避けながら通らなければならないときもあった。乞食《こじき》も多く、手足や目を失ったり、ケガや病気で顔が崩れたりした人もいて、それぞれ金属の椀を前に出して、小銭や食べ物をせがんでいた。中央の車道は、リキシャや牛の引く荷車などあらゆる種類の車で渋滞していていた。雑踏の中を迷い牛までふらついていた。橋の大きさ、交通の多さに僕は圧倒された。必死で前へ進み、向こう岸に着くとすぐに幹線道路から離れることにした。

　いくらか静かな地域に入ると、あちこちの通りや路地をあてもなく歩きまわってみた。危険はないか、助けてくれる人はいないか、常に注意を払っていた。あの鉄道労働者にだまされてから、危険な人と助けてくれる人を見分けるのが難しくなった。あの一件で自分の勘の鋭さに自信もついたが、同時にこのまま一人で生きていくのは不可能だと思い知らされた。危険はあまりに多く、見抜くのは難しい。他人に対する猜疑心が強くなっていた。世の中の人たちのほとんどは無関心であるか、悪者であるかのどちらかだ。だが同時に、たとえめったにいないにしても、純粋な気持ちで助けてくれる人を見つけたいという思いも強くなっていた。そう、あの川辺のホームレスの人のように。人に近づくのが怖かったが、今の状況からなんとか脱出したかった。そのためには、何に対しても注意深くあらねばならない。警戒すること、チャンスを逃さずつかむこと、その両方が必要だ。

　僕は前よりは少しずつ、人々に近づくようにした。あるとき、川を渡ってから住みついていた地域でいつもの通りを歩いていると、自分と同じくらいの年齢の男の子に出会った。その子は誰にともなく声を出して何かしゃべっていた。僕がじっと見ているのに気づくと、こんにちはと言ってくれて、僕たちははにかみながら、しばらく話をした。その子は僕よりもたくさん言葉を知っていて、いくらか大人のように話したので、きっと学校に行ったのだろうと思った。やさしい子どもだったので、しばらくその通りでいっしょに遊んだ。それから、その子は、いっしょに家においでよと言った。僕は恐る恐るついて行った。

家に着くと、その子は僕を母親に紹介し、僕は自分がなぜここにいるか、二人に少し話した。母親は、うちでご飯を食べていきなさい、家に帰してくれる人が見つかるまでここにいてもいい、と言ってくれた。親身になって心配してくれる様子に、僕の警戒心は消え去った。このやさしい女性が僕にひどいことをするとは思えなかったし、路上の生活から脱出するチャンスだと思った。ほんの数日間、鉄道労働者の小屋に泊まっただけで、屋外で寝るのがつらく感じられるようになっていた。安全な家の中にいることのありがたさをしみじみ感じた。人の家に招かれて、食事をさせてもらい、泊めてもらえるのが本当にうれしかった。

次の日、母親は息子と僕にいっしょに出かけようと言い、僕たちを近所の池に連れて行った。そこでは、地元の人たちが洗濯をしていた。母親も洗濯を始め、男の子と僕は水浴びをした。僕は家を出て迷子になって以来、ずっと同じ黒い半ズボンと半袖の白いシャツを着たきりだった。きっとものすごく汚くなっていたと思う。泳げなくても大丈夫な深さであれば、僕は水の中で遊ぶのが大好きだった。もう水から出たくないと思うほどだった。時がたって、僕の新しい友だちは水から出て体を乾かし、服を着終えた。母親はそろそろ帰ると言って僕を呼んだ。僕はもしかしたら、家族の秩序というものを忘れていて、母親に対する敬意を欠いていたのかもしれない。そのまま言いつけを聞かず、バシャバシャ遊び続けた。母親はすぐにかっと怒って、いきなり石を投げてきた。石はもうちょっとで僕に当たるところだった。僕は泣きだし、母親は息子を引き寄せると、僕に背を向けて去ってしまった。

　そのとき、浅い池に立ち尽くしていた自分がどんな気持ちだったか、正確には思い出せない。誤解されてしまったのだろうか。水から出ないで遊び続けたから、いっしょにあの家に帰りたくないんだと思ったのだろうか。僕のお母さんは僕に石を投げたりしたことはない。僕のことを悪い子だと思ったときでも。あのお母さんは昨日はあんなにすんなりと僕を受け入れてくれたのに、今日は突然僕を見捨てて行った。大きな都市の人たちはみなこんなふうなんだろうか。

　僕は再び一人ぼっちになってしまったが、それでも、彼らに出会ったことはありがたい経験だった。一度の食事、一晩の宿を世話してもらえただけではない。彼らに会って、僕はこう考え始めた。きっと、僕の言うことを理解してくれる人たちは、思ったよりたくさんいるのではないか。そして、それから間もなく、僕はそういう人に再びめぐり会ったのだ。

　ある日、何か食べる物が見つからないかと思って、新しくなじみになった地域の商店街をうろついていた。すると、兄のグドゥと同じくらいの年齢の少年が、手押し車に荷物を載せてこっちにやって来た。どうして僕に気づいたのかわからないが、話しかけてきた。何と言っているのか、理解できなかったが、怒っているようには見えなかったから、僕は安心していた。彼はこっちに近づきながら、もっとゆっくり話してくれた。ここで何をしているのか、名前は何というのか、と聞いていたのだ。

僕たちはちょっとおしゃべりして、僕は自分が迷子だと打ち明けた。彼は自分の家にくればいいと言ってくれた。僕はちょっと躊躇《ちゅうちょ》したかもしれない。何かひどいことをする気ではないか、この間の小さい男の子の母親のように突然僕をいじめるのではないかと心配だったからだ。だが結局、僕は彼について行った。危険かもしれないと思ったが、路上で暮らすことも危険だった。それに、無意識のリスク計算機である僕の直感が、この少年は善意の人だと告げていた。

直感は正しかった。少年はとてもやさしくて、僕は彼らの家に何日も泊めてもらった。僕はときどき、彼について行って、手押し車に荷物を積んだり、下ろしたりする仕事を手伝った。彼はとても忍耐強く、僕の面倒をみてくれた。それからすぐにわかったことだが、彼はもっとそれ以上のことを僕のためにしてくれていた。

ある日、彼はいつもより大人っぽい真剣な調子で、僕に話し始めた。これから、君を助けてくれる所に行くから、というのだ。僕たちはいっしょに町の反対側まで歩いていった。そこは、警察官の大勢いる大きな警察署だった。僕はすぐに反抗し始めた。だまされたのか。僕を逮捕させるつもりなのか。少年は僕をなだめて言った。「警察は君をいじめたりしないよ。警察に君の家と家族を見つけてもらうんだ」僕はもう何が起きているのかわからなくなったが、しかたなく彼について警察署の中に入った。少年はしばらく警察官と話していたが、やがて僕の所に戻って来ると「君のことは警察に頼んだから、僕は帰る」と言った。帰ってほしくなかったし、僕はまだ警察を怖がっていたが、少年のことをすっかり信頼していたので、我慢してそこに残った。ほかにどうしようもなかった。彼にさよならと言われ、悲しくて怖かった。「僕にできることはこれだけだ。家に帰る方法を見つけるにはこうするのが一番いいんだ」と彼は言った。僕はあの少年に、ちゃんとありがとうと言っただろうか。

少年が去るとすぐ、僕は警察の裏口から留置場に連れていかれ、独房に入れられた。ドアには鍵《かぎ》がかけられた。自分の運命が好転しているのか、悪化しているのか、まったくわからなかった。しかし、そのときの僕は理解していなかったが、少年はあの川辺のホームレスの人と同じように、文字通り、僕の命を救ってくれたのだ。

今でもときどき思うのだが、もしあのとき、彼が僕を警察に引き渡していなかったら、あるいは僕が彼を信用して言うとおりにしなかったら、僕はその後どうなっていただろう。しばらくしてから、誰かほかの人が彼と同じことをしてくれたかもしれないし、ストリート・チルドレンを支援する団体などが助けてくれた可能性もないわけではない。だが、それ以上に可能性が高いのは、路上生活をするうちに死んでしまっただろうということだ。今でも、コルカタでは何十万人というストリート・チルドレンがいる。そして、その多くは大人に助けてもらう前に死んでいるのだ。

あの鉄道労働者の友だちが何をするつもりだったのか、本当のところは僕にはわからない。それに駅であの夜、僕の近くで眠っていて捕まってしまった子どもたちがあの後どうなったかも。しかし、彼らが僕よりももっと恐ろしい目に遭ったことはほぼ間違いないと思う。どれほどの数のインドの子どもが、性産業や奴隷労働、あるいは臓器摘出のために売り飛ばされているか、誰にもはっきりしたことはわからない。わかっているのは、これらの産業が今も盛んだということだ。犠牲になる子どもの数はあまりに多く、取り締まりに当たる係官の数はあまりに少ない。

僕が路上で暮らしていた時期からほんの二年ほど後のことだが、最初はボンベイで、次にはカルカッタで、悪名高い「ストーンマン」連続殺人事件が起きた。誰かが、都市の主要な駅の周辺などで、夜眠っているホームレスの人たちの頭に大きな岩やコンクリートの塊を落として殺すという事件が続いたのだ。半年の間に一三人が殺され、誰も告訴されなかった(しかし、精神異常者の容疑者を警察が拘束して以降、殺人は起きていない)。あのまま路上で生活していたら、僕が今もう生きていない可能性は高い。もちろん、この本を書くこともできなかっただろう。

忘れることができたらと思う経験も多いが、どうしても覚えておけばよかったのにと思うことが一つある。それはあの少年の名前だ。

その夜、僕は警察の留置場で眠った。次の朝、警察官が何人か来て、僕は別に逮捕されたわけではないし、何も怖がることはない、助けてあげたいのだから、と言った。僕は相変わらず不安だったが、とにかく彼らに従うことにした。それは僕のはるかな旅、地球を何分の一周かした別世界への旅の第一歩だった。

　食事を与えられてから、ほかの子どもたちといっしょに大きな囚人護送車に乗せられた。僕より年上の子も年下の子もいた。町の中のビルに連れて行かれ、役人のような感じの人たちが昼食と飲み物をくれた。彼らは僕にたくさんの質問をした。何を言っているのか、全部わかったわけではないが、名前と住んでいた所を聞かれているのは間違いないと思った。僕はできるだけ答えた。彼らは僕の答えをたくさんの書類や伝票に記入していた。誰ひとりとして「ジネストレイ」を知る人はいなかった。僕は自分が列車に乗った駅の名前を必死になって思い出そうとしたが、兄たちがそこを「ブランプール」とか、「ビランプール」とか、「ベランプール」とか、そんな感じの名前で呼んでいたとしか言えなかった。

　彼らは僕の答えを記録してはいたが、ごく小さな町のそんなうろ覚えの名前では、国中にたくさんあるだろうから見つかるはずはないと思っている様子だった。僕は自分のフルネームさえ言えなかった。僕はただの「サルー」だった。結局、僕が誰で、どこから来たかわからないので、彼らは僕を「迷子」と宣言した。

　質問が終わると、バンに乗せられて、別の建物に連れて行かれた。僕のようにどこにも行くあてのない子どもたちの住む所だと言っていた。車は巨大な錆《さ》びた鉄の門の前で停まった。まるで、刑務所の門のようだった。門の隣に小さな入り口があった。一度ここから入ったら、また出てこられるのだろうかと僕は思った。だが、ここまで来てしまったのだ。もう路上の生活に戻るのは嫌だった。

塀の中は大きな建物がいくつもある施設で、「ホーム」と呼ばれていた。僕が連れていかれた建物はとても大きく二階建てで、数百人、いやもしかしたら数千人の子どもたちが遊んだり、集まって床にすわっていたりした。僕は大きなホールに連れていかれたが、そこには端から端まで何列もたくさんの簡易ベッドが並んでいた。ホールのずっと向こう端には、男女共用のトイレがあった。

僕にあてがわれたベッドには蚊帳《かや》がついていて、小さな女の子といっしょに使うことになっていた。食事と飲み物をもらった。最初、「ホーム」はそれまで僕が想像していた学校のようだと思ったが、この学校にはベッドがあって、ずっとそこに住んでいるわけだから、どちらかというと病院か、あるいは刑務所のようにも見えた。時間がたつにつれて、そこはますます刑務所のように思えたが、とにかく、到着した時点では僕はうれしかった。建物の中で眠れ、食事ももらえるからだ。

じきにわかったことだが、僕たちがいたホールの上の階にも、やはり同じようなホールがあって、たくさんの簡易ベッドが並び、子どもたちがあふれていた。一つのベッドに三、四人寝ていることもあり、しょっちゅうベッドを変えられて、違う子どもと寝ることになった。人数が増え過ぎたときには、床で眠ることもあった。トイレはあまり掃除していなかった。気味の悪い施設だった。特に夜になると、あちこちの隅に幽霊が隠れているような気がしてならなかった。

今になってみると、あの場所が気味悪く感じられたのは、収容されている子どもたちの生い立ちと関係があると思われてならない。家族に捨てられた子どももいれば、家族が虐待するので引き離されてきた子どももいた。自分は幸運な方なのだと僕は思うようになった。僕は栄養失調だったが、病気ではなかった。施設には両足のない子どもや両腕のない子どもたちもいた。四肢が全部ない子どもたちさえいた。ひどいケガをしている子どもたちもいれば、まったく話せない子どもたち、あるいは話すことを拒否している子どもたちもいた。僕はそれまでにも、精神に異常のある人を見たことはあった。特に駅の周辺の通りには、誰ともなく叫んでいる人や、おかしな行動をしている精神異常らしい人もいた。路上では、怖いと思えば、そういう人たちを避けることもできた。だが、ここ、ホームでは逃げ出すことはできないのだ。僕はあらゆる種類の問題を抱えた子どもたちといっしょだった。何かの罪を犯した子どもたちや、暴力的な子どもたちもいた。刑務所に入れる年齢ではないから、ホームに入れられたのだ。その中にはほとんど大人といっていい年齢の子もいた。

後になってわかったことだが、そこは「リルア」と呼ばれる少年拘置センターだった。問題を抱えた子どもたちを収容しているのだが、子どもたちの問題は多種多様だった。迷子もいれば、精神病の子どももいる。窃盗、殺人などの罪を犯した子どもたちもいれば、ギャングの手下もいた。だが、当時の僕はただただ気の滅入る場所だと感じていた。夜になると、突然叫び声が聞こえて目が覚めることもあったし、恐怖に怯《おび》えて泣く子どももたくさんいた。こんな所にいたら、僕はどうなってしまうのだろう。こんな恐ろしい所にいったいいつまでいなければならないのだろうか。

リルアの鉄の門扉。現在は、女性と少女のためのホームとなっている。

　またしても僕はどうやって生き延びるか学ばなくてはならなかった。外の世界でもほかの子どもたちにいじめられたが、ホームでも最初から年上の子どもたちにいじめられた。言葉をあまり知らない僕はいじめられやすく、小さくて自分の身を守るすべもなかったから、いじめっ子や乱暴者に狙われた。大きい子たちは僕を馬鹿にしてからかい始め、それから突き飛ばし、逃げだすことができなければ殴られた。僕は間もなく、遊びの時間には近寄らない方がいい場所がいくつかあることを知った。いじめられている子がいても、施設の大人たちはほとんど気にしなかったし、たまに介入するときがあっても、どちらが悪いかに関係なく、いじめた子もいじめられた子も同じ罰を受けた。細い籐《とう》の鞭《むち》で叩《たた》かれたが、痛さは二倍だった。先端が二つに分かれていて、肌を挟むからだ。

危険はほかにもあった。僕がなんとかそれを回避したのは、知恵をしぼったからではなく、単に幸運だったからと言うしかない。ホームの建物は高い塀で囲まれていたが、外から塀をよじ上って、建物の中に入って来る大人たちを僕は確かに見た。彼らが中で何をしたかは見ていないが、そいつらが逃げ出す前に、子どもたちが泣きながらベッドから飛び出してきた。施設の係員は気にもしていなかったのか、それとも子どもたちを守ろうにもその力がなかったのか。どちらかわからないが、あの施設はかなり大きかったし、子どもたちの住むホームだということはよく知られていたはずだ。路上で暮らしていたときに僕を捕まえようとしたようなやつらにとっては、塀があろうと、門があろうと関係がなかったのだ。

災難は自分に起きていたとしても不思議ではなかったが、僕はあまりそのことを考えないようにしていた。それでも、幸運ではなかった子どもたちのことを考えると平静ではいられない。僕が大きくなるにつれて、その嫌な感覚は強くなっていった。世間のことが徐々にわかるようになったということもあるが、自分がどれほど運がよかったか、しみじみ実感するようになったからかもしれない。今の僕にはよくわかっている。路上生活から助け出される子どもは少なく、たとえ、助け出されても、その多くはさらなる苦痛を経験することになるのだ。

僕がホームに滞在していた数週間に、何人かの子どもたちが塀の小さなドアから外に出ていった。彼らがなぜ出ることを許されたのか、どこに行ったのか、僕にはまったくわからなかった。家族が見つかった子どもたちもいたのだろうか。年上の子どもたちがあの施設の塀の中で大人になったときはどうなるんだろう。どこか違う場所に移されるのか、それとも一定の年齢になればただ外に放り出されるんだろうか。

そんなことになる前にここから出してもらえますように、と自分でもなぜかはわからないままに僕は祈っていた。

そして、とうとう僕は施設から出してもらえることになった。到着してから約一カ月後のことだったと思う。そのときはどういうことかわからなかったが、僕について失踪《しっそう》届を出した人もおらず、僕がどこから来たか誰にもわからなかったので、役所は僕を孤児院に送ることに決定したらしい。僕が覚えているのは、施設の事務室に呼び出されて、違うホームに行くことになった、ここよりずっといい所だ、と言われたことだけだ。僕はシャワーを浴びにいかされ、新しい服を与えられた。いつものとおり、僕は言うとおりにした。僕はとても幸運なのだと彼らは言った。僕の家族を見つけてくれたわけではなかったが、それでも施設から出られるのは大変な幸運だと自分でも思った。その頃には、ここはまるで地獄のような所だと思うようになっていたからだ。

このときから、インド里親・養子縁組協会（Indian Society for Sponsorship and Adoption／ＩＳＳＡ）のミセス・スードが僕の人生に大きな役割を果たすことになる。

ミセス・スードは、僕が誰で、僕の家や家族がどこなのか、役所には結局わからなかったと説明してくれた。これからは自分が、僕の言うところの「ベランプール」に住んでいる家族を探すからと彼女は言った。その間、僕はナヴァ・ジーヴァンという彼女の孤児院に住むことになった。

ナヴァ・ジーヴァンとは、そのときは知らなかったが、ヒンディー語で「新しい生活」という意味で、ホームよりずっといい所だった。住んでいるのは、僕のような小さな子どもたちだけだった。青い三階建ての建物で、ホームよりずっと感じがよかった。中に入っていくと、何人かの子どもたちが廊下の角から顔をのぞかせて新入りの僕を見ていた。僕とミセス・スードを出迎えた女の人が、あっちへ行きなさいというと、子どもたちはにっこりとして走り去った。いくつかの部屋の前を過ぎたが、どの部屋でも簡易ベッドに日の光が当たっていた。ベッドの数はホームの長いホールにいっぱい並んでいたのに比べれば、はるかに少なかった。窓には鉄格子がはまっていたが、それは子どもたちを閉じ込めるためではなく、安全に守るためにあるということが僕にもわかり始めていた。壁には色とりどりのポスターが貼られていて、前にいたホームより、ずっと暖かい雰囲気だった。

子どもの数はホームよりずっと少なかったが、それでも夜になると人数が多すぎるときもあって、床で寝なければならない子どもたちもいた。つまり、夜中にほかの子のおねしょで冷たく濡れて目を覚ますこともあるということだ。朝起きると、建物の入り口のそばの井戸から汲《く》んだ水で顔を洗い、自分の指を歯ブラシの代わりにして歯を磨いた。それから、暖かい牛乳を一杯と甘いインド風のパンか、ビスケット数枚をもらった。

ナヴァ・ジーヴァンのポーチの鉄格子。左奥の縞柄の服を着ているのが僕。

昼間はたいてい静かだった。ほかの子どもたちの多くが学校に行っていたからだ。僕はそれまで一度も学校に行ったことがなかったから、孤児院に置いていかれた。一人ぼっちのときもあった。僕はたいてい正面のポーチのあたりをうろうろして時間をつぶしていた。ポーチには鉄格子がはまっていて、まるで鳥籠《とりかご》のようだった。僕はポーチから見える通りの向こうの大きな池の景色が好きだった。しばらくすると、池の反対側に住む、グドゥと同じくらいの年の女の子と知り合いになった。女の子はときどき遊びに来てくれるようになった。鉄格子の間からお菓子をくれたりもした。

ある日、象の頭をもつ神様ガネーシャの像がついたペンダントをくれた。僕はびっくりした。誰かからプレゼントをもらうなんて生まれて初めてだった。僕はペンダントを誰にも見せずに隠しておき、ときおり取り出して惚れ惚《ほぼ》れと眺めていた。そのときは知らなかったが、ガネーシャには「障害を除くもの」、「始まりの神」という異名があるそうだ。だから、あの子はペンダントを僕にくれたのだろうか（ガネーシャはまた、文字や書物を守る神でもある。だから、この本の守り神と言えないこともない）。

そのペンダントは単に自分の所有物になった美しい品物というだけではない。僕にとっては、世の中には僕を助けてくれようとする善意の人々が存在するという証でもあった。僕はペンダントを今でも持っていて、大切にしている。

それまでいたホームと同様に、孤児院にもいじめっ子はいた。しかし、年齢がさほど違わなかったから、うまくかわすことができた。僕はほとんど問題を起こさなかったが、あるとき、一人の女の子が脱走を思いつき、僕をいっしょに連れて行こうとした。僕は脱走しようなどと考えてもいなかったのに、その子はなぜか僕を巻き込もうとしたのだ。ある朝、自分でも何をしているかわからないまま、その子と僕はドアから外に出てしまった。通りをちょっと行った所のお菓子の露店まで歩いたら、店の主がお菓子を奢《おご》ってくれた。そうやって僕たちを足止めしておいて、その間にナヴァ・ジーヴァン孤児院の人たちに知らせに行ったのだ。罰を受けた記憶はまったくない。実際、孤児院では誰も籐の鞭など使ったりしなかったし、ちょっと叩かれたりすることもなかった。だが、悪いことをすると、お説教されたり、しばらくすわらされたりすることはあった。

孤児院に入ってから、それほど長くはたっていなかったと思う。ある日、ミセス・スードが言った。僕の家と家族を見つけようと努力したが、どうしても見つからなかった、もうこれ以上できることはない、と。ミセス・スードはとてもやさしかったし、本当に僕を助けてくれようとしたと思うが、結局、ベランプールに住む僕のお母さんを見つけることはできなかったと言うのだった。そして、僕のために別の家族を見つけて、いっしょに住めるようにしてあげると言うのだ。彼女の言うのがどういう意味なのか、考えてもよくわからなかったが、僕にも厳しい現実がはっきりわかり始めた。ミセス・スードが言おうとしているのは、僕は二度と家に帰ることはできないという意味だ。

心の片隅で、僕はそれをすでに受け入れていたと思う。世界が今すぐもとのとおりになってくれなかったら、僕はもうこれ以上やっていけない、これ以上生きてはいけないという気持ち、あの最初のどうしても家に帰りたいというせっぱつまった絶望感はすでに薄れていた。今では、この状況、現在の状況こそが自分の世界だとわかっていた。僕はその頃までには、兄たちが家を離れて暮らしていたときに学んだ教訓をすでに学んでいたということかもしれない。もちろん、僕は二人より小さかったし、彼らのように、いざというときには母のもとに帰れるというわけでもなかったが。僕は生き延びるために必要な事だけに気持ちを集中していた。それは目の前にある現実であって、遠くにある家ではなかった。大人たちがなぜ家に帰る列車を簡単に見つけてくれることができないのか、僕には理解できなかったし、ミセス・スードの知らせを聞いて悲しかったが、その最後通告を聞いたときに激しいショックを受けたという記憶はない。

ミセス・スードが言うには、外国の家庭がインドの孤児たちを喜んで受け入れており、僕が望むなら、僕のためにもそういう家庭を見つけてくれるという。僕がその提案をちゃんと理解していたかどうかはあやしいものだ。多分、あまり真面目に考えてもみなかったと思う。

だが、ナヴァ・ジーヴァンに入ってわずか四週間後にはＩＳＳＡの事務所に連れていかれて、ミセス・スードから、僕を受け入れてくれるお母さんとお父さんが見つかったと聞かされた。その二人はよその国に住んでいるという。オーストラリアという国だ。それはクリケットでインドが対戦した国だとミセス・スードは言い、僕もその名前は聞いたことがあったが、それ以上のことは何も知らなかった。ミセス・スードは、僕も知っている二人の男の子、アブドゥルとムサが最近オーストラリアに出発し、次は僕のほかに、孤児院で友だちになったアスラという女の子も行くことになったと説明してくれた。オーストラリアは家族のいない貧しい子どもたちを助け、インドのほとんどの子どもには縁のない恵まれたチャンスを与えてくれる素晴らしい国だった。

ナヴァ・ジーヴァンに戻ると、僕とアスラはそれぞれ、とても素敵な赤い小さなアルバムを見せてもらった。新しい家族になってくれる人たちが送ってくれたものだ。アルバムには、その人たちの写真や、家などの生活の様子を紹介する写真があった。僕は自分がもらったアルバムを見ながら、目が飛び出しそうになった。その人たちは、僕が見慣れている人たちとはすごく違っていた。なにしろ、白人なのだ。それに彼らのまわりの物はすべて清潔で新しくてピカピカだった。それまで見たこともなかった物も写っていて、孤児院の職員が僕とアスラのために英語で書いてある説明を読んでくれた。僕のアルバムにはこう書いてあった。「これはあなたのお父さんが車を洗っているところです。この車に乗って、いっしょにいろいろな所に行きましょう」すごい、車を持っているんだ。「これが私たちの家です。この家でいっしょに暮らします」それはとても大きな家で、ガラスの窓がたくさんあり、建てたばかりのように新しく見えた。その上、アルバムにはあて名として僕の名前がちゃんと書いてあった。「サルーへ」僕の新しい両親は、ミスター・ブライアリーとミセス・ブライアリーという名前だと教えてもらった。

さらに、ジェット機の写真もあった。「この飛行機に乗って、オーストラリアに来てね」僕はもう興奮してしまった。家にいた頃、ジェット機がはるか上空を、後ろに飛行機雲を残しながら飛んでいくのを見たことがあった。そのたびにいつも思ったものだ。あの雲の高さの飛行機の中にすわっているのってどんな気分だろう、と。この人たちの所に行きたいと僕が言いさえすれば、それも現実にわかるのだ。

それはまったくびっくりするような経験だった。アスラはすっかり興奮して、孤児院の職員が預かってくれていたアルバムを出してきて僕たちに見せてくれるよう、何度もお願いした。そして、僕といっしょにすわると、自分のアルバムを開き、写真を指さして言ったものだ。「これが私の新しいお母さん」「これが私の新しい家」僕も負けずに、「これが僕の新しい家！」とか、「これは僕の新しいお父さんの車」などと言った。僕たちはお互いにもっと見せてと言い、彼女の熱狂は僕に伝染してきた。それはまるで、自分について書かれた絵本を見ているようだった。自分自身は登場していない絵本だったが。現実の出来事だとは信じられなかった。その赤い本に出てくること以外、僕はオーストラリアについて何も知らなかった。何か質問しようにも、何を聞いたらいいか思いつかなかった。

ナヴァ・ジーヴァンでは、どの子も別れた親を思ってときどき泣いた。親に捨てられた子もいたし、親が死んでしまった子もいた。僕の場合はただ、親がどこにいるかわからなかっただけだが、誰も見つけることができなかった。いずれにしろ、親と別れ、もうもとには戻れないという点では、どの子も同じだった。今、僕の前には新しい家族と暮らすチャンスがあった。アスラはすでに自分の新しい両親についてしょっちゅううれしそうに話していた。

そのとき、僕に選択の余地が与えられていたかどうかはわからない。もし僕が不安を口に

新しい僕の両親となるブライアリー夫妻が用意してくれたアルバム。僕はナヴァ・ジーヴァンでこれを眺めて新しい家と両親に親しみを覚えていた。

していたら、きっとやさしく説得されただろう。だが、いずれにしても、説得は必要なかった。このチャンスを受け入れなければどうしようもないと僕はよくわかっていた。あのいじめられ続けたホームに戻るのか。それとも、路上の生活をまた始めて、運を天に任せて生きていくのか。大人たちでも見つけることができなかった列車をいつまでも探し続けるのか。

僕は行きたいと返事をした。

新しい家族のもとへ行くことを受け入れると、誰もが喜んでくれて、その雰囲気に僕自身も染まっていった。最後に残っていた不安も消え去った。もうすぐオーストラリアに行って新しいお父さんお母さんに会うのだ、あの写真に写っていたジェット機で行くのだ、と言いきかされた。

アスラだけは僕と同じくらいの年齢だったが、オーストラリアに行くことになったほかの子どもたちはもっと小さく、よちよち歩きか、まったくの赤ちゃんだった。小さい子たちはもっと不安に感じていただろうか。いや、そもそもあの子たちは何が起きているか、少しでもわかっていただろうか。

ある日、僕たちは体を洗って、ちゃんとした服を着せられた。何人かの子どもたちがタクシーに分乗して出発した。男の子たちが連れていかれたのは、ある女性の家で、その人のことは「ウラおばさん」と呼ぶようにと言われた。ウラおばさんは白人でスウェーデン出身だったが、もちろん、スウェーデンと聞いても何のことか僕にはわからなかった。彼女はヒンディー語で僕たちを歓迎してくれた。その家は今まで見たこともない立派な家だった。お金持ちらしい家具やカーテンやカーペット……。あの赤い本に出てくるみたいな家だ。僕たちはダイニングテーブルについて、生まれて初めてナイフとフォークという物を見せられ、その使い方を教えられた。それまでの僕は手を使って食べたことしかなかった。ほかにもいろいろなマナーを教えられた。何かを取りたいときは、立ち上がってテーブルに寄りかかって手を伸ばしてはいけないとか、きちんと背筋を伸ばしてすわるとか。ウラおばさんの家を訪問したことで、これから自分たちを待っている冒険への期待はますます高まった。

　ナヴァ・ジーヴァンでは、「Aはアップルの A」などと書いてあるアルファベットのポスターが壁に貼ってあったが、僕たちは英語を教えてはもらわなかった。「こんにちは《ハロー》」と言うことは教えられたと思う。それ以上を学ぶ時間はなかった。僕たちはすぐにインドを去ることになっていたからだ。これから僕が行く所は、世界の果てのように遠い所だと聞かされた。帰りのことを話す人はいなかった。誰もそんなことは気にしていないらしかった。

　僕はとても幸運なのだと誰もが言った。

　こうして、僕は養子縁組の話を聞いてからほんの数日後にインドを出発した（孤児院に入って約二カ月後だが、今は養子縁組の手続きはもっと厳しいものになっているから、そんなに短期間で決まることはない）。オーストラリアに行くのは、ナヴァ・ジーヴァンからは友だちのアスラを含む合計六人で、よその孤児院から来た二人が一行に加わった。まずボンベイに立ち寄り（その頃はまだムンバイとは呼ばれていなかった）、それからシンガポール経由でメルボルンに飛び、新しい家族に迎えられることになっていた。アスラの新しい家族はヴィクトリアに住んでおり、僕の新しい家族であるブライアリー夫妻はタスマニアに住んでいるので、メルボルンでもう一度飛行機を乗り換える予定だった。

ミセス・スードにさよならを言わなければならないと知って、僕は悲しかった。三人のボランティアのオーストラリア人女性とオーストラリア政府の管轄部署の男性一人に付き添われ、僕たちは飛行機に乗り込んだ。その人たちはみなとてもやさしかった。彼らと言葉はあまりかわせなかったが、僕たちは興奮していたので、不安を感じるひまもなかった。

ついに巨大な飛行機に乗ることができて、僕は有頂天だった。こんなにたくさんの椅子があって、こんなにたくさんの人がすわっているのに、空を飛ぶことができるなんて信じられなかった。だが、怖いとは思っていなかったと思う。僕たちはチョコレートバーを一個ずつもらった。それは僕にとっては信じられないような贅沢品《ぜいたく》だったから、なんとか道中の最後までもたせようと思って、ほんの少しずつしか食べなかった。僕たちはおしゃべりし、ヘッドフォンを付けて映画を見た。肘掛《ひじかけ》にプラグが付いていて、チャンネルや音量を好きなように変えられるのが面白くて夢中になった。銀紙の蓋《ふた》の付いた食事が出て、僕たちは何でも残さずに食べた。誰かが食べ物を持って来てくれるというだけで、新しい生活がもう始まった気がした。それから、僕たちは眠ったと思う。

ボンベイでは、ホテルに一泊した。それも新鮮な驚きだった。先進国だったらごく普通のホテルに過ぎないだろうが、僕にとっては見たこともない贅沢な場所だった。部屋はいい匂いがしたし、あれほど柔らかく清潔なベッドに寝たのは生まれて初めてだった。すべてのことに興奮していたにもかかわらず、僕は何カ月ぶりかで本当にぐっすりと眠った。バスルームにもびっくりした。シャワーもトイレもピカピカ輝いていた。ホテルのまわりには白人がたくさんいて、一つの場所にこれほど多くの白人がいるのを見たのは初めてだった。ちょっと恥ずかしいことのような気もするが、そのとき僕が考えたのは、あの人たちはみなずいぶんお金持ちそうだなあということだけだった。あまりにも多くの新しいことが次々に起きていたので、これからはああいう人たちといっしょに暮らすのだということまで、そのときは考えてみなかったと思う。

次の日、新しい白い半ズボンと「タスマニア」と書いてあるＴシャツをもらって着た。それはオーストラリア行きの飛行機に乗るときに着るようにと、新しい両親があらかじめ送っておいてくれた物だった。僕は新しい服を着て大喜びだった。それだけではない、僕たちは近くの玩具店に連れて行かれ、好きなおもちゃを一つ選ぶように言われた。おそらく金額の上限は決まっていただろうと思うが、そういうことを言われた記憶はない。そのときに貰ってもらったミニカーを僕は今でも持っている。プルバック式のぜんまいで動くもので、部屋の向こう端までビュンと走っていく。

カルカッタからボンベイまで飛んだということは、三万フィート下にある僕の家のすぐそばを飛んだことになる。かつて僕がうっとりして見上げていたときと同じように、僕の乗った飛行機も後ろに白い飛行機雲を残して飛んでいたはずだ。もしかしたら、その瞬間に、母がふと空を見上げたりしてはいなかっただろうか。そうだとしたら、きっと僕の飛行機と飛行機雲が見えたはずだ。僕がその飛行機に乗っていることを、そし

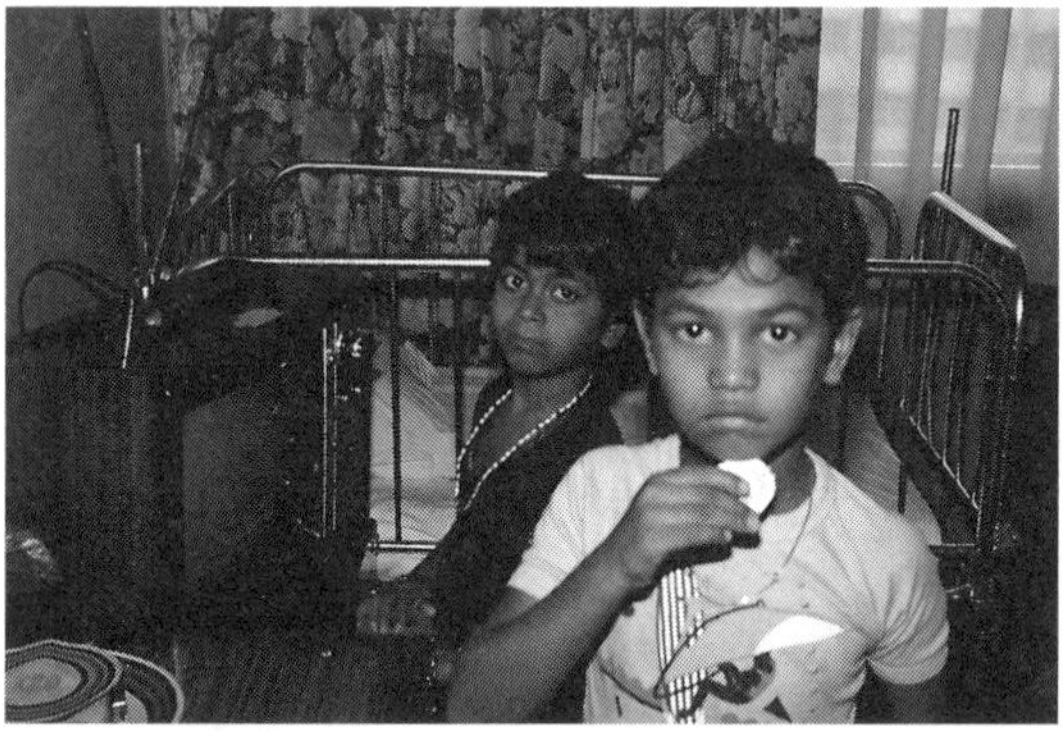

（上）ホテルに泊まるのは初めてのことで豪華さにびっくりした。
（下）ミセス・スードの膝の上にすわる僕とアスラ。

て僕がどこに向かって飛んでいるかを、母が知ったならば、きっと信じられないほどびっくりしただろう。

5 — 新しい生活

一九八七年九月二五日の夜、僕たちはメルボルンに到着した。付き添いの大人たちに連れられて空港のＶＩＰルームに入った。そこで、新しい家族が待っていることになっていた。その部屋に入っていくとき、僕は恥ずかしくてどうしたらいいかわからなかった。大人がたくさんいて、僕たちが入って来るのをじっと見ていたが、僕はすぐに写真で見ていたブライアリー夫妻に気がついた。あの赤いアルバムを何度も何度もよく見ていたからだ。僕は立ち止まってなんとか笑顔を浮かべようと努力した。それから、手に握りしめていた大事なチョコレートバーの残りをじっと見た。付き添いの人が部屋の向こう側にいたブライアリー夫妻のところに連れていってくれた。僕が新しい両親に言った最初の言葉は「キャドバリー」だった。インドでは、菓子メーカーの社名キャドバリーがチョコレートと同義語だからだ。二人は僕を抱きしめてくれた。そして、母さんはさっそく母親としての最初の仕事にとりかかった。ティッシュを出して、僕の手をきれいに拭《ふ》いてくれたのだ。

僕は英語が話せなかったし、新しい両親はヒンディー語を話せなかったから、僕たちはお互いに話が通じなかった。だから、話をする代わりに、送ってもらったあの赤いアルバムをすわっていっしょに見た。母さんと父さんは僕が住むことになる家を指さし、そこまで乗っていく車を指さし、僕たちは少しずつ、いっしょにいることに慣れていった。僕はうちとけにくい子どもだったろう。いろいろな経験をして、すっかり用心深く、引っ込み思案になっていたからだ。写真の僕の表情を見てもらえばわかると思う。警戒しているとか、心配しているというほどではないが、これからどうなるのか、様子をうかがいながら、まだ殻に閉じこもっている感じだ。それはともかく、二人に会ってすぐわかったのは、この人たちといっしょなら、僕は安全だということだ。直感でそう思った。二人は静かで親切な感じで、その笑顔は温かかった。僕はすっかり安心した。

アスラが彼女の新しい家族ととてもうれしそうにしているのを見たことも、僕がすぐに落ち着けたもう一つの理由だった。アスラたちはやがて空港を去っていったが、僕たちは子どもだったから、きっとごく簡単にバイバイと言っただけだったと思う。僕たちの方はもう一度飛行機に乗る必要があった。メルボルンからバス海峡を越えてホバートまで行くのだ。だから、両親と出会って最初の晩は空港のホテルの同じ部屋で過ごした。

母さんは僕をまっすぐお風呂に連れていくと、全身石鹸《せっけん》の泡だらけにし、シラミや何かをやっつけるために徹底的に洗った。そのときの僕はオーストラリアの子どもとはまったく違う状態だった。体の外側に寄生虫が付いていただけでなく、お腹の中にも条虫がいたことが後でわかったし、歯も何本か折れ、心雑音もあった（幸い、それはすぐに治った）。インドでは、貧しい人たちが健康でいるのは難しい。まして路上生活をしていればますます体が消耗する。

オーストラリアでの最初の夜、僕はぐっすり眠った。ホテルで眠ることに慣れてきたこともあるだろう。次の朝、目が覚めると、母さんと父さんが自分たちのベッドからこっちを見ていた。僕が目覚めるのを待っていたのだ。最初、僕はシーツの間から二人を見ていた。母はその後も、あの日の朝の様子が今でもはっきり目に浮かぶと言っていた。——二人が頭を上げてダブルベッドから見ている。部屋の反対側のシングルベッドの小さなシーツの山から、黒い髪の毛がはみ出している。そして、ときどき僕が顔を出して、二人の方をの

メルボルンの空港に着くとVIPルームに案内された。「タスマニア」と書いてあるTシャツを着ているのが僕。

ぞいていた――。その後、僕がまだ小さかった頃、三人でよく、家族になって最初の夜の思い出話をしたものだ。そんなとき、僕は二人に、「ぼく、みてたよ。ぼく、みてたよ」と言っていたそうだ。

この部屋にいるあの知らない人たちが僕の両親になる……。このインドから来た小さな男の子が私たちの息子になる……。あのときは三人とも、今起きていることが信じられないと思っていたのではないだろうか。

朝食後、再び飛行機に乗った。ホバートまでのフライトは短かった。そこで僕は初めて、空港やホテル以外で、新しく自分の国になったオーストラリアの景色を見た。地上で最も人口の多い場所の一つであるインドの汚染と雑踏を見慣れた目には、オーストラリアはあまりにも空っぽで、通りも、建物も、車も、すべてがあまりにも清潔に見えた。僕のような黒っぽい肌の人間が一人も見当たらなかっただけではない、そもそも人があまりいないように見えた。まるで誰も人が住んでいないようにさえ見えた。

見慣れぬ田園地帯からホバート市の郊外に入ると、そこにはピカピカのお城が並んでおり、僕の新しい家もそのうちの一軒だった。赤いアルバムですでに見ていたが、現実の家はもっと大きく、もっと素晴らしく見えた。家族は三人だけなのに寝室が四つもあり、どれもとても広く、きちんとしていて清潔だった。カーペットを敷いたリビングにはすわり心地のいいソファがいくつもあり、バスルームには大きな浴槽が、キッチンには食べ物の詰まった食料棚があった。それに冷蔵庫も！　開けるたびに冷たい空気が出てくるのがうれしくて、僕は冷蔵庫の前に立つのが大好きだった。

しかし、何より素晴らしかったのは僕の部屋だ。それまで自分の部屋をもったことなどもちろんなかった。インドで住んでいた家は、最初の家も二番目の家も、部屋が一つしかなかったし、その後は大勢の子どもといっしょの宿舎だった。自分の部屋で一人で眠るのが怖いとは思わなかった。路上で生活するうちに慣れていたからだろう。それでも、暗闇が怖かったので、部屋のドアを開けたままにして、廊下に灯りをつけておいてもらうことにした。

自分のための柔らかいベッドがあって、ベッドの上の壁にはインドの地図が貼ってあった。新しい服もたくさんあった。涼しいタスマニアの気候に合わせた暖かい服だ。床の上には、絵本やおもちゃのつまった箱がいくつもあった。それが全部自分のための物で、いつでも好きなだけ、絵本を読んだり、おもちゃで遊んだりしていいのだとわかるまで少し時間がかかった。僕は警戒していた。もしかしたら、誰か大きい子が来て、取っていくのではないかと思った。「物を所有する」ということにまだ慣れていなかったのだ。

それはともかく、西洋風のライフスタイルに慣れることは、たいていの場合、難しくなかった。両親が助けてくれたし、彼らも僕は簡単になじんだと言っている。最初のうちは、インド料理をよく食べ、その後少しずつ、オーストラリアの食事に慣らすようにしてくれた。

味覚の問題に限らず、食生活の違いは大きかった。母の記憶によると、あるとき冷蔵庫に赤い肉をしまっていると、僕が気づいて走って来て、「牛！ 牛！」と叫んだという。ヒンドゥー教徒として育った子どもにとって、聖なる動物を殺すことはタブーだった。母は一瞬どうしたらいいかわからなかったが、にっこりしてこう言った。「いいえ。牛ではなくて、牛肉よ」どうやら、それで僕は安心したらしい。結局、いつでも豊富な食べ物があるという喜びに比べれば、味覚や文化の違いはたいしたことではなかったのだ。

僕はホバートで新しい家族に囲まれて幸せに育った。

オーストラリアの生活で僕がすぐに気に入ったことの一つに、アウトドアの楽しみがある。インドでは僕はいつも町や大都市で生活していた。自由にぶらついていたといっても、結局はいつも建物や道や人々に囲まれていたわけだ。ホバートでは、両親もアウトドア派で、僕をゴルフやバードウォッチングにも連れていってくれた。父さんはよく、僕を二人乗り双胴ヨット《カタマラン》のセーリングに連れていった。僕はますます水遊びが好きになり、ついに泳げるようにもなった。水平線が見えるだけで、僕は平和な気持ちになれた。インドは発展で窒息しそうだった。周囲を見まわすとビルが押し寄せてくるように見えた。まるで巨大な迷路の中にいるようだった。都会の喧騒《けんそう》の中にいることはエキサイティングで、エネルギーを感じるという人たちもいるようだが、物乞いをしたり、誰か立ち止まって自分の話を聞いてくれないだろうかと必死になったりしている子どもには、都市の別の顔が見えてくる。そういうわけで、慣れてしまえば、ホバートは僕にとってとても安心できる場所だった。

僕たちが住んでいたのはホバートの中心部から川を渡った所にある郊外の住宅地トランミアだった。一カ月くらいたって、僕は隣の住宅地であるハウラーの学校に行くことになった。何年もたってから、僕は信じられない偶然の一致に気づいた。オーストラリアにやって来る約二カ月前には、僕はカルカッタの路上で生きていたわけだが、そこは同じハウラーという名前の地区で、その地区にあったカルカッタの巨大な駅も、有名な橋も、同じくハウラー駅、ハウラー橋という名前だった。ホバートの方のハウラーは美しい海辺のある住宅地で、学校やスポーツクラブがあり、大型ショッピングセンターも一つあった。その地名は、一八三〇年代、カルカッタに駐屯したことのあるイギリス陸軍の軍人によって名付けられたらしい。その人は後にホバートに移り住んで、そこの丘や川の景色にカルカッタのハウラーと似ているものを見い出したのだろう。もっとも、その当時には似ていたとしても、今はまったく似たところはない。

僕は学校が大好きだった。インドには無償の教育制度がなかった。タスマニアの方のハウラーに移り住むことがなかったら、僕は結局学校に行けなかっただろう。このあたりの住人がほとんどそうであるように、学校の生徒もほとんどがアングロサクソン系だったが、外国から来た子もほかに二人だけいた。中国出身の生徒と僕と同じインド出身の生徒で、僕は彼らといっしょに英語の補習授業を受けた。

僕自身はまわりの人たちの文化や肌の色にすっかり慣れていたのだが、ほかの人たちから見ると、僕はまったく浮いていた。両親が白人だったから、なおさらだ。ほかの子どもたちは自分の家族について話し、なぜほかの土地から、たとえばメルボルンから、移り住んで来たかなどと話していて、僕にもどこから来たのか質問した。僕は「インドから来たんだ」としか言えなかった。子どもたちは興味津々だった。僕がなぜここにいて、なぜ白人の家の子どもなのか知りたがった。母は参観日に出席して養子縁組について説明し、ほかの子どもたちの疑問を解消してくれた。同じクラスの子どもたちはそれで納得し、その後はもう質問しなくなった。

僕は学校で人種差別をされた記憶はない。だが、母に言わせると、実際には差別はあったそうで、当時の僕がちゃんと理解していなかっただけだという。僕は最初のうち英語がまったくわからなかったが、もしかしたら、わからないことにも利点があったといえるかもしれない。僕は一度、「『黒んぼ』ってどういう意味?」と聞いたそうで、母はそのときすごくシヨックを受けたそうだ。また、あるとき、僕のスポーツクラブ加入の申し込みをするために家族で列に並んでいたとき、前に並んでいた女の人が「うちの子があの黒い子と同じチームに入るのは嫌だわ」と言うのが父の耳に入ったそうだ。僕はもちろん、そういう発言を許していいと思っているわけではないが、ほかの非アングロサクソン系の人たちの経験談に比べれば、自分はそれほど嫌な目に遭ったわけではないと思うし、人種差別に傷つくことなしに育ったと思っている。

だが、両親は僕とは違う印象をもったようだ。家族で地元のインド文化協会の夕食会やダンス会に行ったときにも、変に注目されて嫌な気分だったという。ホバートにはかなり大きなインド人のコミュニティーがあった。フィジーや南アフリカ、それにインド本国から移住してきた人たちだ。僕たち家族はしばらくの間、この協会の行事に参加して楽しんでいた。しかし、そのうちに両親は、自分たちがなんだかうさんくさげに見られていることに気づいたそうだ。まわりの人たちが、インドの子どもが白人夫婦の養子になるのは間違っていると考えているように思えたという。もちろん、僕はそんなことはまったく覚えていない。

僕たち家族が参加したもう一つの団体は、外国の子どもとの養子縁組を支援する「ＡＳＩＡＣ・子どもたちのためのオーストラリア国際援助協会」（Australian Society for Intercountry Aid for Children）だ。母はこの協会の活動に熱心で、ほかのオーストラリアの家庭が、頻繁に変わる養子縁組の手続きを無事に完了できるよう、また、個別のさまざまな困難を解決できるよう支援していた。この団体を通じて、よその国からオーストラリアに養子としてやって来て、人種の異なる家庭で生活しているほかの子どもたちと知り合った。母の話では、ＡＳＩＡＣのピクニックに初めて参加したとき、僕は驚いた様子で、それだけではなく、ちょっと機嫌が悪くなったという。自分だけがホバートの「特別な子ども」ではないとわかったからだ。プライドが傷ついたとはいえ、友だちもできた。そのうちの一人が、インド人の男の子のラヴィで、新しい家族とともにロンセストンに住んでいた。僕たちが小さかった頃、二つの家族はお互いによく訪問しあったものだ。

ＡＳＩＡＣのおかげで、ナヴァ・ジーヴァン孤児院時代の友だちにも再会することができた。親友のアスラはヴィクトリア市の川沿いのウィンチェルシーに住んでいて、両家は僕たちがいつも電話で連絡を取りあえるようにしてくれた。オーストラリアに到着して約一年後、僕たちより前に養子に来ていたアブドゥルとムサを含む、同じ孤児院から来た子どもたち全員がメルボルンで再会し、いっしょに動物園に行った。懐かしい顔ぶれに会って僕は大喜びだった。僕たちは自分たちの新しい生活について情報を交換しあい、ともに過ごした孤児院の暮らしと比べてみた。孤児院は嫌な所ではなかったが、戻りたい子どもは一人もいなかったと思う。彼らの全員が自分と同じように幸せそうだと僕は思った。

同じ年のうちに、ミセス・スードがホバートにやって来た。僕も孤児院のときから知っていたアシャという子が養子に来たので、付き添って来たのだ。ミセス・スードに会うことができて、僕はとてもうれしかった。ミセス・スードは僕たちに本当によくしてくれた。僕が迷子になってからインドを去るまでの間、一番親切で、一番信頼できる人だったと思う。ミセス・スードもきっと、自分が世話をした子どもたちが新しい環境で生活しているのを見とどけることができて喜んでいたと思う。彼女は仕事の上でつらい思いもたくさんしただろうが、その報いも大きかったはずだと思う。僕の場合のようにはうまくはいかなかった養子縁組もあっただろう。だが、自分が新しい家族に結び付けた子どもたちの様子を見て、ミセス・スードはきっと仕事に戻るエネルギーを取り戻していたと思う。

僕が一〇歳になったとき、両親はインドから二人目の養子を迎えた。きょうだいができることに僕は大賛成だった。実は、僕がインドの家族のうちで一番会いたいと思っていたのは妹だった。クリスマスプレゼントに何がほしいか聞かれて、「シェキラがいい」と言っていたこともあったくらいだ。もちろん、母が恋しいという思いは深かったが、オーストラリアの母は最初から完璧に僕の母親の役割を果たしてくれたし、父親にも心を配ってもらえることはとても幸せだった。二人とも、生みの母の代わりにはならないにしても、生みの母と別れた悲しみをできるだけ和《やわ》らげてくれた。僕はもともと親にかまってもらえずに過ごした時間が長かったこともあって、きょうだいが身近にいないことをとても寂しく感じていた。

シェキラの面倒をみることは僕の特別な責任だった。僕は家族のうちでも妹と最も強く結びついていたから、妹をほったらかして家を出たことにいつも良心の呵責《かしゃく》を感じていた。母の記憶でも、僕は小さいときにもよく、妹の面倒をみなければならなかったのに、ちゃんとやらなかったと話していたそうだ。とりわけ、グドゥといっしょに家を出た最後の夜のことを考えていたのだと思う。

両親は一人目の養子縁組の申請をするとき、性別などの条件を一切つけなかった。家庭を必要としている子どもなら、どんな子どもでも歓迎するつもりだった。そしてやって来たのが僕だったというわけだ。二度目もまったく同じだった。だから、小さい女の子が来た可能性もあったし、僕より年上の子どもが来た可能性もあるが、実際にやって来たのは僕の弟になったマントシュだった。

妹ではなかったが、残念だとは思わなかった。家にもう一人子どもがいていっしょに遊べるというだけで、僕にとっては十分だった。それに弟はきっと僕と同じように物静かで恥ずかしがり屋だろうと予想していたから、早く新しい生活になじめるように僕が手伝ってあげるんだとも考えていた。

しかし、マントシュは僕とはまったく違うタイプの子どもだった。生まれつきの性格の違いもあるだろうが、インドにいた頃の生い立ちもまったく違った。それを考えると、養子を受け入れる人たち、特に外国からの養子を受け入れる人たちは本当に勇敢だと思う。彼らのもとにやって来る子どもたちは問題の多い環境で育った場合も多く、なんらかのつらい経験をし、そのせいで新しい環境になじむのが困難なこともある。そういう子どもを理解するのは難しいことだし、助けになるのはもっと難しい。僕は口数が少なく、引っ込み思案な子どもだった。一方、マントシュは、少なくとも最初のうちは、騒がしくて反抗的だった。僕は弟を喜ばせようとしたが、彼はいつも反発した。

僕とマントシュに共通していたのは、二人ともこれまでの経歴に不明なところが多かったということだ。マントシュも貧しい家に育ち、正式な教育は受けていなかった。生まれた場所や生年月日もはっきりわからなかった。我が家に来たときには九歳だったが、出生証明書、医療記録など身分を証明する書類は一切なかった。僕たち家族は一一月三〇日をマントシュの誕生日として祝っている。彼がオーストラリアに入国した日だからだ。僕と同様に突然地上に落下してきたようなものだが、彼にとっても幸運だったのは、ホバートのブライアリー夫妻の子どもになったことだ。

弟についていままでにわかったのはこういうことだ。マントシュはカルカッタ市内あるいはその周辺で生まれ、ベンガル語を話す環境で育った。母親は婚家の暴力に耐えかねて、彼を残して家出した。彼は病弱な祖母に託されたが、祖母は自分の面倒もみられないほど弱っており、小さい子の世話をするどころではなかったので、公的機関にゆだねることにした。マントシュは僕と同じようにミセス・スードの養子縁組機関であるＩＳＳＡの世話になった。その法律の決まりでは、ＩＳＳＡの孤児院には二カ月まで滞在できることになっていた。その間にもとの家庭に戻すか、養子縁組を整えるための努力がおこなわれる。ミセス・スードは彼をブライアリー夫妻の養子にすることを思いついて、わくわくしたそうだ。そうすれば、僕たち二人を兄弟にすることができるからだ。

しかし、マントシュの場合は、養子縁組の手続きは僕のときのようにすんなりとはいかなかった。彼の母親は行方不明で、父親は彼を育てる気がないので、家には戻れなかったにもかかわらず、親がいるという事実のせいで、養子になるにはいろいろ問題が生じたのだ。二カ月が経過してしまったので、マントシュはリルアに戻されることになった。僕もいたことのある、あの恐ろしい少年ホームだ。それでも、ＩＳＳＡはブライアリー夫妻との養子縁組を成功させようと努力を続けた。リルアに戻ったマントシュは、僕のように幸運ではなかった。暴力や性的虐待にさらされたのだ。恐ろしいことに、後になってからわかったことだが、それ以前、家にいた頃にも、彼はおじたちから虐待を受けていた。

結局、複雑な法的手続きが完了するまでに二年もかかってしまった。その間に、彼は明らかにひどい経験をして、精神的にも深刻な傷を受けていた。手続きが長くかかったことで、利点が一つだけあったとすれば、それは彼が僕と違って、英語を勉強してから来たことだろう。英語を話せることは、オーストラリアに到着してから、ずいぶん役に立った。マントシュの例から、お役所仕事的な養子縁組の手続きの弊害がはっきりわかる。後に彼から昔の体験を聞かされたとき、僕はリルア少年ホームで過ごした夜のことを嫌でも思い出した。彼に起きたことは、僕に起きてもおかしくなかったのだから。

マントシュが到着したとき、彼は養子縁組というものをちゃんと理解していなかったようだ。この家庭からもう移動しないのだということがわかっていないように見えた。十分説明を受けていなかったのかもしれないが、彼自身が、僕の場合のように、養子になるのが正しいことだとは納得していなかった可能性もある。もうインドには戻らないことを理解し始めたとき、彼は複雑な気持ちだったようだ。その矛盾した感情はどんな養子の場合でも経験するものだろう。僕自身も、弟の場合ほど強烈ではなかったにしても、やはり味わった感情なのだから。

それに加えて、彼の場合は、明らかに過去のトラウマが原因で、情緒不安定なところがあった。子どもの頃は、何も怒らせるようなことは言っていないのに、突然怒りを爆発させることがあった。いったん暴れだすと、痩《や》せこけた子どもなのに大人の男のように力が強かった。僕自身はそういう状態になることはなかったから、僕たちがまだ子どもだった頃には、僕は弟に対してちょっと警戒しているところがあった。両親は我慢強く、愛情深かったが、同時に断固としたところがあった。僕たち四人は何があっても家族なのだと両親が強い決意でいてくれたからこそ、僕もマントシュも二人のことが大好きになっていった。

今から振り返るといろいろなことがわかるようになったが、その頃の僕はそれでもやはり動揺していた。マントシュはいろいろな困難を経験してきた子どもだったから、両親はほとんど彼にかかりきりになってしまった。その頃の僕はだいたい落ち着いて暮らしてはいたが、それでも、自分は愛されている、大事にされていると確認したい気持ちがまだあった。親からより多く関心を払ってもらえるきょうだいに嫉妬《しっと》するのは、どこの家の子どもにもあることだろうが、マントシュと僕の場合はどちらも過去の経験のせいで不安を抱えており、その分、強く反応してしまう傾向があったと思う。

マントシュが来てからほどなく、僕は家出をしたことがある。だが、また路上生活を始めようとはしなかったことからも、僕がすでに大きく変わり、回復し、根本的な家族の愛から多くを学んでいたことがわかるだろう。両親の愛情を試そうとする先進国の子どもがいかにもやりそうなことだが、家出といっても、家からすぐ近い、角を曲がった所のバスターミナルまでしか行かなかった。そして、すぐに風邪をひいて、空腹になり、家に帰った。

僕とマントシュの間にはいろいろ難しいことがあったが、それでも、僕たちはよその家の兄弟と同じように、水泳や釣りに行ったり、クリケットをしたり、自転車に乗って遊んだりもした。

僕と違って、マントシュにとって学校は楽しい所ではなかった。教室ではいらいらしていて勝手な行動をした。スポーツを楽しんだのは僕と同じだったが。マントシュの場合は、人種差別にも遭ったようだ。そんなとき、彼は必ずやり返したから、しょっちゅう面倒に巻き込まれた。彼がやり返すと、いじめっ子をますます刺激してしまい、いじめっ子たちは彼をますます挑発した。残念なことに先生たちは、新しい生活に適応できずに苦しんでいる子どもをサポートする方法があまりわかっていないようだった。それに、マントシュは女性の権威を認め、その指示に従うことができなかった。インドの家庭で偏見を植え付けられていたからだ。そういう文化の違いを学習しなければならなかったのは僕も同じだった。母が言うには、一度、僕を車でどこかに連れていこうとしたら、僕がふてくされて「レディーは運転なんかしない」と言ったそうだ。母はすぐに車を止めて言った。「レディーが運転するのが嫌なら、歩きなさい！」僕は一回で懲りた。

両親がマントシュにかかりきりで、僕は放っておかれがちだったので、母が申し訳なく思っていたことには気づいていた。だが、マントシュがときおり癇癪《かんしゃく》を起したことを除けば、僕は放っておかれてもあまり気にしていなかった。インドでそういう生活に慣れていたからだ。僕は独立心のある子どもだった。それに、僕たちは家族全員でいろいろなことをした。毎週金曜日にはレストランで食事したし、学校の休暇には旅行にも行った。

あるとき、両親は家族で大旅行に行く計画を立てた。行き先はインドだ。最初のうちは、僕は大喜びだったし、マントシュも行きたがっているように見えた。僕たちの家にはインドの物がたくさん飾ってあったし、いつもインドのことをよく考えていた。だから、家族全員が興奮して、どこへ行こうか、何を見ようかと話していた。もちろん、僕もマントシュも自分の生まれ故郷がどこかわかっていなかったから、それとは別の場所に行って、自分の生まれた国についてもっと学ぶつもりだった。

しかし、出発の日が近づくにつれて、二人とも不安になってきた。僕たちのインドの記憶が幸福なものでないことは否定できない事実だった。それに、インドに帰るという計画が現実に近づくにつれ、昔の記憶が鮮やかによみがえってきた。過去のものとして葬り去ってしまったはずのたくさんの事、少なくとも記憶から追いやっていたたくさんの事が、ホバートの僕たちの前によみがえってきたのだ。僕がカルカッタに戻りたくないのは確かだった。それに、僕たちがインドのどこに行くにしろ、そこが僕の故郷だったり、見覚えのある場所だったりする可能性があることに気づいたので、僕はだんだん動揺してきた。もちろん、もう一人の母さんを見つけたいとは思っていた。だが、今いる場所で僕は幸福だった。僕はその両方を欲していた。僕たちは混乱し、だんだん気が動転してきた。それにもしかすると、僕は無意識のうちに、また迷子になって家族とはぐれるのが怖かったのかもしれない。マントシュはいったい

左から僕、父のジョン、母のスー、弟のマントシュ。

どう感じていたのか、それは想像するしかないことだが。

結局、両親は旅行をとりやめにした。僕たちがひどく動揺するのは間違いないし、やぶ蛇になるのを恐れたからだ。

6―養父母の物語

僕自身の人生について語るにはまず、両親がなぜ、インドから二人の子どもを養子に迎える決心をしたかを説明すべきだろう。すでに書いたが、両親は特定の二人の子どもを選んで養子にしたわけではない。先進国の養父母希望者としては珍しいことだが、性別、年齢、孤児になった事情など一切条件をつけないで、親になりたいと希望したのだ。それは本当に並外れた、私利私欲のない行為だと思う。彼らはなぜそうすることに決めたのか。僕の人生を語るには、まず二人のそれまでの人生を語る必要がある。

僕の母スーはタスマニア島の北西部に生まれた。母の両親は第二次世界大戦後に中央ヨーロッパから移住してきた。二人とも厳しい時代に育った人たちだ。

母の母ジュリーは、ハンガリーに生まれた。貧しい家庭で、きょうだいは一四人だった。ジュリーの父はカナダに木材伐採の仕事をしに行った。家族に仕送りをするためだったが、結局帰国せず、妻と子どもたちは見捨てられた。年上の子どもたちはなんとか家計を助けようとがんばったが、戦争が始まると、息子たちのほとんどが徴兵され、戦死した。退却するナチス・ドイツを追撃して、ロシアがハンガリーに侵攻してきたので、ジュリーの一家はドイツに逃げ込み、その後ハンガリーには戻らなかった（戦後、避難した村人たちの一部はハンガリーの故郷に帰って暮らそうとしたが、ジュリーの一家はそれは危険だと判断した。戻ったハンガリー人の多くは、家をロシア人に取られていて、取り返そうとすると射殺されたという）。戦争が終わろうとしていた頃、ジュリーはまだ一九歳だった。

僕の母の父、ヨーセフはポーランド人だったが、やはりとてもつらい子ども時代を過ごした。五歳のときに母親に死なれ、父親は後妻を娶《めと》った。その継母《ままはは》はヨーセフを憎み、毒を飲ませようとしたという。やがて、ヨーセフは祖母に育てられることになった。母の話では、おそらくは継母のことがあったからだろう、祖母はヨーセフに女性を憎む心を植え付けたようだ。

戦争が始まり、ナチス・ドイツがポーランドに侵攻した頃、ヨーセフはレジスタンスに参加し、爆破や射撃の任務に就いたが、その頃の経験で心に深い傷を負った。結局、レジスタンスで活動していたにもかかわらず、ロシア軍がやって来ると、彼もドイツに逃げ込んだ。

ヨーセフは美男子だった。背が高くて黒髪でハンサムだった。戦争末期の混乱の時期に彼に出会ったジュリーはすぐ恋に落ちた。二人は結婚し、戦争が終わる頃には、メアリーという赤ん坊が生まれた。それは激動の時代だった。ヨーロッパではどこでも、故郷を離れざるをえなかった人々が道路や列車にあふれていた。若い夫婦は新天地で新しい生活を始めようと考えた。なんとかイタリアまでたどり着き、船に乗った。カナダ行きだと思っていたら、オーストラリアに到着した。多くの難民と同様に、彼らも自分で選んだわけではない場所にたどり着いた。だが、その場所で精一杯生きていくしかなかった。

ジュリーは一年あまりの間、オルバリー・ウォドンガの近くの悪名高いボンギラ移民キャンプで赤ん坊を育てていた。ヨーセフはタスマニアで住宅建設の仕事に就いて、作業員宿舎で暮らしていた。家族で住める場所が見つかったら呼び寄せる予定だった。ジュリーは自分の父親が出稼ぎから戻らなかったことを思い出したかもしれないが、ヨーセフはちゃんと約束を守った。バーニーの近くのサマセットに、もう一つの家族とともに住む農場を見つけ、再びいっしょに暮らせることになった。ヨーセフはよく働き、やがて隣の農場を買い取って、自分たちの家を建てた。メアリーが六歳になった一九五四年、僕の母スーが生まれた。一年半たつと、妹のクリスティンも生まれた。

戦場を経験した人によくある事だが、ヨーセフは精神を病んでおり、月日がたつにつれてそれは顕著になっていった。母の子ども時代はつらいものだった。父親の気分が変わりやすくて、ふさぎこんでいるかと思えば、怒り狂って暴力をふるったりした。体が大きく力の強い男だったので恐ろしかったと母は話している。彼の育った環境では、妻や子どもを殴るのは当たり前のことだったらしい。

彼は骨の髄までポーランド人で、毎日ウオッカを浴びるように飲んだ。食事は故郷の伝統食のフライパンで炒めた豚肉、キャベツ、ジャガイモ以外は食べなかった。その料理が大嫌いな母は、子どもの頃は痩《や》せて不健康だった。その頃毎日食べさせられていた食事のことを考えると、今でも吐き気がすると言っている。

ヨーセフは建築業でかなりの金を稼ぎ、多くの不動産を手に入れた。母の記憶によると、サマセットで最初の百万長者だったらしいが、その財産がどれほどのものだったか、はっきりとはわからない。不幸なことに、彼の精神状態は悪化し、妄想を抱いたり、錯乱状態になったりすることもあった。そして、ずるい商売をするという悪評が広まっていた。固定資産税などの税金は払おうともしなかった。それは彼の精神状態のせいだったのか、それとも役所の権威を認める気がなかったのかわからないが、とにかく払う気がなかった。それが原因で、やがて彼は没落し、家族は崩壊することになった。

僕の母は早く一人前になり、自力で困難な状況から脱出した。学業は一〇歳で終えた。働くようにと父親に言われたからだ。母はバーニーの薬局の店員として働き始めた。自分で給料を稼ぐようになって、初めて自由を手に入れた。週給は一五ドルほどで、そのうち二ドルを食費として母親に渡すことが誇らしかった。残りのほとんどは、将来の結婚生活のためにいろいろな物を買うのに使い、当時「グローリー・ボックス」と呼ばれていた嫁入り道具の箱にしまった。家庭内のストレスに疲れ、栄養失調ぎみだったが、一六歳のとき、それまでの生活を変える出来事が起きた。

ある日、二人の女友だちと昼休みを過ごしていると、見知らぬ若い男性に気づいた。タスマニアの州都ホバートから「遠路はるばる」来た人がいるというのは、当時のバーニーでは珍しいニュースだった。それがジョン・ブライアリーだった。後で彼はその女性たちに母のことを尋ねた。それから間もなく、母に電話がかかってきた。デートの誘いだった。

ジョンは二四歳で、金髪で日に焼けたサーフィン好きのハンサムな男性だった。礼儀正しく、おおらかな性格だった。イングランド出身の父親はブリティッシュ・エアウェイズのパイロットだったが、五〇歳で退職して、家族とともに暖かいオーストラリアに移住してきた。当初、一〇代だったジョンは移住に気が進まなかった。しかし、実際にオーストラリアに移り、太陽の下でサーフィンをしてみると、二度とイングランドに帰りたいとは思わなかった。父さんは結局、それ以来一度もイングランドに戻っていない。

母は彼に会う前は恋愛に興味がなかった。父親のせいで男性不信だったからだ。姉のメアリーの婚約者に会ったときに初めて、世の中には誠実で礼儀正しい男性もいる、妻や子どもを殴ったりしない男性もいると知ったそうだ。それでようやく、自分にも信頼できる男性が見つかるかもしれないと思えるようになっていた。

　母と知り合って一年後の一九七一年、父に昇進の打診があったが、その話を受ければオーストラリア本土に移らなければならなかった。母と離れるのは嫌だったので、父はタスマニアに残ることを選び、プロポーズした。二人は土曜日に結婚して、ホバートのアパートメントに入居し、次の月曜には母はホバートの薬局で働き始めていた。それはまるで、白馬の騎士が現れて彼女の心を奪ったかのようで、気がつくともう結婚していたという感じだったそうだ。二人はこつこつ働いて貯金し、トランミアの川辺に土地を買い、家を建て始めた。一九七五年、母は新居で二一歳の誕生日を迎えた。

　母はすでにバーニーを離れていたが、実家の状況はますます悪化し、母にも影響が及んだ。父親のヨーセフは二度、破産した。二度目は五〇〇〇ドルの追徴課税の支払いを拒否したためだった。支払いが済むまで、バーニーの留置所に入れられた。母やほかの家族は知らなかったが、そのとき彼は家の中に何千ドルもの現金を隠していた。そのことを家族に話していれば、すぐに保釈金を払うこともできたはずだ。

　それが転落の始まりだった。裁判所が任命した会計士が、未払いの税金と罰金の数千ドルを回収する目的で競売を実施し、その売り上げより多い金額を自分の料金として請求した。家族は結局、もとからの借金のほかに会計士への新しい借金まで負うことになった。母が三〇歳くらいのとき、ヨーセフはホバートの刑務所に入れられたが、アルコール離脱症状が原因と思われる暴力行為を繰り返し、刑務所の精神病棟に移された。
ヨーセフはそこで高利貸しから借金した。高利貸しは一年もたたないうちに利子の支払いとして残りの財産をすべて取り上げた。家族には何も残らなかった。その一年後、祖母はついに情緒不安定な夫と離婚する決意をした。ヨーセフはまだ刑務所にいたが、彼女を殺すと脅し、うまくいかないことは何もかも妻のせいにした。祖母はアパートメントに移ったが、近所の製紙工場から出る有毒物質のせいで病気になってしまった。母は（その頃は僕たち二人の養子の母親になっていた）、祖母をホバートに呼んでいっしょに暮らしてもらうことにした。僕とマントシュはおばあちゃんができて喜んだ。その頃には、ヨーセフも刑務所から出ていたが、問題の多い彼に会わせるのはよくないと母が判断したので、結局会ったことがないまま、僕が一二歳のときに亡くなった。

厳しい子ども時代を過ごした母は、意志の強い、断固とした人間に育ち、ほかの人たちとは少し違う価値観をもつようになった。母が結婚したばかりの頃、オーストラリアは変化の時期を迎えていた。大変動の六〇年代が終わり、一九七二年には労働党が総選挙に勝利して、ウィットラム政権が誕生した。社会的、政治的情勢は変化しつつあった。母さんも父さんも厳密な意味でヒッピーだったわけではないが、その頃よく話題になっていた、これまでの伝統的な考え方とは異なる「オルタナティブな」考え方に共感をもっていた。

特に、人口の増え過ぎは深刻な問題だった。また、何十億にも増えつつある人類が地球環境に与える影響も心配されるようになっていた。戦争などの問題もあった。父さんは幸いなことにベトナム戦争には行かずにすんだ。二人は進歩的な考え方をもっていたし、母はやがてこう考えるようになった。世界をよい方に変える方法が一つある、それは発展途上国で助けを必要としている子どもを自分たちの養子にすることだ。

子ども時代の経験から、母はこう確信するようにもなっていた。家族というものは、血のつながりがあるから神聖なわけではない。母が育ったカトリックの文化では、女性は子どもを産むのが当然だと考えられていたが、世界にはすでに多すぎるほどの人間がいると二人は考えた。その一方で、切実に支援を必要としている孤児たちもたくさんいる。家族を作るには自分たちの子どもを産む以外の方法もあると彼らは考えたのだ。

それに、母はかつて不思議な瞬間を体験したことがあった。そのことも、普通とは違う方法で家庭を築こうと考えるようになった理由だった。母が一二歳くらいのとき、家族の深刻な問題でほとんど神経衰弱のような状態になったことがあって、そのときに「幻《ビジョン》」としかいいようのないものを目にしたというのだ。それを見たとき、電気ショックが体を駆け抜けたように感じたそうだ。そのビジョンとは、自分の隣に茶色い肌の子どもが立っているというものだった。その子どもはとても近くにいて、体のぬくもりを感じるほどだったという。あまりにも不思議な体験だったので、自分は正気だろうかと疑ったほどだった。あるいは幽霊を見たのかもしれないとも思った。しかし、時がたつにつれて、それを見たことに不安を感じなくなり、やがて、何かとても貴重な、自分だけの運命の祝福のようなものだと思うようになっていった。それまでの暗く寒々とした人生の中で、それほど圧倒的な、温かいことを体験したのは初めてだった。だから、それを絶対大切にしていこうと考えたのだ。

自分の考えに賛成してくれる男性と結婚した母は、そのビジョンを実現させるチャンスを得た。だから、自分たちの血を分けた子どもをもつことも可能だったのに、いつか貧しい国から養子を迎えよう、その子たちのために住む家と愛情あふれる家庭を築こうと決心した。最初のうち、養子をもらう計画は母の主導だったと父は認めている。実際、母の意思はとても固くて、父が賛成しなかったら、離婚していたかもしれないと言っている。とにかく、父もその計画に乗り気になり、一度決断した後は二人はけっして迷うことはなかった。

とはいえ、考え直すべき理由もたくさんあった。正式な問い合わせをすると、すぐ問題に突き当たった。その当時のタスマニア州の法律では、妊娠できる可能性のある夫婦は養子をとることができなかった。二人は自分たちの原則を変える気はなかったので、養子を迎えられないなら、外国の恵まれない子どもたちのスポンサーになることにして（今でも続けている）、当分は夫婦二人だけの生活を楽しむことにした。外食したり、セーリングに行ったり、毎年、休暇を取って旅行したりした。

養子を迎える計画は二人の心の片隅にしまってあった。出産する場合と違うから若いうちである必要もなかったし、その当時の規則だったもう一つの年齢制限も関係なかった。それは、夫婦のうちの若い方と養子の年齢差が四〇歳を越えてはならないという規則で、幼い子どもの世話に適さない年老いた夫婦の養子縁組を避けることが目的だった。しかし、両親の場合は養子の希望に年齢の条件を付ける気がなかったから、それもあまり関係なかった。

二人が養子を迎える決心をしてから、一六年が過ぎた。ある日、母はマーリーという茶色い肌のかわいい女の子に出会った。近所の家庭の養子になった子どもで、その夫婦には実の息子もいた。ということは、実子をもてる可能性のある夫婦の養子縁組を禁じた法律が変わったに違いないと母は気づいた。鳥肌が立つような感じがしたそうだ。その女の子が、一二歳の頃に見たあのビジョンの中の子どもかもしれないという不思議な感覚まであったそうだ。母はすぐに養子縁組の可能性について問い合わせをした。結果は、今なら外国からの養子を迎える申請を出してまったくかまわないというものだった。夫婦だけの生活のリズムにすっかり慣れていたにもかかわらず、二人はまったく躊躇《ちゅうちょ》せず、すぐに申請をおこなった。

何度も面接を受け、多くの書類を作成し、警察のチェックも受けて、ついに養子を迎える許可が下りた。次にしなければならないのは、どこの国に申請を送るか決めることだった。二人はビクトリアにある養子縁組の機関から、カルカッタのＩＳＳＡは人道主義的な目的で、恵まれないインドの子どもをほかの組織よりも迅速に新しい家庭に送っているという評判を聞いていた。母はインドに魅了されていたし、インドでは多くの貧しい人が悲惨な生活を送っていることも知っていた。一九八七年、オーストラリアの人口は一七〇〇万人だったが、同じ年にインドでは一〇歳未満の子ども約一四〇〇万人が病気や飢餓のせいで死亡していた。一人の子どもを養子にしても、それは大海の一滴に過ぎない。それでも、それなら自分たちにできることだ。そして、その一人の子どもにとっては、とても大きな違いになる。両親はインドを選んだ。

自分たちの条件に合う子どもを養子にするために一〇年も待つ夫婦もいる。乳児のときから育てたいとか、男の子がいいとか、女の子がいいとか、特定の年齢の子どもがいいと希望するからだ。だが、僕の両親は違う考えだった。自分たちを必要としている子どもであれば、どんな子であっても手を差し伸べなくてはならない。自分たちの好みで子どもを選ぶのは間違っている。そこで、二人は単なる「子ども」を希望した。

あの素晴らしいミセス・スードが運営しているＩＳＳＡのモットーはこうだった。「どこかで子どもが待っている。どこかで家族が待っている。ＩＳＳＡが架け橋になる」。僕と両親の場合、まったくその通りの単純な話だった。申し込んでから二、三週間後には電話が来て、サルーという名前の、名字もわからず、自分がどこから来たかもわかっていない子どもに決まりました、と言われたそうだ。裁判所に提出する書類に貼るためにＩＳＳＡが撮影した僕の写真を見た瞬間、この子はうちの子だと感じたと母は言っている。

連絡が来たとき、母はとてもうれしかったが、それでもとても冷静だったそうだ。一二歳のときに不思議なビジョンを見て以来、養子を育てることは自分の運命だと信じていたからだ。両親が養子を迎える決意をしてから一六年待たなければならなかったのは、それこそ運命のような気がする。まるで僕という子どもが養父母を必要とするときを待っていてくれたかのように思えるからだ。それから後は何もかもてきぱきと進んだ。養子縁組の申請をしてからたったの七カ月、許可が下りてからわずか三カ月で、僕がやって来た。

スポンサーシップであれ、養子縁組であれ、外国の恵まれない子どもたちへの支援を、もっと多くのオーストラリア人が考えてみるべきだと母は思っている。お役所仕事の弊害のせいでマントシュの養子縁組手続きが大幅に遅れたことで、母はとても苦しんだ。そのせいで病気になって一時は重篤な状態になったほどだ。現在、外国の子どもとの養子縁組は、州によってばらばらの法律が規制しているが、それを廃止して、もっと簡略な連邦法で統一するべきだと母は主張している。母の考えでは、各州の政府が養子縁組を複雑なものにしている。もう少し簡単だったら、より多くの家庭が養子を迎えるようになるかもしれない。

母の人生を考えるとき、僕は自分がいかに幸運で、祝福されているか、実感せずにはいられない。つらい子ども時代を送ったことで母は強い人間になり、その苦しい経験を価値あるものとして生かしたのだ。僕もそういう人間になりたいと思っている。マントシュもそう思っているに違いない。厳しい子ども時代を過ごすことがどんなものか理解しているからこそ、母は僕たち二人の素晴らしい母親になり、僕たちが大人になってからは目標になってくれている。僕は母さんがああいう人柄だから愛しているのはもちろんだが、何よりもまず、母さんのこれまでの生き方を尊敬しているし、両親が僕たちを養子にする決断をしてくれたことを心から尊敬している。僕はきっと、これからもずっと、新しい人生を与えてくれた両親に感謝し続けると思う。

7―オーストラリアの青春

僕がハイスクールに入っても、インドの地図はまだ僕の部屋に貼ってあったが、隣に貼ったロックバンド、レッド・ホット・チリ・ペッパーズのポスターに比べると、あまり気にとめることもなくなっていた［訳注　タスマニア州では一年生～六年生は小学校、七年生～一〇年生の四年間がハイスクール、一一年生から一二年生がカレッジで、その後大学に進む］。僕はオーストラリア人として育っていた。タッシー（タスマニア人）であることを誇りに思っていた。

もちろん、自分の過去を忘れたことはなかったし、インドの家族のことを考えない日はなかった。子どもの頃の記憶はどんな小さいことも絶対に忘れない決意をしていたから、まるで自分自身に物語を語るように、心の中でしょっちゅう記憶をたどり直していた。インドのお母さんが今も生きていて、元気でいますようにといつも祈っていた。ときおり、ベッドに横になっては、故郷の町の通りを心の中に思い描き、そこを通っていく自分の姿を目に浮かべた。僕は家にたどり着き、ドアを開け、中で眠っている母とシェキラの姿を見守った。心の中で家に移動すると、気持ちを集中して、家族にメッセージを送った。僕は元気だから、心配しなくていいよ、と。それはまるで瞑想のような時間だった。とはいえ、その記憶は僕の人生の後ろにある景色であって、前方ではなかった。僕はほかの子どもたちとまったく変わらず、一〇代に突入していた。

　ハイスクールでは、ギリシャ人、中国人、インド人など多くの人種の生徒がいたから、小学校のときに感じた違和感はなくなっていた。友だちがたくさんできて、学

ギターを抱えているのが僕。コンピュータの前に座っているのがマントシュ。右はヴィクトリアから遊びにきたアスラ。

た。

校のロックバンドのギタリストにもなり、サッカー、水泳、陸上など、スポーツもたっぷりやった。ハイスクールは小さい学校だったので、マントシュも気持ちが落ち着くようになった。

僕はあいかわらず自由気ままで、いろいろなことをしていた。一四歳のときには、友人たちと埠頭に行ってふざけたり、こっそり酒を飲んだりもした。早くにガールフレンドもできた。特にワルだったわけではないが、遊びまわっている時間が多くなっていた。そんな生活をしていたことを、幼少期の環境や養子になったことのせいだと考える人もいるかもしれないが、そんなことはないと思う。僕はただ、誰でも一〇代で経験するいろいろなことに振りまわされていただけだ。

もともと特に勉強が好きな方ではなかったが、スポーツや友だちづきあいなど、勉強以外のことに夢中になり過ぎて、僕の成績は下がり始めた。とうとう、両親の忍耐も限界に近づいた。母さんも父さんもしっかりした勤勉な人たちだから、二人から見ると僕は目的もなく、だらだらしているように見えたのだろう。とうとう、両親から最後通告を言い渡された。一二年生になる前に学校をやめて就職するか（マントシュは結局そうした）、真剣に勉強して大学に入るか、あるいは軍隊に入るか、どれか一つを選べというのだ。

ショックだった。軍隊と聞いて僕の警戒感が目覚めたのは、両親の思惑通りだった。軍隊の生活はきっと、思い出したくもないあの少年ホームの団体生活に似ているに違いないと思った。両親の提案にはポジティブな面もあった。インドにいた頃、自分がどれほど切実に勉強したいと思っていたか、思い出させてくれたのだ。僕は想像もできなかったような人生を与えてもらい、それを楽しんでいたが、それを生かすことはできていなかった。

そう考えたとき、僕はやる気になった。それ以来、模範的な生徒になり、学校から帰ると部屋に閉じこもって授業の復習をした。成績はどんどん上がり、いくつかの科目ではトップクラスにもなった。ハイスクールを終えると、職業教育カレッジの会計学のコースに進むことにした。その卒業証書が大学進学にも有利になると考えてのことだ。同時に、サービス業関係のアルバイトも始めた。

あのときの最後通告以来、両親は僕の進路に関してプレッシャーをかけることはなかった。それに、養子にしてもらったことで借りがあると感じさせることは絶対になかった。どんな道であれ、真面目に取り組んでさえいれば、僕自身の決定を支持してくれた。僕が職業教育カレッジをちゃんと卒業していたら、両親はきっと喜んだだろう。だが、僕は大学に進学する気はなくなってきた。接客業の収入に満足していたし、人と接する仕事が楽しくなってきたので、会計学の勉強はやめることにした。それからの何年かは、働くことと遊ぶことがごっちゃになった生活をしていた。ホバート周辺のあちこちのバーやクラブ、レストランでいろいろな仕事をした。映画『カクテル』みたいにボトルをくるくる回したり、バンドの演奏のプロモーションをしたりという生活をおおいに楽しんでいた。

だが、同僚たちが将来の見通しもなしに同じ仕事をずっと続けているのを見て、自分には何かもっとやりたいことがあるはずだと感じ始めた。僕はサービス経営学の学位を取ろうと決心した。そうすれば、将来もっと上級の仕事に就けると思ったからだ。幸い、奨学金をもらえることになって、首都キャンベラにあるオーストラリア・インターナショナル・ホテル・スクールに入学した。現場での仕事の経験があったので、三年制のコースを一年半で修了できることになった。

それまで僕はずっと両親の家に住んでいたが、仕事に行ったり、学校に行ったり、ガールフレンドの家に行ったりしていることが多かったから、家を出ることは特に重大なことではなかった。両親は僕が自発的に新しいことに取り組むのを見て喜んでいたと思う。というわけで、僕が荷物をまとめてキャンベラに旅立ったのは、誰から見ても自然な一歩だった。

結局のところ、それは僕にとって最良の決定だった。予想もしていなかったことだが、キャンベラに移ってから、僕の気持ちはまたインドに向かい、子どもの頃の家を本当に探し出そうという思いが生まれたからだ。

二〇〇七年、僕はキャンベラのカレッジの学生寮に入った。外国からの留学生が多く、しかもその多くがインド人だった。デリーや、その頃にはすでに名前が変わっていたムンバイとコルカタ出身の学生が多かった。

インド人の生徒はハイスクールにもいたが、彼らは僕と同様オーストラリア育ちだった。インド人留学生たちと知りあったことは、僕にとってまったく新しい経験だった。彼らは僕と話すときは英語を話したが、自分たちだけで話すときはヒンディー語だった。ヒンディー語を聞いたのは本当に久しぶりだった。僕は自分の母語をほぼ完全に忘れていた。ハイスクールのインド人の生徒たちは英語しか話さなかったからだ。だから、学生寮で僕は一種の逆カルチャーショックを経験した。留学生たちといっしょにいると、僕は初めて「インド人らしさ」を完全になくした。彼らといると、僕にはエキゾチックなところは全然なくなってしまう。僕はインド人に混じったオーストラリア人だった。

僕が彼らにひきつけられたのは、彼らが僕と同じ国の出身だからだ。僕が迷子になった都市から来た学生たちもいた。当時の僕が歩いたのと同じ道を歩き、同じ列車に乗ったことがあるかもしれないのだ。彼らは僕が自分たちに興味をもっていることに気づいて、仲間に入れてくれた。二六歳になって、インド人の学生たちと知り合って初めて、僕はインド人であるとはどういうことか考えようとしていた。それは政治的な意味でも、学術的な意味でもない。両親が僕のためを思ってぎこちなく試してみた交流とも違う。僕はただ、インド人の学生たちといっしょにいることが、彼らの文化を感じることが、心地よくなっていった。僕たちはいっしょにインド料理を食べ、クラブに出かけ、近郊の町への遠足を楽しんだ。誰かの家でマサラ・ムービーと呼ばれるヒンディー語の映画を見たりもした。アクションとロマンス、喜劇と悲劇が混ざりあったボリウッド映画だ。彼らとの交流は偽りでもなかったし、強制されたものでもなかった。本当に自然な過ごし方だった。それに、留学生たちは養子縁組機関とも、過去の経験によるトラウマとも無縁だった。彼らは普通の学生で、たまたまインド人というだけだった。彼らは、ヒンディー語を学び直せばいいと励ましてくれた。そして、彼らの話を聞くことによって、僕は急速に近代化しているインドの変化を知った。

僕の方は、彼らに自分の経験を聞いてもらった。あのコルカタの巨大なハウラー駅や、その近くを流れるフーグリー川を知っている人たちに自分の物語を語るのは、知らない人に話すのとはまったく違った。彼らは驚嘆した。特にコルカタ出身の学生たちの驚きは大きかった。あの都会の路上で生きるということがどんなものか、彼らには想像できるからだ。また、僕のような生い立ちの人間が今自分たちと同じキャンベラの学生寮にいるということも、彼らにとっては大きな驚きだったと思う。

彼らと会話することで、僕の中に二つの変化が起きた。一つは、自分の過去がそれまでよりも現実的なものになったことだ。僕はそれまでも、自分の記憶をもとのまま保存しておくために、心の中で繰り返し思い出をたどり直していたが、もうかなり長い間、人にその話をしたことはなかった。話したとすれば、それまでにつきあった女の子たちとか、ほんの数人だけだった。恥ずかしいことだと思っていたわけではないし、秘密にしておきたかったわけでもない。その頃には、もうそれほど重要なことではないような気がしていたからだ。それに、誰かに話せばいろいろ質問されて、それに答えなければならなかった。そのうえ、誰かにその話をすると、その人の僕という人間に対する見方が不必要なまでにすっかり変わってしまう気がした。僕はただのサルーではなくて、「子どものとき、カルカッタの路上で暮らしていたサルー」になってしまう。僕はやっぱり、ただのサルーでいたかった。

しかし、インド人の留学生たちに話すことは違った。僕の話に出てくる場所を知っている人たちに話しているからだ。話を聞いて、彼らの僕に対する見方も少しは変わったかもしれない。でも、それは僕への理解を深める方向への変化であって、僕との間にギャップを作ってしまう変化ではなかった。そうやって彼らに話しているうちに、過去の記憶は僕の心の表の方に浮かび上がってきた。ほかのオーストラリア人に話したときには、僕の経験がどんなものだったか、真剣に想像する努力をしてくれても、彼らがどんなに同情してくれても、なんだかおとぎ話みたいに抽象的になってしまいがちだった。だが、実際にその場所を知っている人たちに対してだと、僕の物語はもっと現実的なものになるのだった。

二つめの変化はこうだ。インド出身の学生たちに僕の物語を話してみたところ、彼らはみな探偵の役を買って出てくれた。僕の故郷はいったいどこなのか。それは彼らが解決したくてたまらないミステリーになった。彼らは僕が覚えていることについてたくさんの質問をした。彼らの目を通して見ると、家を見つけることは可能かもしれない、ハウラー駅にいたあの日から初めて僕はそう思えるようになった。今ここに、インドのことをよく知っている人たちがいる。僕が迷子になったときにこんな人たちが助けてくれていたら……。いや、もしかしたら、彼らは本当に僕を助けてくれることができるかもしれない。

そこで、僕は自分の記憶の中から乏しいヒントをありったけ彼らに提供した。もう長いことやってみていなかったが、久しぶりに、無知な五歳の子どもが理解していた地理をすべて描き出してみた。まず、ジネストレイだ。それは町の名前かもしれないが、町の中の地区の名前か、通りの名前かもしれない。それから、僕が一人で列車に乗ってしまった近郊の町の駅。そこは「ベランプール」とかいう名前だった。

こんな頼りないヒントしかない。コルカタの役所も僕の出身地を見つけようとしてくれたのだが、結局見つからなかったのだと僕は彼らに念を押した。だが、これだけでも、手始めとしては悪くないと彼らは言った。自分が何時間くらい列車の中に閉じ込められていたのか、記憶が曖昧《あいまい》であることを僕は認めた。とにかく乗ったのは夜で、コルカタに着いたのは次の日の昼前、いや、少なくとも昼間だったことは確かだ。路上で生活したときのことなど、つらい体験は細かいことまではっきり記憶に残っているのだが、最初の出来事、つまり、一人で列車の中に閉じ込められ、家からどんどん遠くに連れて行かれながら、どうすることもできなかったときのことは、衝撃的すぎてよくわからなくなってしまっていた。そのときの苦しみは、思い出そうとしても、スナップ写真のように細切れにしか思い出せない。それでも、列車に乗っていたのは一二時間から一五時間の間だったと僕は記憶している。

友人の一人にアムリーンという女の子がいて、ニューデリーのインド国鉄で働いているお父さんに、コルカタから一二時間ほどの距離にあるらしい、僕の覚えている地名に心あたりがないか聞いてみてくれると言った。僕は興奮し、どきどきした。二〇年前に駅のプラットフォームで必要としていた救いの手にこれほど近づいたことはないという気がした。

一週間後、返事が来た。ジネストレイは聞いたことがないが、コルカタ郊外にはブラマプールという所があり、また、コルカタと同じインド東部の西ベンガル州のもう少し遠い所にはバハランプールという市があり、東海岸をちょっと南に下ったオリッサ州には、かつてはベルハンプールという名前だったが、今ではブラマプールになっている市もあるということだった。最初のコルカタ郊外の場所は明らかに違う。だが、それを聞いて僕は自問せずにはいられなかった。なぜ、あのとき、ハウラー駅で僕が尋ねた人たちの誰一人として、このブラマプールが僕の探している場所ではないかと考えつく人がいなかったのか。もしかしたら、僕の発音が変だったのかもしれない。あるいは、彼らは一度立ち止まっても、僕の話をゆっくり聞く気がなくて立ち去ってしまったのかもしれない。

二番目、三番目の場所も、該当しそうには思えなかった。僕が列車に乗っていた時間を考えると、どちらも近過ぎるからだ。もちろん、かなり遠回りをする路線に乗った可能性もあるのかもしれないが。オリッサ州の都市の方は海岸から一〇キロもない。だが、僕はオーストラリアに来るために飛行機に乗ったときまで、一度も海を見たことがなかった。かつて故郷の町の近くの湖に日が沈むのを見て感動したことはあったが、オーストラリアに来るとき、飛行機の窓から下に見えたあまりにも広い海には本当に驚いたことを覚えている。海岸のそんなに近くで育ったのだとしたら、それまで海を見たことがなかったなんてありうるだろうか。一方、友人たちは僕の顔つきから判断すると、コルカタのある西ベンガル州の出身ではないかと考えていた。それを聞いて思い出したのだが、母の話では、僕がまだ子どもだった頃、ホバートで出会ったインド人のお年寄りたちも、僕のことを東部の出身のように見えると話していたそうだ。だとすると、列車に乗っていた時間の長さの記憶は間違っているのだろうか。たった五歳だった僕は怯《おび》えきっていたために、かかった時間と距離を大げさにとらえていたのだろうか。心の中に小さな疑いの種がまかれたような気がした。

友人たちの直感に頼るだけでなく、僕はインターネットを使って情報を集め始めた。ハイスクールを卒業する前から、家では一応インターネットを使えたが、それは今のインターネットとはまったく違うものだった。ブロードバンドになる前だし、ダイヤルアップ形式で使っていて、今よりずっと遅かった。今「インターネット」と呼ばれているものは、僕のハイスクール卒業前にはまだ、「ウエブ」と呼ばれた初期の姿だった。僕がカレッジに入った頃にも、ウィキペディアなどのツールはまだ誕生したばかりだった。今なら、どんな情報でも、見つからないことはまずないだろう。どんなに曖昧な項目についてもだ。だが、インターネットが学者やコンピュータおたくだけのものだった時代もそれほど昔のことではない。それに、その頃にはソーシャルメディアというものもなかった。もともと知っている人たち以外の人と連絡することは、今のように簡単なことでも当たり前なことでもなかった。電子メールはもっとフォーマルなツールで、匿名で世界につながるためのものではなかった。僕がその頃までさほど自分のインド時代のことを考えていなかったという事実に加えて、当時のインターネットは新しい発明だったので、それまで僕はインターネットが自分の役に立つとは考えてみたこともなかった。

カレッジに入ってからは、インド人の友人たちが僕を勇気づけてくれただけではなく、インターネットに二四時間アクセスできて、自分の部屋のデスクの上にはコンピュータがあった。僕は「ジネストレイ」という名前について、どんな情報でもいいから見つからないかと思って、綴《つづ》りを少しずつ変えてみながら探したが、何の成果もなかった。少なくとも、僕にとって意味のわかる情報は見つからなかった。「ベランプール」らしき名前についても同様に何の結論も得られなかった。似たような名前はたくさんあり過ぎ、それ以上のことは何もわからなかった。

この二つの名前と自分が列車の中にいた時間の長さについては、自分の記憶に少し自信がなくなっていたかもしれない。だが、家族の記憶や、子どもの頃に歩きまわった町や通りの記憶に疑いはまったくなかった。目を閉じれば、自分が列車に乗り込んだベランプールの駅の情景がはっきりと浮かんだ。プラットフォームの位置、その端にあった大きな歩行者用の跨線橋《こせん》、それに駅のすぐそばに高くそびえていた、台の上に水のタンクが載った水道塔も。もし、友人たちか、インターネットが、そのうちのどれかを見つけてくれたとしたら、あるいはどこの誰でもいいから、ここが君の故郷じゃないのかといって見せてくれたら、すぐにそうだとわかったはずだ。自信がもてないのは、名前の方だった。

地図は役に立たなかった。どの辺を探せばいいかがわかってさえいたら、たくさんの名前や線の中に隠れている故郷が見つかったかもしれない。だが、手に入る地図はどれも縮尺が小さ過ぎて、小さな町までは載っていなかった。まして、僕が必要としていた細かい道や町内の様子まで載せた地図があるはずはなかった。僕にできたのはただ、コルカタからの距離や、自分の顔つきを参考に、可能性のある地域をざっと見て、似たような感じの名前を探すことだけだった。それに、たとえ、「ベランプール」や「ジネストレイ」に似た名前の町を見つけることができたとしても、それが本当に僕が探している町なのかどうかを確かめるすべはなかった。本当にここなのか？ そんなことは誰にもわからない。あのぼろぼろの家や、あの駅が、その町の中にあるかどうかなど調べようにもない。僕はしばらくの間、飛行機に乗って実際に西ベンガル州へ行き、地上で調査を始めてみようかと空想してみたりもしたが、もちろん真剣に考えたわけではない。見覚えのある物を探して、いつまでインドのあちこちを歩きまわれるというのか。なにしろ、インドは巨大な国だ。そんなことをしても、ハウラー駅からあてずっぽうに列車に乗るのと同じようなものではないか。

それから間もなく、僕は実際に景色の中を歩きまわれる地図が存在することに気づいた。しかも、自分の部屋で椅子にすわったままで安全に。グーグル・アースだ。

グーグル・アースを初めて使ってみたときのことを覚えている人も多いだろう。衛星画像を使っていて、誰でも世界を上から見ることができる。宇宙飛行士のように世界を一望することができるのだ。大陸でも、国でも、都市でも全体を見ることができるし、地名で検索して、興味のある場所を拡大して見れば、驚くほど詳細な画像が得られる。エッフェル塔だって、グラウンド・ゼロだって、自分の家だってすぐ近くからのように見ることができる。そう、多分それが誰でも最初にやってみることだろう。自分の住んでいる場所に焦点を絞り、上からどう見えるか確かめてみるのだ。鳥のように、あるいは神のように。グーグル・アースでどんなことができるか知って、胸がドキドキした。どの辺を探せばいいかさえわかっていたら、子どもの頃に住んでいた家もちゃんと見えるのだろうか。グーグル・アースはまさに僕のために発明されたに違いない。完璧なツールだ。僕はコンピュータのスイッチを入れ、探し始めた。

ジネストレイについては、聞いたことがある人は一人もいなかったわけだから、調べてみることができるのはベランプールらしき地名だけだった。それを見つけることができさえすれば、故郷の町はそこから鉄道の線路をたどって遠くない所にある。僕はベランプールやそれに似た名前の場所を検索した。予想通り、数え切れないほど多くの結果が出た。ベランプールに似た地名は、巨大なインドの縦横あらゆる場所にはりめぐらされていた。すっかり同じ名前で多数存在する場合もあった。ブラマプール、バハランプール、ベルハンプール、ベルハンポール、ビランプール、ブルンプール、ブルハンプール、ブランプール……。まだまだいくらでもあった。

アムリーンのお父さんが教えてくれた二つの場所から始めてみるのが妥当だと思われた。西ベンガル州とオリッサ州の都市だ。ゆっくりと、しかし確実に、それぞれの都市の空からの画像がスクリーン上に現れた。グーグル・アースは、まさに僕が期待していたとおりのものだった。このツールがあれば、自分が覚えている目印はどれもちゃんと見えるだろう。うまくいけば、正しい場所を見つけたとき、実際にそこにいるのと同じようにたやすくここだと識別できるだろう。いや、少なくとも、そのすぐ上空に浮かぶ熱気球から見ているように見えるはずだ。上から見た場合は、通りに立っているときとすっかり同じには見えないだろうから、少し想像力を働かせないといけないだろう。

西ベンガル州のバハランプールには鉄道の駅が二つあったが、どちらにも僕がはっきり覚えている跨線橋はなかった。それに、その町から線路沿いに少し行った所にジネストレイという名前の場所も見当たらなかった。また、その町の駅から伸びる線路のうちの一本は周囲に大きな湖がいくつもあって、列車の窓から必ず見えるはずだと思われたが、僕は故郷の近くの駅のまわりでそういうたくさんの湖を見たことはなかった。その町の周辺はまったく僕の故郷の周辺とは違っていた。僕の故郷では鉄道の線路のまわりに丘がたくさんあった。だが、この西ベンガル州の町の周辺には丘らしいものはまったくなかったし、その地帯はそもそも緑が多すぎた。僕の出身地では、埃《ほこり》っぽい町々のまわりに農地がパッチワークのように広がっていた。もちろん、僕がいた頃から変化があった可能性は認めなければならない。灌《かん》漑《がい》が進んで、土地がもっと緑になることもありうるだろう。それでも、ほかの要素から考えても、ここは僕の故郷ではありえなかった。

それに比べて、オリッサ州の都市ブラマプールはもっと乾燥した地域に見えた。しかし、その駅は線路の両側に屋根のかかったとても長いプラットフォームが並んでいて、僕の故郷のシンプルな構造の駅とは違っていた。それに、駅の近くには水道塔もなく、かわりに何かサイロのような物がたくさんあった。故郷の駅のそばにそういう物があったとしたら、僕は覚えていたはずだ。こっちの都市でも、線路沿いの近郊にジネストレイはなかった。それに、この都市は本当に海に近くて、ここに住んでいたのだとしたら、海がそばにあったことを僕が知らなかったはずはないと思う。

この二つの場所がはずれだったからといって、希望がなくなったわけではない。探してみるべき場所はほかにたくさんあったのだから。だが、僕はすっかり気落ちしてしまった。しかも、自分がいた頃から、故郷が大きく変わっているかもしれないことを思い知らされた。

駅舎だって改装されたかもしれないし、新しく建て直されたかもしれない。近くの道も変わり、町も大きくなったかもしれない。変化が大きければ、僕が故郷を見分けることは難しいだろう。

グーグル・アースはあらゆる場所をカバーしているのだが、いや、むしろそれだからこそ、故郷を探すのがとてつもない作業になることは明らかだった。地名を明確に覚えていなければ、検索機能を使っても答えは得られない。たとえ、たまたま正しい場所を探したとしても、空から見てそこが故郷だとはわからないかもしれない。僕にはもう、はっきりそうだと自信をもって言えることは何もないような気がした。インターネットのスピードも、コンピュータも、今よりずっと遅かった。グーグル・アースは素晴らしいツールだが、あまりにも巨大だ。それを使って膨大な範囲を探そうと思えば、とんでもない時間がかかる。

真面目に勉強するつもりなら、グーグル・アースで故郷を探すことに時間を費やすわけにはいかなかった。こうして、当初の興奮も結局すぐに冷めてしまった。ちょっといじってみただけだ、グーグル・アースに気を散らされないようにしなければ、と僕は自分に言い聞かせた。それから数カ月の間は、ごくたまにいくつかの場所をチェックしてはみた。主に、コルカタのまわりのインド北東部だ。だが、見覚えのある景色はまったく見つからなかった。

しばらくすると、グーグル・アースで故郷を探すのはもうあきらめたと僕は友人たちに何度も宣言していた。本当はまだすっかり忘れてしまったわけではなかったのだが。探偵役を買って出てくれたインド人の友人たちも多くは帰国してしまい、残った友人たちも、最初に考えたほどには僕にとって深刻な問題ではないらしいと思ったらしく、謎解きをあきらめてしまった。

結局、僕はグーグル・アースによる探索をすっかり投げ出した。あまりにも困難に思えてきたからだ。このまま探していれば必ずたどり着くとは思えなくなっていた。それはまるで、干し草の山の中にある一本の針を探しているようなもので、それだけの仕事を片づけるのに必要な時間は割けなかった。僕は勉強するためにカレッジに入ったのであり、勉強に集中しなくてはならなかった。それに、僕は勉強以外の時間もコンピュータに貼り付いて世捨て人のように暮らすつもりもなかった。そんなことを続けていたら、頭が変になってしまうよと忠告してくれた人たちもいた。運命は僕を恐ろしい苦境から救い出し、安心できる生活を与えてくれた。もしかしたら、僕は認めなければならないのかもしれない。過去は過去なのであり、自分は前に進まなければならないということを。

今になって考えてみると、僕はあのとき、少し怖くなっていて、自分の思い出を防御しようとしていたのかもしれない。僕はもう長い間、その思い出を抱いて生きていた。思い出に強くしがみついていた。何がなんでも、思い出を守っていたかった。そして、思い出の中にしか存在しない希望の種を守っていたかった。もし、インドに戻って探してみて、何も見つけることができなかったら、それこそ、自分と過去との間にはっきり線を引いて生きていかなければならなくなる。家も、家族も、跡形もなく消えていたら、僕はその記憶にしがみつくことができなくなってしまう。確信もなく、インドに戻ってみたりしたら、僕に残されたわずかな記憶も破壊されてしまう可能性があった。

二〇〇九年、僕はまあまあの成績でカレッジを卒業し、ホバートに戻り、生活のためにバーの仕事を見つけた。せっかくカレッジの学位を取ったというのに、何週間もしないうちに自分がもうサービス業に興味がないことを実感した。いや、それはすでにキャンベラにいるうちに薄々気づいていたのだが、それでもとにかく、ちゃんと卒業して学位を取っておこうと思ったのだ。

誰でもきっと、大人になったばかりのときに、そういう時期があるのではないだろうか。自分が何をして生きていくのか、決めなければならない。少なくとも、どっちの方向に歩き始めるか、決めなくてはならない。食べていくための手段という意味だけではなく、自分の人生では何が最も重要なのか、考える必要がある。意外なことではなかったが、僕の場合、それは家族なのだと気づいた。しばらくの間、ホバートから離れていたために、その気持ちがかえって強くなったのかもしれない。それに、自分の過去について新たに興味が芽生えたことで、ホバートの家族との絆《きずな》についてもよく考えるようになっていた。ブライアリー家の家業を手伝うことで、自分の人生のいろいろな側面を結び付けることができるのではないかと僕は思った。両親もそれはいい考えだと賛成してくれたので、僕はとてもうれしかった。

僕の両親は工業用ホース、建具、バルブ、ポンプなどを売る会社を所有していて、父が経営している。びっくりするような偶然の一致なのだが、父が会社を設立したのは僕がインドから到着した日だった。父はその日、祖父に真新しいオフィスに来てもらって電話番を頼み、母といっしょに僕を迎えにメルボルンに行ったのだった。

ファミリー・ビジネスの一員になるということは、毎日父といっしょに働くということだった。僕はすぐに自分は正しい選択をしたと思った。父といっしょに働いていると、学べることがたくさんあった。父の決断力、職業倫理、必ずやり遂げるという強い意志を僕も幾分かは受け継ぐことができたと思っている。仕事は忙しいが、そのおかげでますます父との絆は強くなっていると思う。その後、マントシュも同じ進路を選んだ。だから、今では家族全員が同じ会社でいっしょに働いている。

同じ頃、僕は新しいガールフレンドとつきあい始め、やがていっしょに暮らすようになった。ホバートに戻ったこと、そしてその後のいろいろな出来事は僕に、自分のルーツを探すことが人生で一番重要なことではない、少なくともほかのあらゆることに優先することではないと思い出させてくれた。そういうと、奇妙に感じる人もいるかもしれない。養子になった人たちの中には、生みの親を知っていたかどうかにかかわらず、何かが欠けているという感覚にずっと苦しめられる人たちもいる。つながりを失っている感じ、自分がどこから来たかわからないという感じに苦しみ、自分を不完全なものと感じている人たちもいる。だが、僕はそう感じたことはない。インドの母や家族を忘れたことはなかったし、これからだって絶対に忘れることはないが、彼らと引き離されていたことが、充実した幸せな人生の追求を妨げていると感じたことはない。人生ではチャンスが来たら、すぐにつかまなければならない、前を向いて生きなければならないということを僕は早くに学んでいた。生き延びるためにそれが必要だったからだ。だからこそ、養子縁組によって与えてもらった人生を心から感謝して受け入れていた。僕は再び、目の前にある生活に集中しようと決意していた。

8 ― 探索《サーチ》

人生には予想外の紆余《うよ》曲折《きょくせつ》があるということを、僕の場合、誰にもましてよくわかっていたはずだ。それなのに、思わぬ不意打ちに遭ってしまった感じだった。転職とか、引っ越しとか、運命の変化まで含めて、環境の変化に順応することはわりと得意だったはずなのに、それでも、失恋の経験にはほかの人たちと同じように深刻な痛手を受けた。いや、実際のところ、普通よりかなりひどくまいっていたといえるだろう。

僕は父の下で営業の仕事を学びつつあった（今もその仕事をしている）。だが、ガールフレンドとの関係は大荒れとなり、結局、つらい別れを迎えることになった。最終的に別れることを決断したのは僕の方だったが、その後は喪失感に苦しみ、後悔ばかりしていた。僕は両親の家に戻ったが、すっかり落ち込んでいた。拒絶感、落胆、恨み、孤独、それに挫折感など、さまざまな暗い感情に押しつぶされていた。出勤できない日さえあったし、不注意なミスばかりしていた。両親はきっと思っていたに違いない。楽天的で前向きな人間に育ったと思っていたのに、いつになったら、ちゃんともとに戻るんだろう、と。

それでも、長年の間によい友人が増えていたのが、僕にとっては幸運だった。かつてバーやクラブで働いていた頃の友人バイロンに偶然再会した。彼は、空いている部屋があるから、しばらく自分の所でいっしょに暮さないかと言ってくれた。バイロンは僕にとって医者の役割を果たしてくれ、新しい友だちのグループにも紹介してくれた。バイロンが親切にしてくれたこと、それに新しい友人が増えたことで、僕はだいぶ元気を取り戻した。僕の人生で一番重要なのはもちろん家族だが、友だちも家族に劣らず大切だと思った。

バイロンは外出好きで、毎日おおいに楽しんでいた。僕は彼といっしょに外出するのも好きだったが、家に残って一人で過ごしたいときもあった。その頃には前ほどひどく落ち込んでいたわけではなかったが、まだ失恋の痛手を引きずっていて、自分のことをカップルの片方ではなく、一人の自分として考えることがうまくできないでいた。そういう過程を乗り越えることの難しさは、子ども時代の体験とはまったく関係ないと思うのだが、その頃、なぜか、僕はインド時代のことを再び真剣に考えるようになっていた。

バイロンの家ではブロードバンドでインターネットにアクセスできたし、僕は買ったばかりの速いラップトップを持っていた。自分の過去をたどることは必要なことではないと思っていた時期もあったが、それでも僕は過去を忘れたことはなかったし、インドの家を見つけることが絶対に不可能だと決めつけたこともなかった。僕の人生は新しい段階に入っており、家のビジネスを通して両親とはこれまで以上につながりが強くなっていたし、ほんの少しは恩返しができているかもしれないと思えるときもあった。だからこそ安心して、インドの家を探すことで直面するかもしれない危険にも立ち向かえるようになったのかもしれない。そう、何かを失う危険はあった。調査が失敗するたびに、僕の記憶の確かさにはひびが入っていく。だが、成功すれば得るものはものすごく大きい。僕はこれまで、探すことから逃げていたのではないだろうか、インドの家を探すことと今後の人生を前向きに生きていくことは関係ないと自信をもっていたつもりだったが、本当はそうではないのかもしれない、と僕は考え始めていた。もしかしたら、探すことから逃げていたのは、一〇代の頃の漂流と同じで、真剣に取り組むことができなかっただけではないのか。それに、もし、ひょっとして、見つけることができたらどうだろう？　自分がどこから来たか解明するチャンスを逃してしまうのか？　母を見つけることだってできるかもしれないのに、そのチャンスを見逃してしまうのか？

　インドの家を見つける努力を少しずつ始めてみようと僕は決意した。それによって、もう一度前向きな姿勢で生きていけるようになるかもしれない。もしかしたら、未来の方向を見つけるのに過去が役立つかもしれない。


　強迫観念にとりつかれたように調査を始めたわけではなかった。

　バイロンが出かけている夜に二時間ほど、例のBで始まる名前のいろいろな町を調べてみたりした。インドの東海岸にどんな所があるのか、適当に眺めてみることもあった。インド中北部のデリーに近いウッタル・プラデーシュ州のビランプールまでチェックしてみたが、そこはあまりにも遠くて、一二時間かそこらでコルカタに到着するなどありえなかった。しかも、その町には鉄道の駅さえなかった。

　こういうグーグル・アース上の短い旅行をたまにやってみたが、確信のない名前で町を探すことの愚かさがわかっただけだった。本当に調査をするつもりなら、もっと戦略的に、組織的にやらないとダメだと思った。

　僕は自分の知っていることをもう一度きちんと考え直してみた。僕の出身地では、ヒンドゥー教徒の居住地域とイスラム教徒の居住地域がごく近くにあった。言語はヒンディー語が話されていた。以上のことはインドのほとんどの場所に当てはまる。それから、夜、星空の下にいても暖かかったことを思い出した。ということは、インドで最も北の寒い地方であったはずはない。海辺に住んでいたのではない。もっとも、海辺にかなり近い所だったという可能性は排除しきれない。山地に住んでいたのでもない。それから、故郷の町には駅があった。インドの鉄道網は複雑に入り組んでいるが、それでも、すべての町や村に鉄道が通っているわけではない。

カレッジのインド人の友人たちの意見では、僕の容貌はインド東部の出身のように見えるということだった。おそらくは西ベンガル州のあたりではないかと言われた。だが、僕はこの点については疑問を感じていた。西ベンガル州は、バングラデシュに近いインドの東部に押し込まれたような格好になっている。この州はヒマラヤ山脈の一部を取り込んでいる。僕の故郷が山地ではないことを考えると、その辺ではない。また、この州にはガンジス川のデルタも含まれるが、そのあたりは僕の故郷に比べてはるかに緑が多く、肥沃《ひよく》な地域だ。とはいえ、この意見を出してくれたのは実際にインドのことを直接知っている人たちだから、彼らの直感を完全に無視するのも愚かなことだと思った。

故郷の町の特徴ある目印をいくつも覚えているから、偶然見つけたらすぐそれとわかるはずだし、そうでなくても、調査の範囲を狭めることはできるはずだと思った。子どもの頃よく遊びに行った川に架かっていた橋も覚えている。そのそばには川の流れをせき止めるダムがあったことも覚えている。駅から家に行く道もわかっているし、駅の構内の様子もわかっている。

　もう一つよく覚えていると思う駅は、僕が列車に乗ってしまったBで始まる名前の駅だ。その駅には兄たちといっしょに何度も行ったが、駅から出るなと言いつけられていたから、駅の外の町の様子はまったくわからなかった。出口の向こうに見えたのは、荷馬車や自動車のための丸くカーブする道路と、そこから向こうに伸びている町に入る道だけだった。それでも、はっきりした特徴がいくつかあった。駅の建物ははっきり覚えているし、線路が一筋しかなかったことも覚えている。駅の横のすぐそばには、塔の上にのった大きな水道タンクがあった。また、線路をまたぐ歩行者用の跨線《こせん》橋もあった。それから、列車が僕の故郷の方角から来てその町に入る直前に、小さな渓谷を渡った。

　そういうわけで、可能性のある地方については漠然とながらもいくつかの考えがあり、ジネストレイや、Bで始まる町らしい所を見つけたときには、それを見分ける目印もわかっていた。必要なのは、もっとよいサーチの方法だった。それまでのところ、地名はかえってじゃまになっていることに気づいていた。とにかく、地名から出発するべきではない。そうではなくて、旅の終点から出発してみよう。Bで始まる町とコルカタは線路でつながっている。ということは、コルカタから出発するすべての鉄道路線をたどってみれば、いつかは必ず自分の出発点が見つかることになる。そして、その場所から故郷の町までは同じ線路をさらにたどればいい。さほど遠くない所にあるはずだ。路線の具合によっては、もしかしたら、故郷の町の方が先に見つかるかもしれない。だが、実際に調査することを考えると怖気《おじけ》づいてしまいそうだった。コルカタのハウラー駅は国の鉄道網のハブで、そこから出発する路線はあまりにも多い。それに、僕の乗った列車は蜘蛛《くも》の巣のような鉄道網をジグザグに通って来た可能性もある。単純でまっすぐな路線だった可能性は少ない。

とはいえ、曲がったルートや不規則なルートを通った可能性があるにしても、僕が列車で運ばれていた時間の長さには限度がある。僕はずいぶん長い時間、列車の中にいたと思っていた。一二時間から一五時間の間だった思う。少し計算してみれば、遠すぎる場所は除外して、調査する範囲を狭めることができるはずだ。

どうして、以前はこのように明確に考えてみなかったのだろう。あるいは問題の大きさに圧倒されてしまって、きちんと考えることができなかったのかもしれないし、わかっていないことに気をそらされて、知っていることに集中できなかったのかもしれない。しかし、計画的に時間をかけてやらなければならない仕事ではあるが、とにかく熱心に続けていきさえすればいいのだと気づいた瞬間、僕の中で何かがカチッと音を立ててはまった感じがした。グーグル・アースの神の視点を借りれば、家を見つけるために必要なのは時間と忍耐だけだというなら、やってみようじゃないか。それは心の探求であると同時に、知的なチャレンジでもあるような気がしてきた。僕は本気でやることに決めた。

最初に、調査する地域を決めることにした。インドのディーゼル機関車はどれくらいの速度で走るのか。その速度は八〇年代には今と違ったのか。そういう問題なら、カレッジ時代のインド人の友人たちに聞けばだいたいのところがわかるだろう。特に、お父さんが鉄道の仕事をしているアムリーンだ。僕は彼らと連絡をとった。彼らの意見では、だいたい時速七〇キロから八〇キロだろうということだった。幸先のいいスタートだと思った。僕が列車に閉じ込められていた時間は夜を通して一二時間から一五時間だったから、その間にどれほど移動したか計算してみて、約一〇〇〇キロと見当をつけた。

つまり、僕が探している場所は、ハウラー駅からどれかの路線を伝って一〇〇〇キロ程度の所にあるはずだ。グーグル・アースでは正確な距離に合わせて線を引くことができるから、コルカタから一〇〇〇キロの所に丸く境界線を引いて、その線を今後の調査のためにセーブしておいた。その範囲には、西ベンガル州だけでなく、ジャールカンド州、チャッティースガル州も含み、さらに西はインド中央部のマディヤ・プラデーシュ州の半分近く、南のオリッサ州、北はビハール州、それにウッタル・プラデーシュ州の三分の一、それにバングラデシュを囲むように飛び出しているインド北東部の諸州まで含まれていた（僕がバングラデシュ出身でないことは明らかだった。バングラデシュ人だったら、ヒンディー語ではなく、ベンガル語を話していたはずだから。その後、インド、バングラデシュ両国の鉄道網がつながったのはほんの数年前だとわかったので、僕がバングラデシュ人でないことは確認できた）。

境界線の内側はものすごい広さだった。面積は九六万二三〇〇平方キロに達し、巨大なインド亜大陸の四分の一を越えていた。その境界内には三億四五〇〇万人が住んでいる。僕は悲観的にならないように努めたものの、その中から家族四人を見つけることなんて本当に可能なんだろうかと思わずにはいられなかった。

計算は推測にもとづいた大雑把なものだったし、サーチしなければならない地域はあまりにも広大だったが、それでも、すでに絞り込むことはできたと感じた。一本の針を見つけるために、干し草の山からでたらめに干し草を放り投げるのではない。手に負える分量の干し草を丁寧に調べ、その中に針がなかったら、その分の干し草はわきによけておくことができるのだ。

もちろん、サーチすべき区域内の路線はどれも、まっすぐな半径を描いて広がっているわけではない。あちこちで曲がったり、よじれたり、分岐したり、合流したりしていて、境界線に到達するまでに、くねくねと一〇〇〇キロよりはるかに長い旅をしているはずだ。だから、僕はコルカタから出発して外向きに調査を始めることにした。コルカタが僕の旅路で唯一の絶対確かな地点だからだ。

初めてハウラー駅にズームインしてみると、真ん中が尾根のように高くなった灰色のプラットフォームの屋根が列をなして並び、線路がほつれたロープの先端のように駅から各方向に広がっているのが見えて、僕はいっきに五歳のときに引き戻された。自分がこれからやろうとしているのは、この駅に到着して最初の一週間にやっていたことのハイテク・バージョンだと思った。あのときは次々に別の列車に乗ってみては、家に帰れる列車ではないかと試してみたものだ。

僕は深呼吸した。そして一本の線路を選ぶとそれに沿ってスクロールし始めた。

作業の進捗《しんちょく》は遅いものになりそうだった。ブロードバンドの回線を使っているとはいえ、ラップトップに画像が表示されるのには時間がかかる。始めのうちは画素《ピクセル》が粗く、ゆっくりと上空からの画像が完成されていく。僕は自分の覚えている目印がないか探し、駅には特に注意を払った。それは僕が最もいきいきと覚えている場所だったからだ。

作業の途中で、その路線のどの辺まで進んだだろうかと思って、初めてズームアウトしてみた。それまで何時間もスクロールし続け、調査を続けてきたのに、ほんの少ししか進んでいないのでびっくりした。だが、それで失望したり、いらいらしたりすることはなく、逆に、このまま綿密にやっていけば、必ず探しているものが見つかるはずだという大きな自信が湧《わ》いてきた。サーチを再開すると、気持ちが落ち着いてきた。ほどなく、この調査を続けたいという、いてもたってもいられない気分になって、一週間に何度も夜の時間を調査にあてるようになった。寝る前に、その晩は路線上をどこまで進んだか記録し、サーチの結果を保存した。そうしておいて、次にやるときにはそこから調査を再開した。

貨物操車場や跨線橋、ガード下の通路、川に架かる橋や分岐駅を何度も見つけた。たまに、ちょっと飛ばして進んでみたこともあったが、すぐに神経質にもとの場所に戻り、そこからの部分をもう一度やり直した。きちんとやらなければ、どこも全部調べたという自信がもてなくなってしまう、と自分に言い聞かせた。駅だけをどんどん見ようと、間の線路をすっ飛ばすことはしなかった。そんなことをしたら、小さい駅を見落としてしまうかもしれないからだ。ずっと線路に沿って進み、何が出てきてもちゃんと見えるようにした。そして、自分で決めた境界線まで到達すると、その前の分岐駅まで戻って、そこからのびる別の路線の調査を始めた。

調査を始めてわりと早い時期のある晩、北へ向かう路線をたどっていると、駅からそれほど遠くないところで線路と交差する川があった。僕はハッとして、クローズアップしてみた。ダムは見えないが、あれから撤去されたということはありうるだろうか。僕は急いでカーソルを動かして、その付近の景色を調べてみた。町の外の田園地帯の景色はどうだろうか。そこはとても緑豊かに見えた。だが、僕の町の郊外にもたくさんの農家はあった。町の景色の画像がだんだんはっきりしてくるのをじっと見つめた。小さい町だ。僕の町に比べて小さ過ぎる。いや、でも、子どもの目から見ると……。それに、この駅のすぐそばには線路をまたぐ跨線橋がある！　いや、しかし、町のまわりにいくつもある大きな空白の部分は何だろう？　湖が三つ、いや、この小さな村の内側に四つか五つある。そこまで見て突然、ここは絶対に違うとわかった。町の中で何カ所も人家を立ち退かせて、湖を作るなんてありえない。そう、それにもちろん、跨線橋のある駅は本当にたくさんある。町のそばに川があることも多い。川の水が人々の生活を支えているんだから。そういう場所では、線路が町のそばで川を渡るのは当たり前だ。僕は何度、考えたことだろう。これらの目印は僕をがっかりさせるためだけにそこに並んでいるのだろうかと。僕はそのたびに、疲れ切って痛む目で、また間違いだったとその場所を立ち去るしかなかった。

一日おき程度に、ラップトップに貼り付いて数時間を費やすうちに、何週間も過ぎ、何カ月もたった。それ以外の夜は外の現実の世界に出なければダメだとバイロンが言うので、僕はインターネットの世界の隠者になっていたわけではない。それでも、すでにこの時期に、西ベンガル州とジャールカンド州は全部調査し終えた。見覚えのある物は何も見つからなかったが、少なくとも、友人たちの推理とは異なり、自分がコルカタのすぐ近くから来たわけではないことがはっきりした。僕の家はもっと遠い所にあるのだ。

それから数カ月後、幸運にも新しい出会いがあって恋愛が始まり、しばらくは調査を優先しない時期が続いた。リーサと僕の関係は始めのうちは不安定なもので、何度か別れたり、やり直したりした。だから、僕がインターネットで故郷を探す作業をしていた時間は多い時期と少ない時期があった。その後、彼女とは長続きする関係を築くことができて、今まで続いている。

ラップトップ上の地図をにらみ続けている男を好きでいられるガールフレンドなんているのかどうか、僕にはわからなかった。でも、この調査が僕にとってどんどん重要なものになっていることをリーサはよく理解してくれて、辛抱強く支えてくれた。彼女もほかの人たちと同様に僕の過去の話を聞いて驚き、僕が追い求める答えが見つかることを願ってくれた。二〇一〇年、僕たち二人は小さなアパートメントでいっしょに暮らし始めた。その頃、ラップトップに貼り付いて過ごした夜は趣味に熱中していたようなものだと僕は考えている。ちょうど、コンピューターゲームで遊んでいたようなものだ。だが、リーサに言わせると、その頃、つまり、僕たち二人の関係が一番アツアツだった時期でも、僕は調査にとりつかれていたらしい。今になって振り返ってみると、やっぱり彼女の言うとおりだと思う。

長い年月、僕は自分の過去を頭の中だけで、夢の中だけで追ってきたが、今度ばかりは現実に迫っていると感じていた。もし、「昔のことなんか考えずに前に進むべきだ」とか、「そんなふうに調べたって、インド全国から故郷を見つけるなんて絶対に不可能だよ」などと言う人がいたとしても、もう絶対に耳を傾ける気はなかった。リーサは絶対にそんなことは言わなかった。彼女が支えてくれたから、絶対やり遂げるという僕の決意はますます固いものになった。

自分が何をしているか、僕はあまり人には言わなかった。両親にさえも言わなかった。僕の意図を誤解されてしまうと困るからだ。僕がそんなに一所懸命調べているのは、両親が与えてくれた人生に不満があるからなのかとか、あるいは両親の育て方に不満だったのかなどと誤解されたくはなかった。時間を無駄にしていると両親に思われるのも嫌だった。だから、調査は僕の生活の中でますます重要なものになっていたにもかかわらず、僕はそのことを誰にも話さなかった。父との仕事は午後五時に終わり、僕は五時半には家に戻ってラップトップの前にすわっていた。そして、線路に沿ってゆっくり進み、線路沿いにある町々を調べていた。何カ月もそんな調子だった。始めてからすでに一年以上たっていた。だが、僕はすでにある結論に達していた。何年かかるか、何十年かかるかわからないが、干し草の山をすっかり調べてみることは可能だ。あきらめずに続けていれば、針は必ず姿を現す。

僕はゆっくりとインドのあちこちの地域を除外していった。北東諸州の路線はすべて調べたが、知っているものは何も見つからなかった。オリッサ州も除外していいと確信できた。どんなに時間がかかっても、徹底的にやると決意したので、最初に決めた一〇〇〇キロの境界線の外の路線も調べ始めた。オリッサ州より南の東海岸をさらに五〇〇キロ行った所にあるアーンドラ・プラデーシュ州も調べ終えた。ジャールカンド州とビハール州にも、それらしいものは見つからなかった。今度は北のウッタル・プラデーシュ州に入り、そのままこの州のほとんどを調べてみようと思った。進捗状況を測る基準として、最初に決めておいた境界線よりも、州のまとまりを考えるようになっていた。次の州、次の州というように、インドのあちこちの地域を除外していくことが、僕の次の目標となり、それによって僕の気持ちにはますます拍車がかかる感じだった。

仕事のためにすぐにやらなければならないことがあるとか、何かどうしても守らなければならない約束があるとかでもない限り、僕は毎晩ラップトップに向かっていた。もちろん、たまにはリーサと外出することもあった。だが、家に着いた途端に僕はコンピュータに向かった。彼女が僕のことを、まるで少し頭のおかしい人を見るように、じっと見ているのに気づいたこともある。そんなとき、彼女は「また、やってるのね」と言ったが、僕はこう答えるしかなかった。「やらなきゃいけないんだ……。ごめんね」結局、とことんやらせておいて、興味がなくなるまで待つしかないと彼女にはわかっていたのだろう。そういうとき、僕はつきあいが悪くなったし、二人の関係が始まってそれほど長くない頃だったから、彼女が寂しがっても当然だったが、僕たちはなんとかその時期を克服した。

もしかしたら、僕にとってそれほどまでに重要なことを、ある程度は共有してもらったので、僕と彼女の関係はかえって強くなったのかもしれない。インドの家と家族を見つけることが僕にとってどんな意味があるのか、二人で話していたときに、それがはっきりわかった気がする。もちろん、いつでもうまく説明できるとは限らなかった。なにしろ、僕は自分の期待に蓋《ふた》をしておこうと思っていたし、この調査は面白いからやっているのであって、自分にとって深い意味のある探索というわけではない、と自分にも思い込ませようとしていたのだから。リーサと話しているうちに、この調査が自分にとってどれほど深い意味があるのか、はっきりわかってきたと感じたこともあった。

僕が家を探していたのは、幕引きを求めていたのでもあり、自分の過去を理解したいから、その結果として自分自身をもっとよく理解したいからでもあった。いつか、インドの家族と連絡がとれるかもしれないと希望していたのは、僕がどうなっているか、家族に知ってほしかったからでもある。リーサはそういうことをすべて理解してくれて、けっして腹を立てることはなかった。ときには、今日はこれ以上ラップトップのスクリーンをにらみ続けるのは禁止だ、と言うこともあったが、それは僕のためを思って言ってくれていたのだった。

リーサはときおりこう言っていた。彼女が最も恐れていたのは、僕が探していたものを発見して、インドに帰ってみる決心をしたとして、実際にはその場所が間違いだったり、家族が見つからなかったりしたら、どうなるんだろうということだった。僕はホバートに戻って来て、また、とりつかれたようにインターネット上の調査を始めるのか。僕はその質問に答えられなかった。失敗したときのことを考える余裕はなかった。

二〇一〇年が終わりに近づくにつれて、僕はますます調査にのめり込むようになった。それに、新しくブロードバンドのＡＤＳＬ２＋の回線を引いたので、画像を更新したり、拡大・縮小したりすることがそれまでより高速でできるようになった。それでも、僕はまだゆっくり丁寧に調査を続けていた。急ぐと、何か見落としてしまったのではないかと後から不安になるからだ。また、目の前にあるものに無理やり合わせるために自分の記憶をねじ曲げてしまわないように、常に注意している必要があった。

二〇一一年に入ると、僕はインドのもっと中央寄りの地域、つまり、チャッティースガル州やマディヤ・プラデーシュ州に専念していた。この二つの州を数カ月にわたって執拗《しつよう》に、秩序立てて、じっくり調べていた。

もちろん、自分のしていることは知恵があるとはいえないのではないか、いや、それどころか、正気とはいえないのではないか、と疑いの心が生じたこともある。毎晩、毎晩、昼の仕事の残りのエネルギーと意思の力をふりしぼって、五歳のときの自分に戻り、知っている場所はないかと鉄道路線の画像をにらみ続けた。それは反復的な、科学捜査のような作業だった。ときには、閉所恐怖症の発作が起きそうな気分になることもあった。どこか狭い所に閉じ込められて、小さな窓から外の世界を見ているような気がしてくるのだ。自分の乗せられたコースから離れることができないという感覚は、まるで五歳のときの苦難を追体験しているようだった。

そして、三月のある晩、午前一時頃だったと思うが、疲れ切った僕はほんの気まぐれから、いきなり干し草の山の中にでたらめに飛び込んでみた。それがすべてを変えたのだった。

9　故郷への旅

二〇一一年三月三一日、仕事から帰ると、いつもと同じようにラップトップをつかんでソファにすわり、グーグル・アースを立ち上げて、調査を始めた。リーサが帰って来ていっしょに食事をした以外は、そのままずっと続けていた。その頃はインドの中西部を調べていたので、その地域を選んで、最初に決めた境界線の近くの鉄道路線を「旅して」いた。ブロードバンドになったといっても、旅はあいかわらずゆっくりだった。何年たったかと思えるくらいの長い時間、その路線の駅を調べてきたが、ズームアウトしてみると、やはり以前と同じように、作業がすんだのは実に小さなエリアだとわかるのだった。その地方は僕の故郷より緑が濃く見えた。だが、インド横断の旅を続けてきて、僕にもわかってきた。インドの田園風景は頻繁に変化しているのだ。

何時間かたって、僕はある路線を一つの分岐駅までたどってきた。そこでひと休みすると、しばらくフェイスブックをチェックし、それから目をこすって背中を伸ばし、また作業に戻ることにした。

もとの地域をクローズアップする前に、僕は何気なく地図をひょいひょいと動かしてみた。その分岐駅から西に進む路線がどこまで行っているか、ちょっと見てみたくなったのだ。その辺には、丘や森が点在し、川が流れ、似たような景色がどこまでも続いているようだった。僕はふと大きな川が気になり、その川をたどっていくと、青くて深い巨大な湖ナル・ダマヤンティ・サガール湖があった。湖のまわりは緑の田園地帯で、北側には山々があった。しばらくの間、僕はこの小さな探検を楽しんでいた。調査とは関係のない、気晴らしのためのハイキングだ。もう、時間も遅くなっていた。いずれ、もうそろそろ寝る時間だ。

その地方にはまったく鉄道路線がないようだった。だからこそ、眺めていてリラックスできたのかもしれない。だが、鉄道がないということにいったん気づいてしまうと、僕はほとんど無意識のうちにそれを探し始めた。あちこちに町や村が点々とあるのが見えたので、鉄道がないなら、この地方に住んでいる人々はどうやって移動しているのだろうと考えた。もしかしたら、あんまりあちこち行ったりしないのかもしれない。僕はさらに西の方を眺めてみた。やっぱり、まだ鉄道がない！　そのあたりから、地形は平らになって農地が増えてきた。ようやく、鉄道の駅を示す小さな青いマークが見つかった。なにしろ、駅を探すことが習慣になっていたから、見つけた途端にちょっと安心した。その小さな駅を見ると、何本も線路のあるかなり主要な路線の駅と思われたが、線路ぎわには建物がほんのいくつかしか見えなかった。いつもの習慣で、線路をたどり、南西の方向に進んでみた。すぐに別の駅が出てきた。最初の駅より少し大きい駅で、この駅でもプラットフォームは線路の片側にしかなかったが、町は線路の両側に広がっていた。だから当然、跨線《こせん》橋があった。おや、あれは？　線路のすぐそばにある物は水道塔か？　僕は息を飲んで、もっと詳しく見ようと画像を拡大した。思ったとおりだ。プラットフォームの反対側に公共の水道タンクがある。その水道塔は線路をまたぐ大きな歩行者用跨線橋からそれほど離れていない所にあった。町の方にスクロールしてみると、信じられない光景が見えた。駅を出てすぐの広場を馬蹄型のように丸く囲む道路がある。あの頃、よくプラットフォームから見ていた、あの丸い道路にそっくりだ。まさか。画像を拡大してみると、鉄道はかなり大きな町の北西をかすめるように通っていた。青い駅のマークをクリックした。駅の名前は……。駅の名前は、ブルハンプールだった。

心臓が止まりそうになった。ブルハンプール！

町には見覚えがなかった。それもそのはずだ。町に入ってみたことはなかった。いつも、プラットフォームにいたのだ。僕は再び画像を拡大して、よく見直した。丸くなった道路、水道塔、跨線橋……。すべてが僕の記憶どおりの位置にあった。ということは、ここから遠くない場所に、線路をちょっとだけたどって行けば、僕の故郷ジネストレイがあるはずだ。

僕はほとんど恐怖を感じながら、カーソルを動かして、線路沿いに北の方向の画像を出してみた。市街地が終わる所で線路が渓谷を渡るのを見ると、アドレナリンが噴き出すのを感じた。兄たちと列車に乗っていたとき、駅に到着する前に、これとそっくりな渓谷を渡る小さな橋を過ぎたことをすぐに思い出した。僕はさらに急いで東へ、それから北東へ動かし、七〇キロにわたって緑の農園や木々に覆われた丘、何本かある小さな川などを拡大して見た。乾燥した平地の所々にパッチワークのように灌漑によって開かれた農地があり、ときおり小さな村があり、やがて大きい川に架かった橋とその向こうにある町の郊外が見えてきた。橋の両側には流れを抑える壁があり、川の水量はそこでかなり減少していた。ここが故郷だとすれば、この川は僕たちが遊びに行った川ということになる。ということは、橋からあと少し右側に動かせば、もっと大きいダムがあるはずだ。

大きいダムはあった。天気のいい日らしく、はっきりと見えた。頭上を通過する衛星がこの画像を撮影したのは、晴れた日だったに違いない。

僕はすわって、まるで永遠のように思えるくらい長い時間、じっとスクリーンを見つめていた。今目の前にある画像は、僕の頭の中にあったものと完全に一致していた。僕はちゃんとものを考えることができなくなっていた。興奮のあまり凍りついてしまい、怖くて先に進めなくなった。

やっとのことで僕は、そっと神経質に次の行動をとった。とにかく心を静めて、軽率に判断しないようにしなくては。もし、今、本当に、二四年ぶりにジネストレイを見ているのだとしたら、覚えているとおりに川から駅に戻る道をたどれるはずだ。そんなに遠くはないはずだ。僕はまたゆっくりとカーソルを動かし始め、地図の上でゆっくり、その道をたどった。川の支流に沿って右へ左へうねり、原っぱを迂回《うかい》し、ガード下をくぐる立体交差を抜け、そして……。駅だ。駅の青いマークをクリックすると、駅名がスクリーン上に現れた。

「カンドワ駅」

聞いたこともない名前だった。

胃が締め付けられるような感じがした。どうして、そんな……。ブルハンプールからここまで、何もかもぴったり合っていたのに。ブルハンプールは間違いなく、あのBで始まる駅だ。だが、もし、橋や川が合っているとすれば、ジネストレイはいったいどこなんだ？ 僕は絶望しないように努めた。子どもの頃、僕は地元の駅の中やその周辺をしょっちゅううろついていた。覚えていることを、もう一度チェックしてみよう。三本のプラットフォーム、それをつなぐ屋根のかかった跨線橋、駅の北のはずれにあった線路をくぐる地下通路……。それらの一つひとつはどこにでもあるありふれたもので、故郷であるかどうかを判断する決め手はむしろ、それらがお互いにどのような位置関係にあるかだ。すべて、ちゃんと合っている。僕は地下通路のそばの公園にあった大きな噴水も覚えていたので、それもチェックしてみた。やっぱり。ちょっとぼやけてはいるが、公園の真ん中の木に囲まれた空間に見覚えのある丸い形を見ることができた。

ここから、家のあるはずの場所への行き方を僕は知っている。このときのために、小さいときから、何度も何度も頭の中でおさらいし、絶対に忘れないようにしてきたのだから。僕は噴水から出発して、ガード下の通路をくぐり、子どもの頃にたくさん歩いた通りや路地に入って行った。ホバートの家で夜寝る前にも、自分がそこを歩く様子を想像した道だ。心の中で家に到着し、「僕は元気だよ」と母に伝えるためにたどった道だ。そろそろ家に着く、と思うよりも早く、僕は子どもの頃によく見慣れていた近所の様子を見下ろしていた。間違いない。

しかし、「ジネストレイ」らしい地名はいっこうに地図上に現れてこなかった。それはとても奇妙な感覚で、その感覚はそれから一年近くも僕につきまとうことになった。自分の中の一部は確信しているのに、別の一部は疑っているという感覚だ。ここが故郷に間違いないという確信はあった。だが、その一方で、それまでずっと長い間、「ジネストレイ」という名前にも確信をもっていた。もしかしたら、ジネストレイはカンドワの一部なのかもしれない。カンドワの郊外かもしれない。それはありうることのように思えた。僕は自分たちが住んでいた、路地が集まって迷路のようになった所をよく調べてみた。ホバートの家を見た場合ほどはっきりした画像ではなかったが、それでも、子どもの頃に住んでいた家の小さな長方形の屋根がちゃんと見えた。もちろん、僕はその家を上から見たことなどない。だが、その建物は間違いなく同じ形をしていて、正しい場所にあった。僕はしばらくの間、呆然《ぼうぜん》としたまま、なんとか事態を飲み込もうと努めながら、あちこちの路地の上空をさまよっていた。だが、ついに興奮を抑えきれなくなってしまった。

僕は大きな声を出してリーサを呼んだ。「見つけたよ！　来て！」叫んでから思い出したのだが、すでに真夜中だった。僕は夕食の時間以外ずっと、七時間以上連続でコンピュータに貼り付いていたのだ。

リーサは寝間着姿であくびをしながら、顔を出した。ちゃんと目を覚ましてくれるのを待っていたが、彼女は半分寝ぼけていても、すぐに僕が興奮していることに気づき、「ほんとなの？」と尋ねた。「ほんとだ！　間違いない！」僕は答えた。その瞬間にそれは確信に変わった。「ここが僕の生まれ故郷だ！」

調査に完全に没頭するようになってから八カ月、グーグル・アースをダウンロードしてからはすでに五年近くたっていた。

リーサはにっこり笑って、僕を抱きしめてくれた。「すごい！　やったね、サルー！」

その夜はまったく眠れないまま、職場の父のオフィスに行った。父にとっては、まったく予想もしていない突然のニュースだ。すぐには信じてくれないだろうとわかっていた。僕は父にどう話すべきか、頭の中でリハーサルしようとした。少しは厳粛な感じで話したかった。だが、結局、なんとか真剣な顔つきをして、こう言うのがやっとだった。「父さん。僕、生まれ故郷を見つけたんだ」

コンピュータに向かって仕事をしていた父は動きを止めた。「なんだって？　地図の上でか？」どう見ても、信じていない様子だった。「ほんとに？」

まったくありえない発見だったから、当然の反応だったと思う。いったい何が起きたのか。これだけ長い年月がたって、今頃になってから、自分がどこから来たか思い出したというのか。僕は父に本当の話だと言い、どうやって見つけたか説明した。父はまだ疑っている様子だった。間違っている可能性を考えて、僕を守ろうとする気持ちもあったのだと思う。父が警戒するのも当然だと思った。でも、僕にはすでに確信があって、それをわかってほしかったし、父にも信じてほしかった。

今になって考えてみると、そのとき、父に信じてほしい気持ちがあんなに強かったのは、僕にとっては、父に話すことがインドに帰る旅の出発点だったからだ。リーサはもちろん、ずっと前から僕の調査のことを知っていて、僕の希望を支えてくれていたが、父に話すことでようやくその発見は現実のものとなり、そこから、なんらかの行動を起こす必要が生じてくる。次に何をするべきか、僕にはまだ、はっきりした計画がなかった。だが、発見を父に知らせて、僕は実感した。これは旅の終わりではない、始まりなのだ、と。その瞬間、これは僕たち全員にとって人生を変えるような発見だとわかった。たとえ、僕がもうこれ以上のことを見つけられなかったとしてもだ。

母に話すことが次の一歩だった。母は僕が故郷を探したがっていたこと、インターネットでヒントを探そうとしたことは知っていたが、本気で調査していることは知らなかった。僕が最も心配していたのは、母がこの発見を聞いて動揺するのではないかということだった。母が養子縁組による家族のつながりに強い信念をもっていることを考えると、僕が生まれ故郷を見つけたという知らせを聞いてどう思うか、とても心配だった。

その夜、僕たちは家族の家に集まった。全員、少しピリピリしていた。僕はといえば、これが自分の故郷だと確信をもつ根拠になったグーグル・アースの画像をみんなに見てもらいたくてしかたなかった。家族は態度を決めかねるという反応だった。僕が世界で有数の人口の多い国インドを、鳥の視点から見て、五歳のときの記憶に残る目印を探したということ、そして実際に探していたものを見つけたということは、彼らにとってはとても信じられないことだった。いくら信じようとしても、とんでもない驚きだった。僕は小さいときに母に説明したとおりに、カンドワの南の端にあるダムや鉄道の線路、駅に行くときにくぐったガード下の道などをみんなに見せた。

そのときは全員が心の奥で、この発見によってこれから何が起こるのかと考えていたと思う。もしかしたら、両親はそれまでもずっと、この日が来る可能性を考えていたかもしれない。そうなったら、息子はインドに取り返されてしまい、自分たちのものではなくなるのかと恐れていたのかもしれない。

僕たちはお祝いの夕食をとったが、全員なんとなく無口だった。

自分の家に戻ると、僕はちょっと神経質になりながらも、また意欲が湧《わ》いてきて、すぐにコンピュータに向かった。ちょっと興奮し過ぎていたかもしれない。もしかしたら、わかったことをちゃんと確認する別の方法があるかもしれない。僕は最初に調査を始めたときにはまだ存在していなかった別のツールを使ってみることにした。フェイスブックだ。「カンドワ」で検索すると、すぐに「わが故郷《マイ・ホームタウン》カンドワ」というグループが見つかった。僕はそのグループの管理人にメッセージを送ってみた。

誰か教えてくれませんか？　私の出身地はカンドワではないかと思うのですが……。二四年間、帰ったこともないし、町の様子を見たこともありません。ひょっとして映画館のすぐそばに大きな噴水があったでしょうか？

その噴水は僕の覚えている限り、最もめだつ目印だった。噴水のある公園は、大勢の人たちが待ち合わせをする場所だった。丸い噴水の中央に台座にのった像があった。あぐらをかいてすわっている賢者の像だった。いったい誰なのか、僕はまったく知らなかった。よじれた房になった長い髪の町の聖者たちが（その頃は知らなかったが、苦行者《サドゥ》と呼ばれる人たちだ）、冷たい噴水で沐浴《もくよく》していて、ほかの人たちが水を浴びるのを許さなかった。あるとき、ものすごく暑かった日に、僕は兄たちといっしょにこっそり忍び込んで水を浴び、彼らから逃げようとして鉄条網に足をひっかけてケガをしたのを覚えている。

そんな質問をしたところで、その町が自分の故郷かどうか確認するには、よい方法とはいえなかったかもしれない。子どもの頃からずいぶん時間がたって、取り壊された物もたくさんあるかもしれない。だが、僕はこの段階にきて、どうしたらいいのか、わからなくなってしまっていた。今考えるとちょっとばかばかしい聞き方だったが、おそらく、それまで僕は「ジネストレイ」という名前の町を見つけるだろうと思っていて、それで話はすむと思っていたわけだ。故郷が見つかったら、すぐそれとわかるだろうと思っていたのだ。だが、故郷を見つけたはずなのに、わけのわからないことだらけだった。見つけた町は予想の範囲のはるかに外だった。あれほど注意して計画的、組織的に探したのに、結局見つけたのは偶然だった。もしかしたら、結局そんなふうに見つかったのは僕にふさわしいことだったのかもしれない。僕の人生はどうやら、危機一髪と、偶然のチャンスと、ありがたい幸運に恵まれる運命らしいから。

結局、その晩も眠れなかった。

母さんも父さんも慎重な態度だったのは、理由のないことではなかった。次の朝起きると真っ先にコンピュータを開いた。カンドワのフェイスブックのグループから噴水についての質問の答えが来ていた。

はっきりとは答えられません。映画館のそばに公園はあるけど、噴水はあまり大きくないし。映画館はずっと前に閉鎖されました。そのうちに、町の写真を更新したいとは思っていますが……。もっと何か思い出せるといいですね。

その返事を読んで、僕はしょげかえってしまった。あんなに有頂天になって、すぐみんなに話したりするんじゃなかったと思った。カンドワからの返事を待ってからにすればよかったんだ。その答えは僕の期待を確認してくれるものではなかったが、完全な否定というわけでもなかった。僕はグループの管理人にお礼の言葉を送信し、頭が霧に包まれたような状態で出勤した。頭の中で地図や記憶がぐるぐるまわって、なかなか集中できなかった。何もかも自分の都合のいいように解釈していたということだろうか。時間を無駄にしていたということだろうか。

その日のうちだったか、次の日だったか忘れたが、母が言った。僕が六歳のときにいっしょにノートに描いた地図を見たところ、地図に描かれた橋、川、駅の位置は、僕が今度グーグル・アースで表示して見せたのとは違っている。だが、それは僕が見つけた場所が間違いだからなのか、それとも、僕がまだ六歳だったので正確な地図を描くことが難しかったのか、どちらなのかわからない。母は僕の寝室に貼ってあったインドの地図も出してきた(母は僕とマントシュの子ども時代に関わるものは何でも保存している)。その地図を見たら、驚いたことに、ブルハンプールもカンドワもちゃんと載っているというのだ。その二つの町はコルカタからあまりにも遠く、僕がそんな遠くからコルカタまで運ばれたなんてありうるだろうかと母は言い出した。ほとんどインドをすっかり横切ったようなものだからだ。

僕がまず驚いたのは、僕の部屋の机の上の地図には、故郷はずっと前から記されていたということだ。どこを見たらいいかさえわかっていたら、すぐに見つかったはずなのだ。これらの名前の秘密を知らないまま、僕はいったい何度、その名前を眺めたのだろう？　子どもの頃、地図上の似た名前の中から、このブルハンプールに気づいたことがあったかどうかも思い出せない。気がついていたとすれば、コルカタから遠過ぎるという理由でとっくに除外してしまっていたのだろう。そう、もう一つ僕がとても驚いたのは、可能な範囲だと考えていたより、その町がはるかに遠くにあったことだ。遠すぎるだろうか？　列車は想定したよりずっとスピードが速かったのだろうか？　あるいは、僕は自分で思っていたよりずっと長い時間、列車に乗っていたのだろうか？

非現実的な二日間が過ぎた。僕は地図と記憶の間で身動きがとれなくなっていた。長い間の確信が、新しい発見によって崩壊しつつあった。それまでずっと恐れていたことが現実に起ころうとしているのかもしれない。調査によって、知っているはずだったことが浸食されてしまい、僕には何も残されなくなってしまうのか？　しばらくの間、両親も、リーサも、僕自身も、その発見のことをあまり話さなかった。彼らは僕を過剰に守ろうとしているのだ

いでいた。やっぱり、故郷のように見えた。

そんなふうにして数週間が過ぎ、ようやく僕は勇気を出して、両親にインド行きの話を切り出した。とはいえ、はっきりとは言いにくかったので、もし僕の立場だったらどうする、と聞いてみた。二人は、そんなことは聞くまでもないと言った。行くしかない。行って確かめたいと思わない人がいるはずないだろう。リーサも同じ考えだった。そして、もちろん、三人とも僕といっしょに行くつもりだった。

僕は安心した。それに感動した。でも、僕は一人で行かなくてはならなかった。絶対に一人で行く必要があると思った理由はいくつかあった。そもそも、間違っているのではないかという不安がまだあった。どこかの裏通りで立ち往生して、母さんと父さんとリーサが僕をじっと見つめているのに、やっぱりここは知らない場所だったと白状しなければならなくなったら、どうするのか。それに、大げさに見えないようにしたかった。ガネッシュ・タライに四人で突然行ったりしたら、きっと人に注目される。目立ってしまうことで、余計なストレスを受けることになるかもしれない。

本当のところ、インド行きは僕にとって、とても重大なことだった。ガネッシュ・タライの警察署や病院の電話番号を探し出して前もって電話をかけ、家族のことを聞いてみたり、僕自身の医療記録を探してもらうように頼んだりすることもできたかもしれない。少なくとも、家族の名前は言うことができるんだから、問い合わせてみることはできた。狭い町内で、誰もがお互いのことをよく知っているはずだからだ。だが、そんなことをしたら、話があっという間に広まってしまう。いちかばちか、僕の家族になりすまそうとする人たちが現れないとも限らない。先進国から、ちょっと懐の豊かそうな放蕩《ほうとう》息子が帰ってくるという話は人をひきつけるかもしれない。駅に着いたら、「私があなたのお母さんよ」という人が何人も待っていた、なんてこともありえないわけではない。そんなことになったら、せっかく現地に行っても、かえって本当の家族を見つけるのが難しくなってしまう。前もって知らせておいたり、取り巻きを連れていったりせずに、目立たないように一人でそっと行ってみて、自分で判断しなければならない。

それに、現地で何が起こるかわからなかった。予測もできない国だから、危険もあるかもしれない。誰かのことを心配したり、誰かがいっしょだから気が散ってしまったりということでは困るのだ。一人で行けば、自分の状況をただ事実としてとらえ、自分なりの反応をし、対処することができるはずだ。

いや、もしかしたら、一人で行かなければならない理由はもっと単純なものかもしれない。これは結局、僕自身の旅だ。列車に乗ったところから、深夜のインターネットの調査に至るまで、僕は一人で旅してきた。だから、最後まで一人で行くべきだと思ったのだ。

ありがたいことに、リーサはわかってくれた。だが、両親はもっと頑固だった。父は、絶対にじゃましないし、一人でやりたいと思うことは一人でやらせると約束する、と言った。

あるいは自分一人だけついていくのはどうだろう、ただ僕を応援して、何か問題があったときだけ手伝うから、とも言い出した。ずっとホテルで待っていたっていい、必要なときのために待機しているというのだ。「絶対、足手まといにはならないから」と父さんは言った。本当にやさしく、ありがたい申し出だったが、僕の心はすでに決まっていた。

初めてガネッシュ・タライという場所を見つけてから、実際に飛行機に乗るまでには、実は一一カ月もかかった。子どものときに飛行機に乗ってオーストラリアまで来て以来、僕はそんな遠い所にはどこにも行ったことはなかった。それだけではない。普通の旅行の準備のほかに、普通ならありえないような行政上の問題があった。国籍の問題さえあった。僕がインドから到着したとき、パスポートには国籍はインドと書いてあった。完全に正しく記載されていたわけではない。出生地はカルカッタと書いてあったのだが、もちろん、それは正しくない。インドのお役所もどこかの地名を書いておく必要があったから、そうなってしまったのだ。今では僕はオーストラリア国籍で、インドの国籍は失効したわけだが、しかし、正式に放棄したわけではなかった。このようなちょっとしたお役所関係の細かいことがいろいろあって、ずいぶん時間がかかった。

だが、結局は、僕自身が先に延ばしていたというのが本当のところだと思う。人にはそう見えないようにしていたが（それに、自分でも認めるつもりはなかったが）、僕はインドへの旅がものすごく不安だった。見つけた場所が本当に正しいのか、家族の誰かと再会できるのかという問題だけではない。インドに戻るということは、たくさんの嫌な思い出に正面から立ち向かわなければならないということだった。その問題にどう対処したらいいのかわからなかった。

それでも、僕はチケットを予約し、同行の申し出を断り、心の準備をしようと努めた。意外な所で応援してくれる人たちがいた。予防注射が必要だったのでクリニックに行ったら、担当の医師に旅行の理由を聞かれた。それまで、この話は親しい人たちにしか話さないことにしていたが、故郷を見つけてから、以前ほど用心深くはなくなっていたのかもしれない。僕はなんとなく、どうしてインドに行くことになったのか、その先生に少し話し始め、結局、かなり長々と話してしまった。彼はとても驚いて、そんなすごい話を詳しく話してくれてありがとうと言った。次の回の注射に行ったら、クリニックの人たちはみんな僕の話を知っていて、大勢の人から本当に親切な応援の言葉をもらった。出発を控えたこの時期に、家族やリーサのほかにも自分を応援してくれる人たちがいることを知ってうれしかった。おかげでかなり元気が出た。

ついに、出発の日が来た。僕は空港で母とリーサと出発前のコーヒーを飲みながら、向こうに着いてからの考えられる成り行きについて、もう一度話しあっていた。二人は僕に、とにかく物事をあるがままに受け取るべきだ、こうあってほしいと思いつめてはいけない、と言った。僕はそれまで不安などないふりをしていたつもりだったが、すっかり見破られていたということだろう。母は子どもの頃の僕の写真をスキャンしてA４版に拡大したものを手渡してくれた。僕がインドにいたのはもう二五年も前なのだ。家族でさえも、写真の助けがなければ、僕とはわかってくれないかもしれない。それはものすごく頭のいい餞別だった。あれほどくよくよ思い悩んで準備したつもりだったのに、写真を持っていくことも思いつかなかったなんて、自分でも信じられなかったが、このことからも僕がそのときどんな精神状態だったか、わかってもらえるだろう。

僕はなかなか別れが言えずに、結局、最後に搭乗した。母さんはとても心配そうに僕を見ていて、それを見たら、僕もますます不安になった。僕がやっていることは正しいんだろうか？　過去を見つけに行くなんて、本当に必要なことなんだろうか？　僕のことをこんなに愛してくれる人たちがここにいるのに……。

だが、もちろん、行かなければならないというのが僕の決断だった。それがどんなに不安なことであっても。僕は自分がどこから来たのか、つきとめなければならない。たとえ、それによって過去に別れを告げなければならない結果になっても。少なくとも、僕は今までずっと夢に見てきた場所を見る必要がある。

こうして、僕は飛行機に乗った。

10 ― 再会

二〇一二年二月一一日、僕の乗った飛行機はマディヤ・プラデーシュ州最大の都市インドールに着陸した。僕の足がインドの大地に触れるのは、子どものときにこの国を去ってから初めてだった。夜明け前の暗闇の中で、自分がこれからしようとしていることの重大さを実感して、アドレナリンが噴き出してきた。

インドは僕を歓迎してくれたとはいえない。到着してすぐ、僕は自分が外国人だと思い知らされた。僕は「帰郷」したはずなのに、この国は僕にとって異質な国だった。手荷物受取りの回転コンベヤーに僕の荷物は出てこなかった。いったいどこに行ってしまったのか、空港の係員に聞こうとしたが、ヒンディー語らしい言葉で応対されて、まったくわからなかった。その係員はすぐに英語を話す人を呼びに行った。言葉がわからないということは些細《ささい》なことだと思うかもしれないが、長い年月離れていた祖国へ戻って感傷的になっている人間にとっては、ことさらに重たい意味があった。人の言うことが理解できず、自分の言いたいことをわかってもらえない状況に陥って、僕はまるでもう一度迷子になったような気持ちだった。

カンドワに向かう前にインドールのホテルに一泊することになっていた。タクシーの運転手たちがホテルまで乗せようと法外な値段でしつこく言い寄ってくるのをなんとかかわして、ようやくホテルの送迎バスを見つけた。バスが空港から出発する頃には、すでに太陽が盛んに照りつけており、僕は初めて、忙しく混乱した二一世紀のインドを目にすることになった。

最初のうちは、四半世紀前に見たインドの様子とだいたい同じだと思った。黒い豚が横町で食べ物をあさり、街角には昔見たのと同じ種類の木が植えられ、いたる所に人間がひしめいていた。今も貧しい国であることは一目瞭然《りょうぜん》だったが、それ以上にショックを受けたのは、何もかも昔の記憶より汚らしく見えることだった。道端で用を足す人々もいて、そこらじゅうにゴミが散らばっていた。昔、自分が住んでいた所もこんなふうだったのか。僕にとっては、広々として清潔なホバートの町が当たり前になってしまっていたのかもしれない。

ホテルに着いて車を降りると、激しい交通の容赦ない騒音と、排水路の汚水から立ちのぼる硫黄《いおう》のような悪臭が僕の感覚を直撃した。これだけ年月がたっているのだから、カンドワだってきっとすっかり変ってしまっているだろうとあらためて思った。ホテルで二、三時間うつらうつらして休んだ後、次の日カンドワに行くための車と運転手を手配した。

カンドワまでは車で二時間ほどだったが、空港でホテルまでの二、三キロの料金として運転手たちが吹っかけてきた値段の半分ほどですんだ。かつては都会で自分の身を守る知恵を身につけていたつもりだったが、そんなものはもうとっくになくしてしまっているのだ、と僕は思った。

しかし、実際には余計なお金を払った方が安全なこともあるのかもしれない。僕を車に乗せた背の低い痩《や》せた運転手は、インドの気楽な運転マナーの基準を考慮に入れるにしても、まるで気が狂ったように運転した。そのせいで僕の体内ですでに過剰だったアドレナリンがまたしても増加した。インドールからの道は丘や渓谷の間を抜けて走っていた。その景色にはさっぱり見覚えがなかった。何度か車を止めてチャイを飲み、煙草を吸った。僕は普段は滅多に吸わないのだが、神経が高ぶっていて煙草が必要だった。カンドワで何が待っているのか。僕は自分がどんどん不安になっていることに気づいていた。気が急《せ》いてしまって、命知らずの運転でも追いつかないくらいだった。

晴れわたった空に太陽が照りつけていた。車はカンドワに近づいていた。見知った物が何もないことに気づくと、寒気を感じた。そのあたりは記憶にまったくない、灰色の埃《ほこり》っぽい工業地帯だった。突然、気が変わって、ホテルではなく、まっすぐ駅に行ってもらうことにした。自分は物事を無駄に長びかせようとしていたのだと思った。タスマニアの家のラップトップで調査した結果が正しいかどうか知るためには、駅にまっすぐ行くのが最も早く簡単な方法だ。車は方向を変えた。

道は狭く、交通は渋滞し始めた。日曜日なので人出が多い。小さい頃には馬や手押し車やカンドワに向かう前にインドールのホテルに一泊することになっていた。タクシーの運転手たちがホテルまで乗せようと法外な値段でしつこく言い寄ってくるのをなんとかかわして、ようやくホテルの送迎バスを見つけた。バスが空港から出発する頃には、すでに太陽が盛んに照りつけており、僕は初めて、忙しく混乱した二一世紀のインドを目にすることになった。

最初のうちは、四半世紀前に見たインドの様子とだいたい同じだと思った。黒い豚が横町で食べ物をあさり、街角には昔見たのと同じ種類の木が植えられ、いたる所に人間がひしめいていた。今も貧しい国であることは一目瞭然《りょうぜん》だったが、それ以上にショックを受けたのは、何もかも昔の記憶より汚らしく見えることだった。道端で用を足す人々もいて、そこらじゅうにゴミが散らばっていた。昔、自分が住んでいた所もこんなふうだったのか。僕にとっては、広々として清潔なホバートの町が当たり前になってしまっていたのかもしれない。

ホテルに着いて車を降りると、激しい交通の容赦ない騒音と、排水路の汚水から立ちのぼる硫黄《いおう》のような悪臭が僕の感覚を直撃した。これだけ年月がたっているのだから、カンドワだってきっとすっかり変ってしまっているだろうとあらためて思った。ホテルで二、三時間うつらうつらして休んだ後、次の日カンドワに行くための車と運転手を手配した。

カンドワまでは車で二時間ほどだったが、空港でホテルまでの二、三キロの料金として運転手たちが吹っかけてきた値段の半分ほどですんだ。かつては都会で自分の身を守る知恵を身につけていたつもりだったが、そんなものはもうとっくになくしてしまっているのだ、と僕は思った。

しかし、実際には余計なお金を払った方が安全なこともあるのかもしれない。僕を車に乗せた背の低い痩《や》せた運転手は、インドの気楽な運転マナーの基準を考慮に入れるにしても、まるで気が狂ったように運転した。そのせいで僕の体内ですでに過剰だったアドレナリンがまたしても増加した。インドールからの道は丘や渓谷の間を抜けて走っていた。その景色にはさっぱり見覚えがなかった。何度か車を止めてチャイを飲み、煙草を吸った。僕は普段は滅多に吸わないのだが、神経が高ぶっていて煙草が必要だった。カンドワで何が待っているのか。僕は自分がどんどん不安になっていることに気づいていた。気が急《せ》いてしまって、命知らずの運転でも追いつかないくらいだった。

晴れわたった空に太陽が照りつけていた。車はカンドワに近づいていた。見知った物が何もないことに気づくと、寒気を感じた。そのあたりは記憶にまったくない、灰色の埃《ほこり》っぽい工業地帯だった。突然、気が変わって、ホテルではなく、まっすぐ駅に行ってもらうことにした。自分は物事を無駄に長びかせようとしていたのだと思った。タスマニアの家のラップトップで調査した結果が正しいかどうか知るためには、駅にまっすぐ行くのが最も早く簡単な方法だ。車は方向を変えた。

道は狭く、交通は渋滞し始めた。日曜日なので人出が多い。小さい頃には馬や手押し車やだ心配そうな様子だったが、それですっかり筋が通るということは認めた。僕はブルハンプールとカンドワを見つけ、ついに、ここが最も重要なことだが、僕たちが住んでいた場所であるガネッシュ・タライを見つけた。僕のインドの家族は今もまだそこに住んでいるかもしれない。サルーはいったいどうなったんだろうと思いながら。

故郷を発見した直後のしばらくの間、僕は何をしたらいいかわからないでいた。圧倒されてしまったのだ。成功したことがうれしくてたまらず、ほかのことは何も考えられなかった。だが、その一方で、喜びの底にほんの少し、神経質な不安があった。だから、しばらくはリーサと家族以外には話さなかった。だって、もし間違いだったらどうする？　間違いにもとづいて、みんなをひっかきまわしているんだとしたら？　自分を笑い者にしているんだとしたら？　僕はラップトップの中でカンドワの町の通りに何度も何度も行ってみた。何か新しい発見はないか、何か再確認できることはないかと調べてみた。この発見が真実だという可能性は僕を麻痺《まひ》させてしまっていた。それはちょうど、僕とマントシュが子どものときに、家族でインドに旅行する計画を前にして怯《おび》えてしまったときのようだった。僕は不安だった。そして、不安は疑いに変わるのだった。

その町を見つけた瞬間から、僕はあまり期待し過ぎないように自分を抑えてきた。これだけ時間がたっているのだから。家族はもうそこに住んでいるはずはないと自分を説得しようろうか、それとも、もっとしっかりした証拠を出すのを待っているのだろうか。僕はカンドワのグループがもっと何か教えてくれるのを期待していたが、かなり時間がたってから、とっくに思いつくべきだった質問を送ってみた。

カンドワの右上隅の町あるいは郊外住宅地の名前を誰か教えてくれませんか？　Gで始まる名前だったと思います。綴《つづ》りがちゃんとわからないのですが、「ジネストレイ」とか、そんな感じの名前ではないでしょうか？　町の片側がイスラム教徒の居住地域で、もう片側がヒンドゥー教徒の居住地域でした。それは二四年前の話で、今はどうなっているかわかりませんが。

返事が来るまでにまた一日かかった。だが、その答えを見たとき、僕の心臓は止まりそうになった。

ガネッシュ・タライ

舌足らずな小さい子どもだった僕の発音に、かなり近い名前だ。
すっかり興奮して、僕は両親に電話し、いよいよ間違いないと告げた。二人はそれでもまをインドに連れていこうとしたときと違って、僕は大人になってはいるが、それでも二人が旅行の中止を決めざるをえなかったほどの激しい動揺が僕の中にまた生じないとは限らない。それに、もしその場所が間違いだったら、僕はどうなるだろう。インドに留《とど》まって、正しい場所を探し続けるのか？　それとも、完全に絶望してしまうのか？

僕はそれからしばらくカンドワという町について調査し、はるか彼方の世界から大人の目でその町を知ろうとした。カンドワはヒンドゥー教徒が多数派であるマディヤ・プラデーシュ州にあって、人口が二五万人に満たない小さな地方都市だった。静かな町で、主な産業は綿花、小麦、大豆の生産と大型の水力発電所だ。うちの家族は貧乏でこれらの産業とは関係がなかったから、初めて知った。インドのほとんどの都市と同様に、カンドリにも長い歴史とヒンドゥー教の聖人たちの話が伝わっている。それから、ボリウッド映画のスターが何人も出ていることが町の自慢だ。観光コースに含まれるような場所ではないが、重要な鉄道路線の合流点だ。ムンバイとコルカタを結ぶ主要な東西の路線と北のデリーから南部のゴアやコーチに向かう縦の幹線が交差する所だ。カンドワとブルハンプールの町はほぼ同じ大きさだが、駅はカンドワの方がずっと大きいのはそういう理由によるものだ。

僕はユーチューブでカンドリの町の映像をいくつか見てみたが、たいしたことはわからなかった。駅のそばにあった、ティーン・プリアと呼ばれているらしい地下通路が出でくる映像もいくつかあった。駅の線路をまたぐ歩行者用の跨線橋は三つのプラットフォームをつなとした。母さんはいくつになっているだろうと考えた。母の年齢ははっきりわからなかったが、インドでは平均寿命はあまり長くないし、母は厳しい肉体労働をしていた。妹のシェキラは元気だろうか？　カルゥは？　あの夜、ブルハンプールでグドゥに何が起きたのだろう？　僕がいなくなってしまったことで、グドゥは自分を責めているだろうか？　もう一度会えたとしたら、家族のみんなは僕が誰だかわかってくれるだろうか？　僕の方も彼らを見てそうとわかるだろうか？　それにしても、どうしてあの広いインドから四人の人間を見つけることができるだろうか？　四半世紀前に住んでいた場所がわかったというだけで。そう、そんなことは絶対に不可能だ。

僕の心はこれらの新しい可能性となんとか折り合いをつけようとしながら、希望と否定の間で行ったり来たりしていた。

確かめる方法はもちろん一つしかない。そこが正しい場所かどうか確実に知るためには、実際にそこに行ってみるしかない。実際にその場所を見れば、必ずわかるはずだ。間違いなくそこだと確信できたら、靴を脱いで足の下の大地を感じてみよう。その路地を歩きまわった頃に思いをはせてみよう。それだけで十分に幸せだ。僕はそう自分を納得させようと努めた。それ以上のことを考えてみるわけにはいかなかった。そこで暮らしているかどうかわからない家族のことは考えないようにした。

僕がインドに行くと言えば両親が心配することはわかりきっていた。かつて両親が僕たちオートリキシャがいっぱいだったが、今は自動車やオートバイが道をふさいでいた。

僕の携帯電話にはＧＰＳサービスがあって、今いる場所の地図を表示することもできるはずだったが、バッテリーがだいぶ減っていたし、自分の記憶のスイッチが入ってくれることを期待した。だから、できる限り記憶に頼って運転手に指示していくと、やっぱり、思っていた場所にちゃんと駅があった。もしかしたら、運転手は道をちゃんと知っていて、ただ僕の機嫌をとって話を合わせただけかもしれない。それでも、僕の気持ちは明るくなった。

駅は記憶とは少し違うように見えたが、それでも、そこに着いた途端、僕は自分がどこにいるか、はっきりわかった。ここからなら、カンドワのどこに行く道でも知っている。自分のいる場所もわかっていたし、もう家から遠くないこともわかっていた。

うれしくてたまらなかった。

だが、その瞬間、極度の疲労が襲ってきた。糸の切れた操り人形になったような気がした。インドに着いてからずっと、神経を高ぶらせるエネルギーが僕を支えていた。いや、それよりずっと前からだ。それなのに、今、いよいよ正しい場所に着いたと思った瞬間に、動く力がなくなってしまった。僕は運転手にホテルに行ってくれと言った。町を歩くのは、明日にしよう。

カンドワの町をのろのろ進むタクシーの窓から、通る道をいちいち自分の記憶と照らし合わせてみた。記憶では、このあたりはもっと緑で、木がたくさん植えられており、これほど産業化してもいなかったし、汚染されてもいなかった。道にはゴミなどなかったような気がする。思い描いていたよりも、建物もみすぼらしく見えた。だが、あの線路の下の、車体の上にほとんど隙間《すきま》のない通路を車がくぐって行ったとき、その狭苦しい通路の記憶がどっとよみがえってきた。この通路は間違いなく、僕たちが子どものときに遊んだ場所だ。

ホテル・グランド・バラックに到着したとき（名前が示すとおり、昔はイギリス陸軍の兵舎《バラック》だった建物だ）、僕はうっかりチップを渡すのを忘れて運転手を怒らせてしまった。ずっとオーストラリアにいたから、決められた額以上のお金を払う習慣はない。僕は自分の失敗に気づかないまま、ホテルの中に入ろうとした。自分の内部で文化の衝突が起きているのを感じながら、チェックインした。

部屋に入ってスーツケースを下ろし、エアコンと天井の扇風機のスイッチを入れると、長い旅と発見に消耗しきってベッドに倒れ込んだ。

だが、疲れているにもかかわらず、ゆっくり休む気分にはなれなかった。神経が張りつめていたのだろう。僕は思った。いったい何をやってるんだ？　永遠のように長い時間飛行機にすわりっぱなしで、二時間も車に押し込められていたんじゃないか。さっさと行動を起こせ！　日曜日の午後二時だった。僕は自分の家を見つけるために、長い旅をしてきていた。

立ち上がって、デイパックと水のボトルをつかんだ。急に興奮が高まるのを感じた。

ホテルの外に出てみると、あらゆる方向に道が続いていて、どっちに行ったらいいかわからなかった。僕は車で来たとおりの道をたどり直すことにした。まもなく、道は線路と平行になり、町の中心に向かって進んでいた。

自分の歩いていく道には確かに見おぼえがあったが、どこにいるのか正確にはわからなかった。たくさんの物が変わっていて、自信がなくなってきた。僕の心に疑いが忍び込んできた。結局のところ、インドのあらゆる都市や町の駅や線路下の通路にどれほどの違いがあるというのか？ そして、そもそも、インドには都市や町がいくつあるのか？ 僕は間違っているのだろうか？ だが、僕の足は道を知っているかのように動き続けた。まるで自動操縦で動いているみたいだった。時差ぼけと、疲労と、非現実的な経験のせいで、まるで自分の歩みを自分の外から見ているような気がした。冷静でいるように、あまり期待し過ぎないようにと母さんに言われたのに、そうすることができなくなっていた。直感と記憶と疑いと興奮が、僕の中で同時に走りまわっていた。

しばらくすると、小さな緑色のモスクがあった。ババのモスクだ。このモスクのことを、今まですっかり忘れていた。今になって思い出してみると、モスクは記憶のとおりだ。昔より古ぼけて小さく見えるけれど、やっぱりそっくりだ。僕は再び、自分が正しい場所に来ていると感じ始めた。それでも、目に入ってくるあらゆる物を厳しく検討した。本当にこんなふうだったか？ 間違いないか？ 僕は間違っていないのか？

そして、左に曲がらなくては、と僕は思った。ガネッシュ・タライの中心部に向かうのだ。僕の体は震え始め、歩調は遅くなった。その場所はまったく違っているように見えた。家が多すぎる。建物が密集し過ぎている。僕は気を落ち着けようと努めた。街並みは変わるものだ。人口も増えただろうし。昔よりこみいって見えるのも当然のことだ。だが、もし、古い建物を取り壊して新しいものを建てているのなら、僕の家もすでに取り壊されているかもしれない！　体に震えがきた。急いで足を進めるうちに、小さな空き地に出た。子どもの頃に遊んだ場所のように見えた。

確かに見おぼえがあるようでもあり、そうでもないようにも見えた。同じ場所なのに、昔とは違って見えるのだ。そのとき、突然、なぜ昔と違って見えるのか、理由がひらめいた。この町には電気が通ったんだ。だから、そこらじゅう電信柱や電線だらけなんだ。僕が子どもの頃、家の灯りは蠟燭《ろうそく》だった。料理には、薪《まき》か灯油のストーブを使っていた。今ではどの道にも電線が垂れ下がっている。そのせいで町が昔より密集して見え、それですっかり変ってしまったように見えるのだ。

僕は知っている場所や建物を見つけようとするより、むしろ、ほかに変わった可能性のあるものはないか、考えようとした。母や家族が今でも住んでいるかもしれない場所に近づいていたが、彼らのことはあえて考えないように努めた。だが、いくら抑えようと努力しても、抑えきれない感情が心の表面に向けて湧《わ》き立って来た。

しかし、僕はまたそれを遠ざけようとした。家族が引っ越し前に住んでいた家を先に探すことにしたのだ。そこは二番目の家と違って、ヒンドゥー教徒の居住地域にあった。

通りを歩いていって、狭く曲がりくねった路地に入ると、突き当りに洗濯をしている女性がいた。その路地を見ていると、そこを走りまわっていた頃の思い出が押し寄せてきた。僕はしばらくの間、その人をじっと見つめていたに違いない。彼女は僕に話しかけてきた。西洋風のスポーツウェアを着た見知らぬ男は、もしかしたら金持ちに見えたかもしれないし、その場所にふさわしい人間には見えなかっただろう。その女性はヒンディー語で、多分「何かご用ですか?」とでも言っているようだったが、僕がやっと言えたのは「ノー」という一言だけだった。僕は背を向けて、歩き出した。

避けられない事実と直面することを、それ以上先延ばしにはできなくなった。旅の最終目的に立ち向かうときが、ついに来たのだ。かつてのヒンドゥー教徒の居住地域からイスラム教徒の居住地域に行くには、通りを何本か越えて、数分しかかからなかった。あの崩れかけた部屋があるはずの場所にどんどん近づき、僕の心臓は激しく鼓動して、口から飛び出しそうになっていた。家がどうなっているか想像する間もなく、僕はすでにその家の前に立っていた。

それはあまりにも小さく見えた。だが、間違いなく、その家だった。

そして、もう一つ間違いなく言えることは、その家はすでに見捨てられた家であり、誰も住んでいないということだった。

大雑把に煉瓦《れんが》が積まれた壁は見慣れたものだったが、家の前の地面は安っぽいコンクリートで固められ、壁には白い水漆喰《しっくい》が塗られていた。隅の部屋に入る戸口は完全に正確な位置にあった。だが、ドアは壊れていた。そのドアは、オーストラリアだったら窓かと思うような大きさだった。ドアの隙間からは中がほとんど見えなかったので、角を回って、たった一つの窓から中をのぞいてみた。ほんの三〇平方センチほどの窓だ。母と兄たちと妹と僕が、全員そろうことは珍しかったにしても、こんなに小さい暗い部屋に住んでいたなんて信じられなかった。おそらく三平方メートルくらいしかないと思う。小さな暖炉は今もちゃんとあったが、しばらく使われていないことは明らかだった。素焼きの水瓶《みずがめ》はなくなっていた。一段だけの棚は取り付け金具からはずれかけてぶら下がっていた。外壁の煉瓦は落ちてしまったところもあり、日光の筋が入り込んでいた。牛糞《ぎゅうふん》と土を固めた土間は、かつては母がいつもきれいに掃き掃除をしていたが、使われていない今は埃だらけだった。

部屋の中を見ていると、ヤギが来て戸口の横の岩の上に落ちていた干し草を食べていた。僕の不幸などまったく気にかけない様子だ。僕はそれまで何度も自分に言い聞かせていた。インドにぱっと飛んでいったからといって、これだけ長い年月がたった後に、同じ場所で無事に元気で暮らす家族が簡単に見つかるなんてありえないことだと。それでも、いざ、部屋を見つけたのに誰もいないということになってみると、それは僕にとって受け入れがたい事実だった。いくら自分を納得させようとしていても、本当は心の底でずっと信じていたのだ。家に帰る道を見つけさえすれば、家族はきっとそこで待っていてくれると。僕はじっとヤギを見つめていた。落胆のあまり、僕は空っぽになっていた。

これからどうしたらいいのか、まったくわからなかった。探索の旅は終わった。そのままそこに、何をしたらいいかわからずに立ち尽くしていると、隣の家の戸口から赤ん坊を抱いた若い女性が出て来た。彼女はヒンディー語で話しかけてきて、何か用かと尋ねているらしかった。僕は言った。「ヒンディー語は話せません。英語を話します」すると彼女は「私、英語を話します。少し」と答えたので、僕はどん底から抜け出した。すぐに「この家……」と言ってから、「カムラ。グドゥ。カルゥ。シェキラ。サルー」と家族全員と自分の名前を並べた。女性は答えなかったので、僕は名前を繰り返し、それから出発前に母が渡してくれた写真を引っ張り出した。耐えがたい事実を彼女が明かしたのはそのときだった。もうここには誰も住んでいないというのだ。

そのとき、二人の男性が通りかかり、何事かと近づいて来た。二人目の男性は、三〇代半ばくらいだろうか、英語をちゃんと話せる人で、僕にそこで待つように言うと、一本の路地の奥に歩いていった。何が起きているのか、考える時間もなかった。まわりに人が集まり始めていた。観光客など来るはずのない場所に外国人が来ていったい何をしているのか、みんな興味津々なのだ。

ほんの二分ほどで、その男性は戻って来た。そのとき彼が言った言葉を僕は一生忘れない。「いっしょに来て。お母さんのところへ連れていくから」

　その人はとても直接的に、まるで役所の人が何か発表でもするようにぶっきらぼうに言い、僕は黙って従った。言うとおりに歩き始め、彼の後について隣の路地に入ってからやっと、僕はたった今言われたことを理解し始めた。鳥肌が立ち、頭がぐるぐる回り始めた。ついさっき、母に会うという二五年間夢みてきたことを僕はあきらめたばかりだった。この通りすがりの知らない人が、母がどこにいるか知っているなんて、そんなことがありうるだろうか？　それはあまりにもありえないことに思われたし、物事が急に速く動き過ぎる気がした。こんなに長い時間がたった後で、突然何もかも目が回るようなスピードで動き出したのだ。

　たった一五メートルほど歩いただけで、その人は立ち止まった。戸口の外に三人の女性が立っていて、三人とも僕の方を見ていた。「お母さんです」と男性は言った。びっくりしすぎて、「どの人が？」と聞くこともできなかった。心の半分で、これは何かの悪ふざけではないかと思った。

　僕はどうしようもなく、三人を順番に見た。一人目は絶対に違う。真ん中の人はなんだか見覚えがあるような感じもする。三人目は知らない人だ。母さんは、真ん中の人だった。

　母は痩せていて、とても小さく見えた。灰色の髪を後ろでまとめ、明るい黄色の花模様の服を着ていた。もう一度真ん中の人を見直したとき、長い年月がたっていたにもかかわらず、整った顔の骨格は間違いなく母さんだとわかった。そして、その瞬間に母も僕だとわかったようだった。

僕と母はちょっとの間、黙ってお互いの顔を見ていた。僕は刺すような鋭い痛みを感じた。母と息子がお互いをそれとわかるのにそんなに時間がかかったことがつらかったのだ。それから、僕にも母さんにも、喜びがあふれ出した。その喜びは今でも続いている。母は一歩前に出ると、僕の手を取り、純粋な驚きの表情で僕の顔を見つめていた。僕はそのとき考えていた。僕も本当にびっくりしているけれど、少なくとも僕は心の準備をしてから来た。だけど、母さんにしてみれば、一五年前にいなくなった息子が突然に現れたのだ、と。

お互いに何も言えないでいるうちに、母は身振り手振りで僕を自分の家に案内した。好奇心いっぱいの人たちがぞろぞろついて来た。母の家は角を曲がってほんの一〇〇メートルほどの所にあった。母は歩きながらも、興奮を抑えきれない様子だった。ヒンディー語で何か自分に語りかけては、何度も何度も、喜びの涙のあふれる目で僕の顔を見上げた。

母の家も煉瓦の崩れかかった長屋の一軒で、埃っぽい路地の奥にあった。母は僕をせき立てて部屋に入ると、僕をベッドにすわらせた。母自身は立ったままで、服のどこかから携帯電話を取り出した。「カルゥ、シェキラ」と言ったので、二人に電話をしているのだとわかった。あの二人もまだここにいるのだろうか？　母は興奮して電話にしゃべり続けた。ときおり叫んだり笑ったりした。そして大声で叫んだ。「シェルゥ！　シェルゥ！」僕はちょっと時間がたってから、母が言っているのは自分の名前だと気づいた。なんと驚いたことに、僕は今までずっと、自分の名前を間違って発音していたのだ！

外に集まった人々はどんどん増えていって、今ではかなりの人数になっていた。誰もが興奮して、話を伝えあったり、携帯電話をかけたりしていた。死んだと思われていた息子が奇跡的に帰って来たというのは、確かにビッグ・ニュースだろう。話はどんどん広まっているようだった。家には人々が押しかけてきて、騒々しくお祝いを言い始めた。戸口の外の路地にも人があふれて、隣の通りにまで人が集まり始めていた。

ありがたいことに、お祝いを言いに来た人たちの中には何人か、英語がいくらか話せる人がいた。母と僕はようやく、通訳の助けを借りて話ができるようになった。母が最初に尋ねたことはこうだった。「いったい、どこに行ってたの？」母に全部を説明するには時間がかかりそうだが、コルカタで迷子になり、オーストラリア人の養子になっていたことを簡単に説明した。もちろん、母はびっくり仰天した。

母が言うには、通りで僕と話をした男性が、母が訪問していた家にやって来て、「シェルゥが帰って来た」と簡単に言ったそうだ。それから彼は、僕がオーストラリアの母から渡された写真を取り出して見せたという。僕は彼が写真を持っていったことにも気づいていなかった。そして、「この子どもが大人になって、そこまで来ていて、カムラという人を探している。カムラっていうのは、あなただろう?」それは奇妙な言い方に聞こえたが、実は母は何年も前にイスラム教に改宗して、ファティマと改名していたそうだ。だが、僕にとっては、母はこれからもずっとカムラという名前だと思う。

母はそのときの気持ちを、僕よりずっとうまく表現していた。息子が帰って来たと聞いて、「雷に打たれた」という。そして、心にあふれた幸せは「海と同じくらい深い」と。

写真を見たとき、体に震えが来て、母はその家から路地に飛び出した。その家の女性二人も母を追って外に出てきた。家の前で待っていると、僕が路地の先に現れた。自分の方に歩いて来る僕を見ながらも、母の体は震えて、寒気を感じていたそうだ。「頭に雷が落ち」、目には喜びの涙があふれてきた。

僕の頭にも雷が落ちていた。あまりにも時間のかかる旅を終えて、ガネッシュ・タライの町を静かに、だが激しく感情を揺さぶられながら、家族の古い家まで歩いてきたが、ここにきて何もかもが熱狂的に、無秩序に急展開していた。そこらじゅうに人が大勢いて、大声で叫んだり、笑ったりしながら、僕のことを見ようと押し寄せてくる。ヒンディー語でがやがやと大騒ぎしているが、僕にはまったく理解できない。母さんは笑ったり、泣いたりしている。僕はもう何がなんだか、さっぱりわからなくなってしまった。

後になってからわかったことだが、僕が昔の家の前に立っていたとき、母の家からは角を曲がってほんの一五メートルの所にいたことになる。だが、もし、あの男性が通りかかって助けてくれなかったら、僕はそのまま、そこを去っていたかもしれない。もちろん、おそらくはあちこち尋ね歩いてから、結局は母を見つけたことだろう。だが、もしかしたら、結局見つけることができなかったかもしれない。それほどお互いの近くにいながら、二度と会うことはなかったかもしれないという可能性を考えると、本当に恐ろしくなる。

母と僕はとぎれとぎれにしか、話ができなかった。通訳してもらわなければならなかったし、まわりの人もいろいろ質問するし、新しく来た人がいればまた同じ話の繰り返しだからだ。母は顔いっぱいの笑顔で友人たちの方を向くかと思えば、僕の方を見たり、泣きながら僕を抱きしめたりを繰り返していた。それから、また電話をかけ始め、あちこちに知らせていた。

次々に質問が出され、もちろん、それは主に僕が答えなければならないものだった。僕がいなくなったあの夜以来、いったい何が起きていたのか、母は何もしらなかった。母に答えなければならないことは多すぎて、なかなかはかどらなかったが、思いもよらない通訳が助けてくれることになった。すぐ近所に住んでいるシェリルという女性だ。父親がイギリス人、母親がインド人で、どうしてか知らないが、ガネッシュ・タライに住んでいる。シェリルが助けてくれて、本当にありがたかった。おかげで、少しずつ、僕が今までどうしていたか、母にわかってもらうことができた。いつかは何もかも話せる日が来ると思ったが、再会したばかりのこの日には、手早く要点だけ話すしかなかった。列車に閉じ込められたこと、カルカッタに行ってしまったこと、養子になってオーストラリアで育ったことなどだ。これほどの年月がたってから僕が戻ってきたことは、母にとってはまったくの驚きだった。まして、オーストラリアという遠い所から帰るなんて、完全に母の理解を超えることだった。

初めて再会したこの日にも、母は僕を育ててくれたオーストラリアの両親に感謝していると言っていた。そして、彼らは僕を小さな子どもから今のような大人になるまで育ててくれたのだから、当然、僕を息子と呼ぶ権利があるとも言った。母はただ、僕が自分にとって最良の人生を生きることだけを願っていた。その言葉を聞いて、僕はものすごく感動していた。母は知らないことだが、そのときの僕は、ナヴァ・ジーヴァン孤児院にいた小さな子どもに戻って、母の言葉を聞いていた。養子にしてくれるというブライアリー夫妻の申し出を受け入れるかどうか、決めなければならなかった小さな子どもに、母の言葉は無条件で、おまえは正しい決断をしているんだよと言ってくれているように感じた。それから、僕を自慢に思うとも言ってくれた。それは誰でも自分の母親から聞きたいと思う言葉ではないだろうか。

母が住んでいる壊れかけた建物は、いくつかの点では、僕たち家族が前に住んでいた部屋よりもひどいあばら家だった。正面の壁の煉瓦は崩れかけていたし、はっきり見える隙間もあった。縦横二メートルと三メートルほどの表の部屋には、母が寝るシングルベッドがあって、僕はそのベッドにすわらされていた。屋根から下がっている二枚の波型鉄板が途中で一つに合流していたが、それは隣の小さなバスルームにある鉢に雨水を貯めるためのものらしかった。バスルームには、しゃがむスタイルのトイレと行水のための水桶《みずおけ》があった。こんな構造では雨水が部屋の中にも吹き込んでくるはずなので、それを見ると僕は少し悲しくなった。裏には正面の部屋より少し広い部屋があって、キッチンとして使われていた。母の家は、中に入って来ようとする好奇心いっぱいの人たちが入りきるには小さ過ぎたが、それでも、家族で前に住んでいた部屋よりはずっと広かったし、少なくとも泥を固めた土間ではなく、モルタルに石を散りばめた床があった。僕はその住居を見てショックを受けたが、ガネッシュ・タライの水準では、以前より一ランク上の生活といえるだろう。そのためにも、母は身を粉にして働いてきたはずだ。ほかの人たちの話によれば、母はもう、建築現場で頭に石をのせて運ぶ仕事をするには年をとっているので、今では家庭の掃除の仕事をしているそうだ。母の人生は厳しいものだったはずなのに、母は自分は幸せだと言っていた。

それから二時間ほど、大勢の人が次々にやって来て、鉄格子のはまった窓や戸口のあたりに群がり、興奮しておしゃべりしながら、

母の住んでいる家。

噂話《うわさ》を仕入れていった。母はたくさんのお客たちの注目の的だった。僕の隣にすわって、僕の顔を手でくるんだり、僕を抱きしめたりしてはおしゃべりを続け、ときおり電話が鳴ると飛び上がって電話に出ていた。

ついに、二人の特別な客が続けて部屋の中に招き入れられた。妹のシェキラと兄のカルゥだ。シェキラが夫と二人の息子とともに到着したとき、母は僕を抱きしめて泣いていた。僕がシェキラを抱きしめようと立ち上がると、シェキラはワッと大声で泣きだした。それから、カルゥが一人でオートバイに乗ってやって来た。僕を見ると呆然《ぼうぜん》としていた。カルゥがどんな気持ちだったか、僕にはよくわかる。僕とカルゥはすぐにお互いがわかったが、大人になってから会うのはそれが初めてだった。兄も妹も、どちらも英語を勉強する理由もなかったから、またしても、涙とほほ笑みと言葉にできない驚きだけの再会になった。後でシェリルの通訳のおかげで簡単な話はできたが、家族とこんなに近くにいられるのに、言葉も通じずに孤立していた僕は喜びの中に苦さも感じていた。

だが、いったいグドゥはどこにいるのか？ 聞きたいことはたくさんあったが、その中でも一番知りたいのはグドゥのことだった。あの夜、ブルハンプールで何が起きたのか？ グドゥはその後、あの夜のことをしょっちゅう考えただろうか？ 何よりもまず、僕はグドゥに知ってほしかった。僕は全然グドゥを責めたことなどないと。僕が迷子になったのは、何かの偶然のせいだったに違いない。それに、僕は今、ちゃんと家に帰って来たんだから。

そのとき、僕はその日聞いたうちで一番つらい知らせを聞いた。それまでの人生で一番つらい知らせだった。グドゥのことを母に尋ねると、母は悲しそうに言った。

「あの子はもういないよ」

僕が迷子になったあの夜、グドゥも帰宅しなかった。それから数週間後、彼が鉄道事故で死んだことがわかった。母は同じ夜に二人の息子を失ったのだ。母がどうやって耐えたのか、想像することもできない。

この帰郷で僕があともう一つだけ望んでいたことがあるとすれば、それはグドゥに会うことだった。一目でいいから、会いたかった。あの夜、僕はグドゥといっしょにいたくて、それでブルハンプールについていきたいと言い張ったのだ。グドゥが死んだという知らせは衝撃だった。

左から、兄のカルゥ、母、僕、妹のシェキラ。

あの夜何が起きたのか、僕たち二人がどうなったと母が考えていたのか、後になってから、もっと詳しく聞いた。最初のうち、母は少し腹を立てていた。僕はシェキラの面倒をみなければならなかったのに、グドゥといっしょに出かけてしまったからだ。オーストラリアだったら、小さい子の姿が一時間見えなかったら、みんなが心配し始めるだろう。だが、僕が生まれた国はオーストラリアとはだいぶ違う。母自身も何日も家を留守にすることが多かったし、小さい子どもたちも大人に監視されずに出かけたり帰ってきたりするのは当たり前だ。だから、母も最初のうちはたいして気にしていなかった。だが、一週間もすると心配になってきた。グドゥが何週間も家に戻らないのはよくあることだったが、小さい僕をそんなに長い間連れ歩いているのは無責任だと母は思った。カルゥは何度もブルハンプールに行ったが、僕たちのことは見なかったし、僕たちがブルハンプールに来ていたかどうかもわからなかった。母は最悪の事態を想像し始めた。母とカルゥはカンドワとブルハンプールを走りまわって、僕たちの消息を求めたが、何もわからなかった。

僕たちがいなくなってから数週間か一カ月たった頃、警察官が家に来た。母はグドゥよりも僕のことを心配していた。僕の方が小さくて無力だからだ。だから、警察官が僕のことを何か知らせに来たのだと思った。だが、そうではなく、グドゥについて知らせに来たのだった。警察官はグドゥが鉄道事故で死亡したと言って、遺体の写真を見せた。グドゥの遺体はブルハンプールから一キロほどの線路わきで発見された。警察官が来たのは、母に正式に遺体の身元確認を求めるためだった。本当にその写真はグドゥだったのかと僕は母に尋ねた。母はゆっくりうなずいた。それは母にとって今でもつらく過ぎる話題だったので、僕は詳しいことを後でカルゥから聞いた。そのときまだ一四歳くらいだったグドゥは、どういうわけか動いている列車から転落し、そのままひかれてしまったか、あるいは線路のそばに固定されていた何かにぶつかったかしたのだろう。遺体の片腕は半分ちぎれており、片目も失われていた。わが子のそんな写真を見なければならなかったとは、母にとってどんなに恐ろしい体験だっただろう。

僕はグドゥの墓参りをしたかった。だが、家族はそれは不可能だと言った。グドゥが埋葬された墓地は住宅地になってしまったというのだ。開発業者は建築を始める前に遺体を移動させることさえしなかった。土地の所有者たちや開発業者たちは、そんなことは知りたくもなかったのか、あるいは知っていても気にもしなかったのだ。聞くのがつらい話だった。僕は兄が自分から奪われてしまったような気がした。あの夜、僕が跡形もなく消え去ったので、兄も僕を奪われたように感じていたかもしれない。僕は心の片隅で、自分が失踪《しっそう》して家族がどう感じていたか、少しわかったような気がした。僕たちにはグドゥの写真も残されていない。写真を撮る余裕などなかったからだ。でも、グドゥは僕たちの中にいた。僕たちが彼の一部であったように。今、残されたものは、僕たちの中にあるグドゥの記憶だけだ。

グドゥの墓参りができないと聞いて、僕がなぜあんなに取り乱したのか、家族が理解してくれたかどうかはわからない。グドゥの死は彼らにとっては遠い過去の出来事だったが、僕にとってはその日に起きたことだった。グドゥの死をきちんと追悼できなかったことは、オーストラリアに戻った後も、つくづく心残りだった。あの夜、ブルハンプールの駅のプラットフォームで、グドゥが最後に僕に言った言葉は、「すぐに戻ってくるよ」というものだった。結局、戻っては来なかったのかもしれない。あるいは、戻って来たら、僕はもういなかったのかもしれない。どちらにしても、僕はどうしてもグドゥにもう一度会いたかった。今となっては、あの夜何が起きたかは永遠にわからなくなってしまった。僕たちの謎のいくつかは、永遠に解かれることがないままだ。

僕の家族は、僕にもグドゥと同じことが起きたのではないか、いや、もっとひどいことが起きたかもしれないと恐れていた。僕が生きているかどうかさえ知らなかった。カルゥは特に大変だったと思う。兄弟二人を一度に失い、突然家族の中で最年長の男になったからだ。インドの社会では、それは大きな責任を意味している。家族の幸福に母と同様の責任を負う立場と見なされるようになったわけだ。彼の年齢では本当に厳しい重荷だったと思う。

父についても、いくらか話を聞いた。父は存命だったが、もうカンドワには住んでいなかった。二番目の妻とともに、マディヤ・プラデーシュの州都ボパールに引っ越していた。カンドワから北に二〇〇キロほどで、一九八〇年代の前半、ユニオン・カーバイド社の化学工場の悲惨な事故で有名になった所だ。家族のみんなは今でも、自分たちを見捨てていった父を憎んでおり、その日、僕の父についての好奇心に答えてはくれなかった。
家族と初めて再会したその日、混乱とお祝いの言葉の嵐の中で、シェリルが僕に話してくれたところによると、何人かの人たちが母に、どうして僕が自分の息子だと信じられるのかと聞いていたそうだ。もしかしたら、偽者かもしれない、あるいは二人とも会いたい気持ちが強過ぎたため、感動のあまり勘違いしているかもしれない、と言う人たちもいた。母はこう答えていたそうだ。母親というものは、子どもがどこにいたってちゃんとわかるものだと。母は僕を一目見た瞬間から、僕だと確信していたそうだ。しかし、絶対確かだと確認する方法が一つあった。母は僕の頭を抱えて斜めに傾けると、僕の目の上の傷痕《きずあと》を探した。犬に追われて転んだときの傷痕だ。傷痕は右側の眉《まゆ》の上にちゃんとあった。母はそれを指さしてほほ笑んだ。ほら、やっぱり私の息子だ、と。

日が暮れてからも、母の家はお祝いを言いに来る人でいっぱいだった。そろそろ行かなくては、と思った。僕は疲れ切ってしまい、頭も心も爆発寸前だった。そこにいる人たち全員に別れの挨拶をするのには時間がかかった。言葉で言えることには限りがあったが、みんなが僕をじっと見たり、抱きしめてくれたりした。きっとみんな心の底で不安を感じていたのではないだろうか。今この家から出ていったら、本当にまた戻ってくるだろうかと。僕はもちろん帰ってくると約束した。明日また戻って来るから、と。母はようやく僕を放してくれて、僕がカルゥのオートバイの後ろに乗って去っていくのをじっと見つめていた。僕とカルゥは話ができなかったが、グランド・バラックまで送ってもらって礼を言うと、カルゥはそれからまた一時間かけてブルハンプールの家に帰って行った。そう、皮肉なことに、僕があれほど苦労して見つけた町ブルハンプールに、カルゥは住んでいるのだった。

ホテルの部屋に戻ると、今日の午後、この部屋を出てから、人生は大きく変ったのだと思った。家族を見つけた。僕はもう孤児ではない。長い間、僕にとってあんなにも重要だった捜索はついに終わった。僕はこれから何をしたらいいのだろうか。

グドゥのこともたくさん考えた。何が起きたか、想像するのはつらかった。グドゥは長い間列車に乗って働いていて、動いている列車でも平気で乗り降りしていた。それなのに、落ちたなんて信じられなかった。それ以外の説明が成り立つだろうか？　もしかしたら、グドゥは戻って来て僕がいなかったので、探しに行ったのかもしれない。そういえば、グドゥがときおりケンカをしていた少年たちがいた。もしかしたら、そいつらが僕に何かしたのではないかと思い込んで、ケンカを始めたのではないだろうか。最悪の可能性はこういうことだ。もしかしたら、僕を一人にしておいたことを後ろめたく感じて、早く見つけなくてはと慌ててしまい、それで列車から落ちたのではないか。無理をして乗ろうとしたのか、あるいは心配のあまりぼんやりしていたのかもしれない。

あるいは、僕が家に帰ったと思ったかもしれないが、それにしては、家に僕がいるかどうか確かめに戻ってはいない。だから、僕はどうしても、こう考えずにはいられなかった。もしあの夜、僕があの列車に乗ってしまったりしていなかったら、グドゥは予定通り家に戻って、今も生きていたかもしれない……。自分が彼の運命に責任を負うことなどできないのだと理性ではわかっている。だが、その暗い思いを僕はどうしても振り払うことができなかった。僕はそれまでどんな問題であれ、あきらめずに頑張りさえすれば、必ず答えは見つかると考えてきたが、今度ばかりは認めざるをえなかった。あの夜、兄に何が起きたかという疑問の答えは、永遠に知ることができないのだ、と。

ベッドに入る前に、僕はホバートの両親にメールを送った。

答えの必要だった問題の答えは見つかりました。行き止まりはもうなかった。僕の家族はちゃんと存在していて、本物でした。オーストラリアの僕たち家族と同じように。母は二人に、僕を育ててくれてありがとうと言っています。母と兄と妹は、母さんと父さんの二人が僕の家族だということをよくわかっていて、どんな形にしろ、じゃまをするつもりはないと言っています。彼らは僕が生きていたと知っただけで喜んでくれている。それだけが彼らの望んでいたことだと言っています。母さんと父さんの二人が僕にとっては一番であり、それはこれからも変らないからね。愛してる。

その夜はもちろん、なかなか寝つけなかった。

11—過去とつながる

次の朝早く、カルゥがオートバイで迎えに来て、母の家に連れていってくれた。母は前の日とほとんど同じくらい興奮して僕を迎えてくれた。本当に戻って来ると信じていなかったのかもしれない。

カルゥは僕を迎えに来る前に、妻と娘と息子を母の家に送りとどけていて、二人を僕に紹介してくれた。信じられないことに、四人がそろって一台のオートバイに乗ってブルハンプールから来ていたのだ。前の日にシェキラの二人の息子に会って、自分がおじになっていたことを知って喜んだが、この日は姪と三人目の甥にも会うことができてうれしかった。

ほんのしばらくの間はまだ静かで、僕たちはお茶を飲みながら、お互いに顔を見てはにこにこしていたが、すぐにまた昨日と同じ騒ぎが始まった。シェリルに助けてもらって話をやり取りし、際限なくやって来るお客さんに挨拶し……。それがそのまま四日間も続いた。シェキラもすぐに夫と子どもたちといっしょに到着した。彼らはカンドワから北東に一〇〇キロほどのハルダという町に住んでいて、二時間かけてやって来るのだった。

家族のみんなは当然のように、僕の妻や子どもについて質問してきた。いないと言うと驚いていた。僕もインドで育っていたら、この年齢になる前に結婚して、子どももいたのかもしれない。とにかく、少なくともガールフレンドはいると聞いて、彼らは喜んでいた。もっとも、ガールフレンドとは何なのか、母さんにわかったかどうかあやしいとも思ったが。

二日目になると、地元の報道機関が、子どもの頃に行方不明になって、大人になってからガネッシュ・タライの町に突然戻って来た人がいるという噂《うわさ》を聞きつけていた。やがて、地元の記者たちだけでなく、全国メディアもテレビカメラをぞろぞろ連れて取材にやって来た。質問は絶え間なく続き（そのほとんどが通訳を介して）、僕は同じ話を何度も何度も繰り返しているうちに、なんだか自分ではなくて、ほかの人の話をしているような気分になってきた。

メディアに注目されたことは、僕にとってまったくの驚きだった。こんな大騒ぎになるなんて考えてもみなかったし、まったく心の準備ができていなかった。ただでさえ、涙もろくなっているのに、ますます動揺してしまったが、注目されることにはいい点もあることに気づいた。インドには一〇億人を超える人が住んでいるが、多くの子どもたちが、誰にも関心をもってもらえずに路上で生活している。それを考えると、インドはあまりにも混沌《こんとん》とした、厳しい世界に見えるかもしれない。その一方で、ここガネッシュ・タライでは（いや、それどころかインド全国で)、その中のたった一人の子どもが、信じられないほど長い年月を経てようやく家族に再会できたというニュースを聞いて、人々はこれほどまでに熱狂しているのだ。

左からカルゥと彼の妻のナシム、彼らの娘のノリン、僕、母、シェキラ、前は甥のアヤン、シャイル、サメール。

僕を見ようという人がどんどん押しかけてきて、人々の集まりは町内のお祭りのようになってきた。音楽が演奏され、通りで人々が踊っていた。僕の帰郷が町内を元気づけ、活気づけているようだった。どうやら、人生は不幸な運命に支配されないという証拠のように思われているらしい。そう、ときには奇跡が起きるのだ。

僕たち家族は感情を表に出すことができないタイプのようで、抑えつけても抑えきれなくなってから、ようやく気持ちを外に表すのだった。自分たちだけになると、僕たち家族は泣き続けた。それは喜びの涙でもあったが、失ったものを嘆く涙でもあった。僕は三〇歳になっており、カルゥは三三、シェキラは二七になっている。最後にシェキラを見たときは、いつも見守っていなければならない幼子だったのに、今の彼女は二人のかわいい子どもの母親になっている。

僕はあることをふと思い出して、暖炉から炭をちょっと取り上げると、シェキラに見せた。シェキラは笑った。一歳か二歳だった頃、おそらくは空腹のあまりだろう、シェキラが炭を食べているのを何度も見つけた。顔が黒くなっていた。中毒のようにしょっちゅう食べていた。そのせいで、消化器官がダメになってしまい、治療の専門知識がある女性の所にシェキラを連れて行かなくてはならなかった。幸いなことに、悪影響は長く残らなかったようだ。それを思い出して笑えるようになったということは、そういう日々がそれだけ遠い昔になったということだった。

シェキラとカルゥは幸運なことに学校に行くことができた。グドゥと僕がいなくなって、残された二人を学校にやる余裕ができたのだ。シェキラは学校の先生になっていて、ヒンディー語とウルドゥー語の読み書きができる（だが、英語はできない）。シェキラが言うには、前の日に母から電話が来たとき、母の言うことが信じられなかったそうだ。詐欺か、いたずらだと思ったのだ。だが、母が確信していたのと、僕の子どものときの写真の話を聞いて、ようやく本当だと思ったそうだ。シェキラは奇跡を起こしてくれた神に感謝して、すぐに電車に乗って来た。そして、僕を一目見たとき、「時間の迷子になった」という。僕が彼女の世話をしていたあの頃に一気に引き戻された気がしたからだ。シェキラは僕を一目見てすぐに僕だとわかったという。

カルゥも成功していた。今では工場のマネージャーで、スクールバスの運転手という副業の収入もある。たった一世代で、僕たち家族の職業は、石運びの労働者から、学校の先生と工場のマネージャーに変ったわけだ。家族の喪失がもたらした結果として、皮肉なことに、残った子どもたちは貧困から脱出できていた。それでも、カルゥにとってこれまでの人生は楽なものではなかった。グドゥと僕がいなくなった後のカルゥの生活は僕の想像したとおりだったので、話を聞いていてつらくなった。家族の中でただ一人の男であるという事実は、彼の肩に重くのしかかった。僕が失踪《しっそう》した後、カルゥも学校に入ったが、早くにやめて運転を学ぶことになった。そうすればよい仕事に就けて、母とシェキラの生活を支えることができると思ったからだ。カルゥは喪失の痛みを忘れることができず、結局、ガネッシュ・タライだけでなくカンドワに住んでいるのも嫌になり、ブルハンプールに移り住むことになった。カルゥは僕に、ときにはヒンドゥー教の信仰を疑ったときもあったと語った。だが、いつの日かきっと、神々は正義をもたらしてくれる、いつの日か僕を返してくれると思ったそうだ。僕の帰還はカルゥに大きな影響をもたらしたようにみえた。長い間苦しんできた傷が癒され始めたのかもしれないし、一人で重荷を背負わなくてもよくなったということかもしれない。

僕がいなくなってからの家族の苦しみについて、さらに話を聞いた。シェキラは自分の子どもたちを学校にやるのが怖いと思うときがあると告白した。ある日突然、帰って来なかったらどうしようと思うからだ。だが、もちろん、楽しい話もたくさんした。中でも傑作だと思ったのは、僕の名前が本当はシェルゥだったということだ。ヒンディー語で「ライオン」という意味だ。僕は迷子になってからずっと、自分の名前を間違って発音していた。でも、僕の名前はもう永遠にサルーだ。

ガネッシュ・タライにいると、そこで暮らしていた頃の思い出がどんどんよみがえってきた。家族と話しているとさらに多くの思い出が浮かんで来る。その頃には幼すぎて意味がわかっていなかったこともたくさんあった。その日、それにその後の数日間に聞いたことは、僕の幼い頃の記憶の隙間《すきま》を埋めてくれた。それはインドの小さな町に住む数知れぬ人々の普通の生活だった。それに、いろいろな話を聞いて、自分の生みの母のこれまでの人生を理解することができるようになった。つらい目に遭ってもくじけなかった母を僕は本当に尊敬している。

母の家族はラージプートという武人のカーストで、母の父は警察官だった。カムラという名前はヒンドゥー教の天地創造の女神にちなんでつけられた。僕は母のことをとても美しい人だと思っていたし、その後、多くの苦労や悲しみを経験したにもかかわらず、今でもやはり美しいと思う。

父は母より背が低くて、肩幅が広く、角張った顔で、若いときからすでに白髪があった。イスラム教徒の習慣でいつも白い服を着ており、建築請負業の仕事をしていた。結婚したとき、父は二四歳、母は一八歳だった。

父をめったに見なかったのはどういうわけだったのか、今ではその理由がわかった。インドでは子どもの年齢などはっきりわからないのが普通のことだが、たぶん僕が三歳くらい、グドゥは九歳、カルゥは六歳くらいで、シェキラが母のお腹にいたときのことだが、父は突然、もう一人の妻を娶《めと》ったと言い出した。それはイスラム教徒としては許される行為だった。父は家を出て、新しい妻といっしょに暮らすと言った。その日、父がそう言うまで、母はまったく何も知らなかったらしい。それはまったくの不意打ちだった。父は仕事をしていた建設現場で、新しい妻に出会った。彼女は労働者で、煉瓦《れんが》や石を持ち上げ、頭の上の盆に載せて運んでいた。その後も母はたまに父が住む町はずれまで行って、父に会ってはいたらしい。父の二番目の妻は母をひどく嫌って、母が来れば追い払ったので、父に会えないのは彼女のせいだと母は思っていた。僕の記憶では、父が僕たちの家に来たことはない。

イスラムの法によれば、母は夫に捨てられたので、離婚を要求することもできたのだが、母はそうしないことに決めた。父はいっしょに暮らしてもいなければ、生活を支えてくれたわけでもなかったのに、母は父と離婚しなかった。

その頃の出来事に母は深く傷つき、まるでハリケーンに人生をめちゃめちゃにされたようだったと話している。どうしたらいいかわからなくなって、天と地の区別もつかないような気持ちだったという。もう死んでしまおうと思ったことも、子どもたちといっしょに毒を飲もうか、線路に寝そべって列車にひき殺されてしまおうかと思ったこともあったそうだ。

母がガネッシュ・タライのイスラム教徒の住む地域に引っ越すことに決めたのはその頃のことだ。今では誰も住んでいないあの部屋だ。ヒンドゥー教徒である実家に帰っても、家族は自分たちを受け入れてくれないだろうが、イスラム教徒の居住地域の住人たちは助けてくれそうな気がしたのだという。もしかしたら、イスラム教徒の居住地域の方が暮らし向きのいい家が多かったので、子どもを育てるにはこちらの方がいい環境だと思ったのかもしれない。僕の記憶では、その頃は宗教による分離ははっきりしていたが、今はそれほどでもないようだ。居住区域も今は以前ほどはっきり分かれてはいない。

引っ越しはしたが、母が正式にイスラム教に改宗したのは、僕が失踪した後だった。それでも、母の家を尋ねてきた友人たちとは違い、母は今でも顔をベールで覆ってはいない。僕は子どもの頃、宗教的な教育を受けた覚えはない。ババが守る町内の寺院にときおり行っていただけだ。ただ、ある日、もう今までの友だちと遊んじゃだめだと言われたことは覚えている。あの子たちはヒンドゥー教徒だからというのだ。これからは、新しい友だちを、イスラム教徒の友だちを作らないといけないと言われた。

イスラム教が僕の子ども時代にもたらした最大の影響は楽しいものではなかった。割礼だ。改宗したわけでもないのに、なぜ割礼を受けなければならなかったのか、僕にはわからない。町内の慣習に従っておいた方が賢いと母は考えたのかもしれないし、あるいはこの町内に住むにはそれが条件だと誰かに言われたのかもしれない。とにかく、それは麻酔なしでおこなわれた。だから当然、僕にとっては小さい頃の記憶に鮮明に残っている。

外でほかの子どもたちと遊んでいると、男の子が呼びにきて、家に戻れと言った。家に帰ってみると、大勢の人が集まっていて、ババもいた。ババは僕に、これからとても大事なことがあると言い、母は心配しなくても大丈夫、何ともないから、と言った。そして、近所の男の人たちが僕を同じ建物の上の階にある広い部屋に連れていった。部屋の真ん中に大きな素焼きの壺があり、男の人たちは僕に、パンツを脱いでその壺の上にすわれと言った。二人が僕の腕を捕まえ、もう一人が後ろに立って手で僕の頭を支えた。残りの二人は、素焼きの壺にすわっている僕の体を押さえ付けた。いったい何が起きているのかわからないまま、言われたとおりにじっとしていたが、もう一人の男が手に剃刀《かみそり》を持って現れたので、僕は叫び声をあげた。だが、彼らは僕をしっかり押さえ続け、その男は手際よく剃刀で切った。ものすごく痛かったが、ほんの数秒で終わった。その人は僕の傷に絆創膏を貼り、僕はベッドに寝かせられて母が世話をしてくれた。数分後、カルゥも上の部屋に行って同じ日に遭ったが、グドゥはしなかった。もしかしたら、すでにすんでいたのかもしれない。

その夜、近所の人たちは宴会を開いて、ご馳走《ちそう》を食べたり、歌ったりしていた。カルゥと僕は我が家の屋根の上にすわって、それを聞いているだけだった。僕たちはそれから数日間外に出ることを禁じられ、その間断食もしなければならなかった。傷がすっかり治るまで、シャツだけを着て、ズボンなしで暮らした。

父からはまったく経済的な支援はなかったから、母は仕事を探さなければならなくなった。シェキラが生まれて間もなく、母は建築現場に働きに行った。父の新しい妻がしていたような力仕事だ。幸いなことに、母は強い女性で、つらい仕事もやってのけた。給料はごくわずかで（それでも、その当時のインドの田舎町の肉体労働としては標準的な額だ）、炎天下、重い石を頭にのせて朝から日暮れまで働いても、ほんの少しのお金にしかならなかった。一週間に六日働いて、一ドル三〇セント程度の給料を得ていたのだ。グドゥも働きに出た。食堂で長時間皿洗いをして、日給は半ルピーにもならなかった。

イスラム教徒の住む町内で食べ物を下さいとお願いして歩くようになって、僕たちはそれまでよりいろいろな物を食べられるようになった。たまには肉を食べられることもあった。ヤギの肉や鶏肉だ。お祭りや、結婚式などのお祝いのパーティーがあれば、ご馳走も食べられた。そういう機会はときおりあった。何かのお祭りはしょっちゅうおこなわれていて、そのたびにみんなで楽しみ、無料のご馳走にありついた。ご馳走はたくさんあった。

着るものは、近所の人たちのお下がりだった。さいわい、暖かい気候だから、衣類はあまり必要ではなかった。質素なコットンの衣類だけで十分だ。教育を受けることは問題外だった。僕がよく出かけて行って、恵まれた子どもたちが出入りするのを見つめていた学校は、聖ジョーゼフ修道院付属学校《コンベント・スクール》といって、今でもカンドワの子どもたちが通学している。

グドゥは子どもたちの中で最年長だったから、家族が生き延びるために働かなければならないと考え、少しでもお金を稼ごうといつも仕事を探していた。駅のプラットフォームで物を売ればお金を稼げるという話を聞いてきて、旅行者に歯ブラシと歯磨きのセットを売り始めた。その結果、児童労働法のどういう解釈によるものか、牢に入れられてしまった。グドゥは地元の警察から、少しのお金のために危ないことをする少年、あるいはコソ泥だと思われており、それはカルゥと僕、近所の男の子たちも同じだった。たとえば、僕たちは貨物列車の駅に積み上げられた米やひよこ豆の大きな袋に穴を開けることを思いつき、そこから食料を盗んで持ち帰っていた。たいていの場合は、見つからずに逃げおおせたし、たまには頭をパシッと叩《たた》かれることもあったが、社会に対する脅威と見られてはいなかった。それなのに、警察は子どもを保護するためにあるはずの法律にもとづいてグドゥを捕まえたにもかかわらず、彼を牢屋に入れてしまったのだ。

数日後、地元の警察官が来て、グドゥがどこにいるか、母に知らせた。母は僕たち全員をつれて、堂々とした建物が並ぶ少年刑務所に行き、グドゥが釈放されるまで嘆願し続けた。そのとき母が何と言っていたかは覚えていないが、とにかくグドゥを放してもらうまでは絶対にその場を去るつもりがなかったことは確かだ。

母は一人で僕たちを育てていた。父は僕たちを完全に見捨てていた。母とカルゥの話では、僕たちといっしょに暮らしていた頃、父は暴力をふるうことがあり、面白くないことがあれば家族に八つ当たりしていたそうだ。もちろん、僕たちは抵抗することもできなかった。頼るもののない女性と四人の幼い子どもが、怒り狂う男に対して何ができるだろう。父は僕たちと縁を切りたいと思っていた。新しい妻がしつこく要求したからだ。父は僕たちをカンドワから追い出してしまおうとさえした。だが、母には引っ越しの費用はもちろん、ほかに住む場所もなければ、生きていくすべもなかった。助けてくれる知り合いも、ガネッシュ・タライを出てしまえば一人もいない。そこで、父と新しい妻は、自分たちの方から町内を去ってカンドワの郊外の村に引っ越したので、僕たちにとって事態はいくらかましになったのだった。

両親が別れた事情を理解するには僕は小さ過ぎた。僕にとってはただ、父が家にいないというだけのことだった。何度か、新しいゴム製のサンダルをもらったことがあって、父が家族みんなのために新しい靴を買ったのだと聞かされたことがある。

父に会った唯一の記憶は、僕が四歳のとき、父の家で赤ん坊が生まれたので僕たち全員で訪問しなければならなくなったときだ。かなり遠かった。母に起こされて服を着ると、猛暑の中をカンドワの中心部まで歩いていって、バスに乗った。バスに乗っていた時間は二時間ほどだったが、歩いたり、待ったりで一日がかりだった。降りてから、また一時間ほど歩いた。村に着いたときには日が暮れていた。僕たちはその夜、母の知り合いの家の玄関口で身を寄せ合って眠った。その家には僕たちを泊めてくれる部屋がなかったからだが、その夜は暑かったから、つらいことではなかった。少なくとも、路上で寝たわけではない。次の朝になって、パン一つと牛乳を分けあってから、母は僕たちといっしょに来ないことがわかった。母はその家に行くことを許されていなかったのだ。だから、僕たち子ども四人だけが、父と母の共通の知人に連れられて父の家まで歩いていった。

そういう事情があったにもかかわらず（おそらく僕はそんなことは忘れてしまっていたのだろう）、玄関に迎えに出た父を見たとき、僕はとてもうれしかった。僕たちは家の中に入って、父の新しい妻と赤ん坊に会った。父の新しい妻は僕たちにはやさしかったと思う。おいしい夕食を料理してくれて、その晩はその家に泊まった。だが、真夜中に僕はグドゥに揺り起こされた。グドゥは、これからカルゥといっしょにこの家からこっそり出ていくと言い、おまえもいっしょに来るかと聞いたが、僕はただただ眠くてしかたがなかった。僕が目を覚ましたときには、誰かが玄関の戸を激しく叩いており、父が応対に出たところだった。男の人が来ていて、兄たちが村の外に駆けていくのを見たと話した。その人は二人が野生の虎に襲われることを心配していた。

グドゥとカルゥがその夜、家出しようとしていたことが後でわかった。二人は自分たちの家族に起きていることに憤慨しており、父とその新しい妻から逃げ出したいと思ったのだ。さいわい、二人はその日の午前のうちに無事に見つかった。

だが、一難去ってまた一難だった。同じ日の午前中、道に立っていると、父がこっちに歩いて来るのが見えた。父は母を追いかけているのだった。父の後ろには、ほかに二人が従っていた。僕からさほど遠くない所で、母は突然立ち止まり、くるりと後ろを向くとまっすぐ父と対峙《たいじ》した。二人は口論を始め、怒鳴りあった。すぐに、両方の側にほかの人たちが集まり始めた。今考えてみるとおそらく、始めは夫婦の間の口論だったものが、その頃高まっていたヒンドゥー教徒とイスラム教徒の間の緊張した関係を刺激し、母の側にはヒンドゥー教徒が、父の側にはイスラム教徒が加勢して、双方があのように対立することになったのだろう。双方とも激怒して、侮辱の言葉を投げつけあった。僕たちは母の側に引き寄せられて、怒鳴りあい、小突きあう人たちを見ながら、これからどうなってしまうのだろうと思っていた。そのとき、驚いたことに、父が母に石を投げつけ、それは母の頭に命中した。僕は母のすぐ隣にいた。母は崩れ落ちて膝をついた。頭から血が出ていた。不幸中の幸いだったのは、父の暴力行為が集まっていた人々にもショックを与えたことだ。彼らはそれを見て激高することはなく、逆に怒りをしずめたようだった。僕たちが母を介抱していると、両側に集まった人たちはだんだん離れていった。

あるヒンドゥー教徒の一家が部屋を貸してくれて、それから数日、母はその部屋で休んでいた。その家の人たちに聞いた話では、警察官が来て父を捕まえ、村の警察署の独房に一日か二日留置したということだった。

この出来事は母の勇気の証として僕の心に残っている。母は自分を追ってくる者にまっすぐ向き合った。だが、同時に、インドでは貧しい者がどれほど弱い立場にあるかを示す出来事でもあったと思う。群衆があんなふうに退いたのは、まったく幸運だったからに過ぎない。母は(それにおそらく僕たちも)、彼らに簡単に殺されていたかもしれないのだ。

それなのに、おそらくは僕が長い間遠くで暮らしていたからかもしれないが、僕はもう一度父に会ってもいいと思っていた。なぜそう思うのか理解できないかもしれない。父の思い出はあまりにも少ないし、そのどれもが楽しいものではない。それでも、父は僕という人間の一部であり、僕の人生の一部でもある。それに、家族というものは、過去に間違ったことをした者にも許しを与えるべきだと思う。とはいえ、父は遠くにいるし、僕に会いたがっているかどうかもわからないので、今回は会いに行かないことにした。父に会うという考えは、今回は誰にも言わなかった。家族に賛成してもらってから、会いに行きたかったからだ。この問題は、もっと家族となじんでから、慎重に提案しなければならないと思った。

さらに家族とともに時間を過ごし、生まれた場所とのつながりを取り戻しながら、僕はある言葉について考えていた。それは、誰もが、それに僕自身もしょっちゅう使っている

「家《ホーム》」という言葉だ。今僕がたどり着いたこの場所がそうなのだろうか?

僕にはわからなかった。迷子になった後、僕は幸運にも愛情あふれる家庭の養子になり、どこか違う場所に住んでいただけではなく、インドにいた場合になっていたはずの人間とは違う人間になっている。オーストラリアに住んでいるだけではない。僕は自分をオーストラリア人だと思っている。僕にはブライアリー家の両親の家があり、ガールフレンドのリーサとともに築いた自分自身の家もある。僕はその家の一員であり、その家で愛されていることもよくわかっている。

だが、カンドワの町とインドの家族を見つけて、僕はやはり、家に帰って来たという気持ちになっていた。なんとなく、この場所にいることが正しいのだという気持ちだ。ここでも僕は愛されていて、家族の一員だった。それは前もって想像してもみなかった気持ちであり、言葉では説明できないものだった。ここは人生の最初の年月を過ごした場所であり、僕の血がつながっている場所だった。

だから、ホバートに帰るときが来ると(それはあまりにもすぐにきた)、僕は去ることがとてもつらかった。僕は母と妹と兄と彼らの子どもたちに、すぐに戻って来ると約束した。僕には二つの家がある。何千キロも離れてはいるが、どちらにも強い心のつながりがあることを実感した。自分はいったい誰なのかという謎を解くために始めたこの旅は、まだ終わっていない。いくつかの答えが、いや、たくさんの答えが見つかったにもかかわらず、疑問は前より増えていた。本当の答えはないのかもしれない。疑問は心から消えなかった。

だが、そのとき、はっきりわかっていたことが一つある。インドとオーストラリアを行き来する旅、二つの家を行き来する旅を、僕は今後、何度も繰り返す運命だということだ。

12―かよいあう心

インドにいる間に、アスラから熱烈な祝福のメッセージを受け取った。アスラは僕が家族と再会したことを、ホバートの両親から聞いていた。僕たちがメルボルンに到着したときからずっと、僕の家族とアスラの家族は親しくしてきた。僕はホバートに帰るとすぐにアスラに電話をして、自分のうれしい体験を話した。だが、彼女はインドの両親の死によって孤児になったので、悲しいことに僕と同じ喜びを味わうことはない。僕はそのことを意識せずにはいられなかった。それでもアスラはすごく喜んでくれて、過去とのつながりを取り戻した今、これからいったいどうするつもりかと質問した。カンドワに戻って以来、驚くことや感動することがめまぐるしく続いていたので、何と答えたらいいかわからなかった。

僕は家を見つけること、母を見つけることだけを考えていて、そこから先のことはまったく考えていなかった。再会することができれば物語の終わりだと考えていたのだが、実際にはそれは新しい始まりだった。今や僕には、世界の向こう側とこちら側に文化の異なる二つの家族があり、その双方に自分がどう収まるべきか、考えなければならなかった。

両親とリーサは僕が帰って来たのでほっとしていた。僕がインドにいた間も毎日電話で話していたのだが、僕が話していないことが何かあるのではないかとみんなは心配していた。彼らはそもそも、僕がまた迷子になっていなくなってしまったらどうしようと思っていた。それに、リーサはずっと僕の安全を心配していた。僕がいるのは、見知らぬ国インドでも特に貧困な地域の一つだから、何が起こるかわかったものではないというわけだ。彼らがどれほど神経をすり減らしていたか、僕は家に帰るまでまったくわかっていなかった。

だが、みんなそんなことはすぐに忘れてしまった。それより、僕がインドの家族に会った話を聞きたくてしかたなかったからだ。もちろん、主な事実は伝えてあったが、詳しいことを知りたがった。インドの家族とどんな話をしたか、子どもの頃のことで僕が覚えていなかったことを彼らは何か覚えていたか、僕がまたインドに戻るつもりかどうか、などということだ。

どうやらみんな、僕が今後もホバートにいるつもりか、それともインドに移り住むつもりかを探っているようだった。僕はみんなに安心してもらうために心を尽くした。今度の経験によって僕の重要な側面が変ったにしても、僕はやっぱり以前と変わらないサルーなのだかかっていた。

と。実をいうと、もとの自分に戻るのにも少し時間がかかったし、貧しいインドの人間ではなく、もともとの自分の目でホバートを見ることができるようになるのにも、少し時間がかかっていた。

とにかく、僕の中で一つ、確かに変ったことがあって、それはすぐに明らかになった。今や僕には語るべき物語があり、それを聞きたがる人がたくさんいるということだ。僕が帰ってすぐ、ホバートの新聞「ザ・マーキュリー」が連絡してきた。どういうわけか、僕の話をかぎつけた記者がいたようで、インタビューを受けることになった。それから、せきを切ったように取材が続いた。「シドニー・モーニング・ヘラルド」紙や、メルボルンの「ジ・エイジ」紙の後には、国際的な報道機関が続いた。

突然有名人になってしまって、僕たちはとまどった。誰だってそうだろう。ときどき真夜中に電話が鳴ることもあった。世界中から記者が電話してくるのだ。これほどの注目に対応するには自分一人では無理だったので、マネージャーを依頼した。やがて、出版社や映画プロデューサーからもいろいろなオファーが来た。現実とは思えなかった。僕は工業用パイプやホース、接続金具などを売る営業マンだ。注目されることを求めていたわけではない。ただ自分の故郷と家族を探していただけだ。自分の経験を話すことは楽しかったが、まさか、自分にマネージャーがついて、メディア対応のスケジュールを組まなければならない人間になるとは思ってもみなかった。

ありがたいことに、リーサと両親は応援してくれて、僕が頼めばいつでも時間を割いて協力してくれた。取材に来る人たちに対して同じ話を何度も何度もするのは本当に疲れたが、僕はそうするのが自分の義務だと感じていた。ほかの人たちの役に立つかもしれないからだ。僕に起きたことはすごいことだったと思うし、生き別れた家族を見つけたいが、それは絶対に無理だと思っている人たちに希望をもってもらえるかもしれない。どんなに困難なときも、あきらめずにチャンスをつかんだ僕の経験を話すことで、いろいろな境遇の人たちを元気づけることができるかもしれない。

この時期、僕はインドの家族とオンライン・ビデオ会議で連絡を取りあっていた。彼らは友人の家のコンピュータを使わせてもらって、ビデオ会議に参加していた。いや、部分的に参加していたと言った方がいいだろう。彼らの方にはビデオカメラがなかったので、僕の方からは彼らが見えなかったが、彼らの方からは僕を見ることができた。こうして僕たちは話をすることができた。いつものように簡単な話だけしているか、通訳の助けを借りて話すかのどちらかだったが。僕はいつも連絡が取れるように、はるか彼方からでもお互いに顔を見られるように、母の家をなんとかしなくてはと思った。家族がついに再会できたのだから、僕も自分の役割をちゃんと果たしたいと思ったのだ。連絡を保てるようにするとか、母や姪、甥の世話をするとかだ。

僕が知りたいことはまだまだたくさんあって、二度目のインド訪問では、いろいろなことが前回よりはっきりすることを期待していた。そろそろ冬という時期だったが、まだ暖かく、息のつまるようなスモッグが出ていた。こういう気候だと、空はオレンジがかった灰色で、昼から夜になってもあまり変わりがなかった。

僕はカンドワに向かっていた。ヒンドゥー教の「光の祭り」、ディワーリーがそろそろ終わる時期だった。僕はインドの文化については、ほとんどすべて忘れてしまっていたが、インド人はお祭りが大好きだから、きっと華やかなものだろうと思った。ディワーリーはすべてのよいものを祝い、悪を拒絶する祭りだ。豊穣《ほうじょう》の女神ラクシュミーに祈り、讃え、家庭の祭壇の女神の像の前に富を表す物を並べて、それを与えてくれた女神に感謝する。人々はご馳走《ちそう》を食べ、贈り物をし、家じゅうに小さなオイルランプの灯りを飾る伝統もある。建物は色とりどりの電飾で覆われ、まるでクリスマスのオーストラリアのようだ。悪霊を追い払うためにたくさんの爆竹を鳴らすので、一日中バン、バンという大きな音が聞こえる。夜になると、空は花火で明るくなる。

僕は夕暮れ時に到着した。旧市街の狭い通りに入ると、お祭りの真っ最中だった。母はいつも自分の家に泊まればいいと言ってくれたが、僕は西洋人として暮らしてきたので、母の小さな部屋にはない空間と設備を必要としていることをわかってくれるだろうと思った。僕は母の厚意に感謝したが、やっぱりホテルに泊まった方がいいと思うと言った。遠くもないし、毎日母の家に行くことができる。そういうわけで、荷物をホテル・グランド・バラックに置くとすぐにタクシーに乗って、母や家族の待つガネッシュ・タライに向かった。

車は線路の下の通路を抜けて、人々がにぎやかに買い物を楽しむ通りに入った。運転手は僕をガネッシュ・タライの寺院とモスクのそばの広場に降ろした。ヒンドゥー教の寺院とイスラム教のモスクがお互いに寛大にすぐ近くに並んでいる所だ。僕は子どもの頃に歩き慣れた路地を歩いていった。だんだん家に帰って来た気持ちになってきた。

インドに戻って来る前に僕はヒンディー語を勉強しようと努力した。少しは進歩したが、いざ会話が始まるとすっかりわけがわからなくなってしまう（ヒンディー語を三日間で教えるという人がユーチューブに出ているそうだ。いつかその人に頼んでみてもいいかもしれないが、やっぱり近道はないんじゃないだろうか）。

母は大喜びで温かく迎えてくれた。母は僕の「もう一つの人生」を進んで受け入れてくれていた。オース

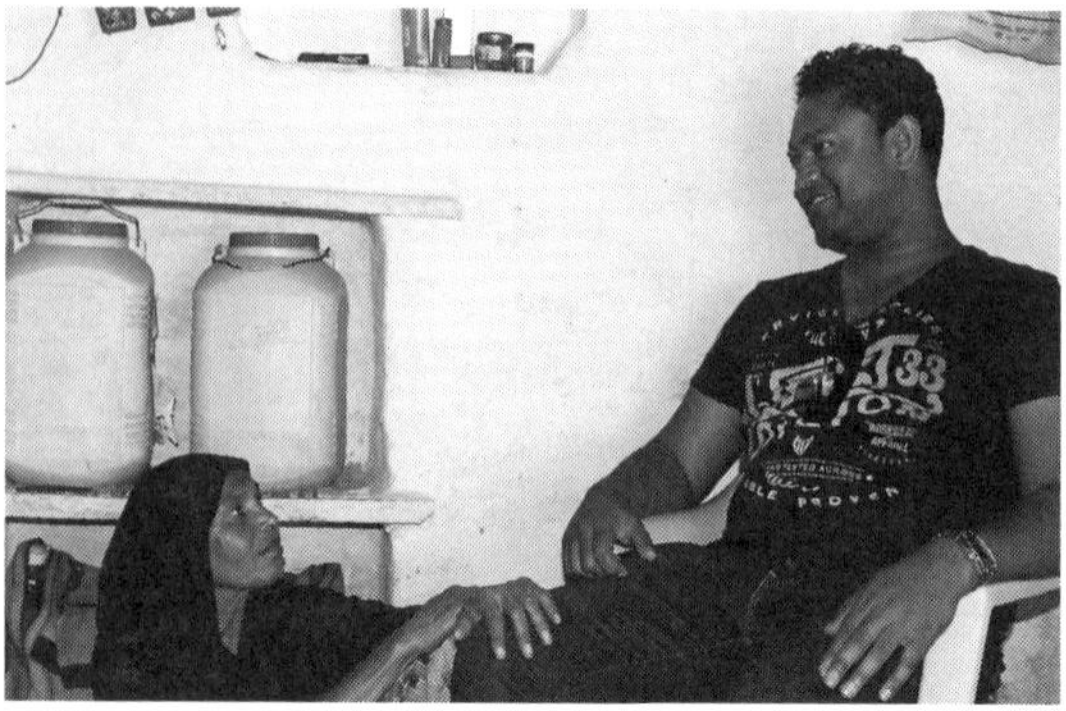

母はお客さんだからと言って僕をプラスチックの椅子にすわらせて、自分は僕の足下の床にすわった。

トラリアについては、クリケット以外のことは何も知らなかったにもかかわらずだ。僕が一回目にインドに来たとき、オーストラリア、インド、スリランカが対戦するクリケットの一日試合のシリーズ戦があった。母が言うには、僕が帰った後、オーストラリアからの試合の中継放送を見るたびに、テレビの画面に触っていたそうだ。僕が会場の観衆の中にいるかもしれないから、指で触ろうと思ったのだ。シェキラとカルゥもそれぞれの家からすぐにやって来た。僕はまた何の遠慮もいらずに家族に歓迎してもらった。

この家では僕たちがお客さんだからと母が言い張るので、僕たちはプラスチックの椅子にすわり、母は僕の足もとの床にすわっていた。みんな、また会えただけでもうれしかったので、多くの言葉を使って話すことは必要なかったが、それでも、シェリルがまた来てくれて通訳をしてくれたので本当にありがたかった。

とはいえ、話には時間がかかった。僕がたった一つの文で質問をしているのに、みんなはヒンディー語で五分もたったかと思うほどごちゃごちゃ話をし、それからようやく答えが返ってくることもしょっちゅうだった。そんなとき、答えもたった一つの文だけだったりした。きっとシェリルは要約する必要があったのだろう。シェリルはとても我慢強く、心の広い人で、鋭いユーモアのセンスもあったから、ちょうどよかった。母もシェキラもカルゥも冗談ばかり言っているからだ。それはうちの家族の習性なのかもしれない。

僕はスワルニマという完璧な英語を話せる女性と知りあった。彼女は僕の話にとても興味をもっていて、しばらくの間家に来て通訳をしようと申し出てくれた。僕はお金を払うことにしたが、彼女はお金を返してきた。彼女の両親の話では、自分の申し出を友情によるものではなく、仕事として僕が考えたので、彼女は怒っていたそうだ。僕は彼女の寛大な心に感動し、僕たちはいい友人になった。

それから何日も、僕たちは午後ずっと母の家の表の部屋にいて、チャイを飲んだり、何か食べたりしながら、おしゃべりを続けた。たいていは親戚や友人たちも来ていて、屋根の下の古い竹の梁《はり》に付けられた、錆《さ》びた小さな扇風機の騒音に負けないように、スワルニマががんばって通訳してくれた。母は僕がいまだに栄養失調の子どもだと思っているのか、あれを食べろ、これを食べろと言い続けた。栄養失調の問題は二六年間のオーストラリアの食生活ですっかり解決しているのに。

母の作るヤギ肉のカレーは、ガネッシュ・タライで過ごした幼い頃の強烈な思い出の一つだ。僕はこれまで、道端のカフェから高級レストランまで、いろいろな所でヤギ肉のカレーを食べたことがある。だが、正直に言って、母が家の裏のキッチンの小さなストーブで作ってくれるヤギ肉のカレーほどおいしいのは一度も食べたことがない。母の料理だと、スパイスのバランスと肉の硬さが完璧なのだ。ヤギ肉はちゃんと調理しないと、肉の繊維が歯に挟まってしまう。珍しくもない息子によるママの料理自慢に聞こえるのはわかっている。でも、本当のことだからしかたがない。僕はタスマニアに帰ってから、最初の帰郷の際に母に教えてもらったレシピに従って、ヤギ肉のカレーを何度も作ってみた。でも、やっぱり、母が作るのが最高だ。

僕の家族は僕が帰ってくるかもしれないという考えを完全に否定したことはなかった。今度の帰郷で僕はその話をゆっくり聞いた。母はグドゥの遺体を見たから、グドゥが死んだことは確かに知っていた。だが、彼らはグドゥの弔いをしたとき、僕を悼むことはしなかった。僕が死んだとはどうしても思えなかったからだ。彼らは不思議と僕が生きているという信念をもっていた。母は僕が帰って来るようにと祈り続け、力添えや助言を求めて地域の多くの祭司や宗教的指導者のもとを訪ねた。彼らはみな、僕はよい環境で元気に幸せに暮らしていると言ったそうだ。しかも、驚いたことに、僕がいったいどこにいるのかと尋ねると、彼らはみな南を指さして、「この方角にいる」と言ったそうだ。

彼らも僕を見つけようとできるだけのことはしていた。もちろん、それは不可能な任務だった。僕がどこへ行ってしまったか、彼らは知りようになかったのだから。それでも、母は少しでもお金があればそれを僕を探すために使った。人を雇って探してもらったり、母自身が周辺の地域を町から町へ旅して僕の消息を尋ね歩いたりした。カルゥが言うには、彼らはブルハンプールとカンドワの警察に何度も行って話をしたそうだ。カルゥは捜索の資金を作るために働く時間を増やしもした。だが、何の消息も得られなかった。

たとえ、なんとかお金を集めても、「迷子」のポスターを印刷することはできなかった。僕の写真がなかったからだ。彼らにできることはもう祈ることしか残っていなかった。

　母を捜すことがある意味で僕の人生を形づくってきたのと同様に、僕が生きているという信念が母の人生を形づくってきたのだということが、僕にもわかってきた。母はそれ以上捜すことはできなかったが、次善の策をとっていた。住んでいた場所から動かなかったのだ。話をしているうちに、母はブルハンプールに引っ越してカルゥ夫婦といっしょに暮らすこともできたはずなのに、どうして今もガネッシュ・タライに住んでいるのか不思議に思ったので、僕はそう言った。すると母は、僕がいなくなったときに住んでいた家の近くにいたかったのだと答えた。僕がもし帰って来たら、すぐ母を見つけることができるように。それを聞いて僕はびっくりした。確かにそうだ。もし母がもっと遠くに引っ越していたら、僕は家族の行方を捜すことはできなかっただろう。僕は死んでいないと母がかたく信じてくれていたこと、それこそが僕たちの再会を可能にした一番すごいことだったのだ。

　僕はあまりにも多くの偶然や、不思議な出来事を経験して、それを受け入れるようになっていたし、感謝するようにさえなっていた。カルゥとシェキラは僕といっしょに遊んだり、いっしょに水浴びをしたりした思い出をずっと宝物にしてきたと話してくれた。小さい頃の楽しかったことや、いたずらをしたこともだ。僕はホバートに行ってからずっと、毎晩寝る前にインドにいる彼らを想像するのが日課だった。彼らがそうしていたのと同じように、僕もいっしょに過ごした楽しい時間のことを思い出していた。そして母にメッセージを送ろうとした。僕は元気で、母さんやみんなのことを考えているよ、みんなも今も生きていて元気でいますように、と。強い気持ちのつながりがあれば、テレパシーをやり取りすることも可能なんだろうか。ありえない話だと思うかもしれないが、僕はこれまで理性では説明できないことをたくさん経験してきたから、それもありえない話だとは思えなくなっている。メッセージはちゃんと届いていたとしか思えないのだ。

そして母がある日、家族に祝福を与えて下さいとアラーに祈っていると、心の中に僕の姿が浮かんできたという。まさにその次の日に、僕がガネッシュ・タライに、そして母の人生に、再び現れてきたのだった。

今回の帰郷で、僕が戻ってから、お互いの生活がどんなに変ったかという話もした。母が言うには、僕はニュースですっかり有名になってしまったので、多くの家族が娘を僕と結婚させたがっているという。だが、結婚についてはすべて僕本人の決断にまかせると母は言ってくれた。僕はもう一度リーサのことを話し、僕たちはいっしょに暮らしていて幸せだが、すぐに結婚する予定はないと説明した。母はちゃんとわかってくれたようには見えなかった。僕の兄と妹はすでに結婚して子どももいる。母は、唯一の望みは自分が死ぬ前に、いや、母の言い方によれば「神への道を見る前に」、僕が結婚して子どもをもつことだと言った。自分がこの世を去る前に、僕の面倒をみてくれる人を見つけてほしいのだという。

カルゥもシェキラもいつかオーストラリアに行ってみたいと言っているが、母はもう年をとっているから、そんな遠くへは行けないと思う、と言った。シェキラは、カンガルーとか、シドニーのオペラハウスなどは見なくてもいい、僕が育った家を見たいと言っている。彼らは僕のオーストラリアの家族に会いたがっていて、毎日モスクでオーストラリアの家族のために祈っていると言った。

母は、もし僕がインドで暮らしたいなら、母は僕のために家を建てて、また外で一所懸命働き、僕を幸せにすると言い出した。その言葉に僕は一番感動した。もちろん、僕が望んでいるのはその反対だ。僕は母に家をプレゼントしたい。母が幸せになるなら、どんなことだってする。

家族の間で、お金の話は微妙な話だ。だが、僕は自分の幸運を分けあいたかった。インドの家族の基準でみれば、僕はお金持ちということになる。僕の年収は彼らが夢みることしかできない額だ。だが、お金の問題が新しい関係を損ねたり、複雑なものにするのは嫌だから、慎重にした方がいいということはわかっていた。

どのような取り決めにするのが最もいいか、家族四人で話しあった。母の清掃の仕事の収入は月に一二〇〇ルピーだ。僕が小さいときの母の収入よりはるかに多いとはいえ、インドの地方の水準でも、やはりごく少額だ。母の収入を僕が補うということで話しあいをした。

僕が母のために家を買いたいと兄妹に言ったので、母はガネッシュ・タライを出て、シェキラかカルゥの家の近くに住んだらいいのではないかという話になった。だが、母は今いる所にいるのが幸せだと言い、今までずっと住んできた町内に住んでいたいという希望だった。そういうわけで、僕たちは町内で家を見つけるか、今の家に必要な改修をするかどちらかにしようと決めた。

そして、避けることのできない話題である父の話になった。兄も妹も絶対に父を許せないと言っている。僕が帰ってきた話は広まっているから、父も知らないはずはないと二人は考えていた。だが、もし、父が現れたら、たとえどんなに深く悔いていたとしても、絶対に追い返してやると二人は言った。父は僕たちが小さくて父の助けが必要だったときに僕たちを見捨てたのだから、自分の決断に従って生きていくしかないというのだ。グドゥが死んだのも父の責任だと二人は考えていた。父に見捨てられなかったら、グドゥは危ない鉄道周辺の仕事などしなくてもよかったはずだ。二人の考えでは、グドゥの死と僕の失踪《しっそう》は、父が新しい妻を連れてきて妊娠中の母に紹介した日から運命の糸でつながっているのだ。

たとえどんな状況になっても、父とは完全に縁を切ったと僕の家族は誓っていたが、僕自身はなぜか彼らと同じ考えにはなれなかった。もし、父が自分のしたことを後悔しているなら、父を許してもいいと思った。もしかしたら、僕自身が自分の選択によって物事をコントロールできない状況に陥った経験があるからかもしれない。父も悪い選択をしてしまって、それから後は何もかも自分ではどうにもできなくなってしまったのかもしれない。間違いを犯したからといって、父を憎むことはできなかった。実際には僕は父をほとんど知らないのだが、それでも、父はやはり僕の父だと思った。僕はやっと自分の過去と再び結びつくことができた。だが、それも、父が登場しなくては完璧とはいえないと思った。

父が自分に会いたがるかどうか、僕はずっと疑っていたが、滞在の予定が終わりに近づいたころ、今でも父と連絡を取っている人から、伝言を受け取った。父はやはり僕が帰って来たというニュースを聞いていて、家族の誰も自分に知らせなかったことを怒っていた。父は最近病気になっていて、僕に会いたがっていた。そのメッセージを受け取って、僕はすっかりジレンマにはまってしまった。父の言い方は感じが悪かったが、病気だと聞いては、冷たい態度を取ることはできないと思った。だが、ボパールまで行く時間はなかったし、まして、家族に相談して賛成してもらうことは不可能だった。そういうわけで、父のことはしばらくそのままにしておくしかなかった。

僕がずっと会いたいと思っていた人がいた。カンドワに住む二〇代の弁護士ロチャックだ。ロチャックは、フェイスブックのグループ「わが故郷《マイ・ホームタウン》カンドワ」の管理人をしている。彼は僕に会いにホテルまで来てくれた。ついに名前と顔を一致させることができた。ロチャックのグループがいてくれたからこそ、僕は自分の見つけた町が正しい場所だと確認することができた。それに、ロチャックは、ホバートでコンピュータを前にすわっていた僕が、実際にカンドワまで旅するにはどうしたら一番いいか、いろいろな情報をくれた。僕が家族のもとに帰るために、フェイスブックはグーグル・アースと同じくらい、役に立ったわけだ。

ロチャックと実際に会えてうれしかった。彼は自分とフェイスブックの友だちが僕のために果たした役割について本当に喜んでくれていた。彼らがカンドワ駅の近くの噴水や映画館の位置など具体的なことを確認してくれたのだ（僕が質問している映画館はすでに閉館していることも思い出してくれた）。残念ながら、彼は確認のための写真を送ってくれることは忘れてしまったが、僕は急《せ》かさなかった。僕が何のために質問しているのか知ってさえいたら、もっといろいろ助けてあげられたのに、とロチャックは言った。だが、僕は臆病で気後れしてしまって、自分が何をしていたか、あのときはとても人には話せなかったのだ。

僕の帰郷で大騒ぎになっていたとき、ロチャックはたまたま町にいなかった。だが、町に戻るとすぐに何が起きていたか、気がついた。フェイスブックのカンドワのグループに一五〇人の新メンバーが増えていたからだ。なかには、カンドワの住人でもなければ、インド人でもない人たちもいるという。

ロチャックは、インターネットがカンドワのような場所を世界のそのほかの場所に結びつけてくれるのが好きだと話していた。それによって、人々の世界は広がり、かつては不可能だったような人間関係を築くことができるからだ。フェイスブックによる人間関係を馬鹿にして、リアルな世界で友だちを作らなければダメだ、などと言う人たちもいる。だが、ロチャックはオンラインで僕をおおいに助けてくれた。インターネットほど素晴らしい友情の基盤はないと思う。

ロチャックは帰る前に、ヒンドゥー教の格言を教えてくれた。「すべてはすでに書かれている」つまり、運命はすでに決まっている道を行く、ということだ。彼は、僕が家と家族を見つけたことも、自分がその手助けをしたことも、運命の実現だと考えていた。

ロチャックは最後にもう一つ、手助けをしてくれた。ブルハンプールへ行く一時間半の道のりのために車と運転手を手配してくれたのだ。僕はブルハンプールに一泊してから、つらい思い出に満ちた旅を始めることにしていた。

乗らなければならない列車があるからだ。

13 コルカタへ、再び

もう一つやらなければならないことが残っていた。それを片づけなければ、過去の亡霊を眠りにつかせることはできないと思った。大人になった今、もう一度コルカタに戻ってみたかったのだ。コルカタへは、五歳のときに列車に閉じ込められ、パニック状態で行ったときと同じように、ブルハンプールから列車に乗ろうと思った。それによって、何かの記憶がよみがえってくるかもしれないと思ったのだ。

インドでは、列車の座席の予約をすればそれで大丈夫、というような単純なわけにはいかない。座席の数は限られていて、乗りたい人はものすごく多いから、自分の予約した席に先に誰かすわっていないように、また、降りるまでその座席をずっと確保しておけるようにするためには、文句のつけようがないように予約を確認しておかなければならない。そのうえ、自分がどこに行こうとしているか、よくわかっていないとなれば、事態はますますややこしくなる。国を横断して自分をカルカッタに運んだ列車はどれだったのか、はっきりさせるためには誰かに助けてもらうしかなかった。

まずカンドワの駅でスワルニマと会った。自分で切符売り場の長い列に並んでみたものの、ヒンディー語が話せないのでは、必要な切符が手に入るとは思えなくなってあきらめたところだった。僕はちょっと敗北感を感じていたから、彼女の助けはありがたかった。ブルハンプールからは、北東に向かう列車と南西に向かう列車しかない。彼女といっしょに調べてみると、どちらに乗っても、コルカタに行けることがわかった。南西に向かう列車は、さらに重要な鉄道の交差点であるブサワルに到達し、そこから、インドをだいたいまっすぐ東へと横切る路線がある。北東に向かう路線は、徐々にアーチ状に曲がって、南東に向きを変え、西ベンガル州の州都コルカタに向かう。北東に向かう路線は、乗り換えの必要はない。

二五年前に乗った可能性のある二つのルートを示してもらって、僕は自分の記憶にいくつかあやふやな点があることを認めなければならなかった。僕は一つ、重要な点で間違っていた。僕の記憶では、列車の中で目が覚めて、その日のうちにコルカタに到着した。それはだいたい一二時間から一五時間の旅だった。僕はずっと人にもそう話してきたし、グーグルで調査したときも、その時間をもとにしていた。だが、どう考えても、ブルハンプールからコルカタまでその時間内で到着することは不可能なのだ。北回りのルートなら一六八〇キロもあり、ブサワル経由の南のルートでも、一〇〇キロ少ないだけだ。約二九時間かかる行程だ。ブルハンプールで夜に列車に乗ったのは確かだから、その次の晩も車中で過ごしたことになる。もしかしたら、二晩目はずっと眠り続けていたのかもしれない。あるいは、五歳だった僕は怯《おび》えきって、パニック状態になったり、泣いたりをくりかえし、その間に寝たり起きたりしていたので、どれくらい時間がたったかわからなくなってしまったのかもしれない。どちらにしても、自分の記憶よりはるかに長い時間、列車に乗っていたことは明らかだ。

グーグル・アースであれほど長い時間、あれほど細かく探したのに見つからなかった理由がこれでわかった。そもそも、間違った地域に時間をかけて調査していたのだ。もっと西の

兄グドゥとはぐれた「ブルハンプール駅」が、僕の長い旅の始まりの場所だ。

方を探すことにしてから後も、自分の想像による時間数にもとづいて計算した範囲はコルカタから近過ぎた。結局、ブルハンプールを見つけたのは、偶然、自分で決めた調査範囲の外を見ていたときだった。

乗っていた時間を正しく覚えていたら、もっと早く見つけることができただろうか。そうかもしれないが、そうでないかもしれない。コルカタからの鉄道路線をたどることが唯一の確実な方法だと僕は信じていたから、さらに長い時間、線路をたどり、もっと先までたどっていかなければならなくなっただろう。自分で決めた調査範囲をやり終えたら、さらに範囲を広げて調査を続けただろう。だから、どちらにしても、結局はブルハンプールを見つけていたはずだと思いたい。

二つの路線のうち、どちらを予約するべきか悩んでいるうちに、もう一つ、長年信じてきたことがあやしくなってきた。グドゥといっしょに列車から飛び降りた後、僕はベンチの上で眠り、目が覚めたら、目の前に列車があったので、それに乗り込んだが、その間ずっと同じプラットフォームから動いていない、と今まで信じてきた。僕たちがカンドワから南のブルハンプールに行ったとき、同じ線路を走る列車はすべて南に向かっており、この路線を行ったなら、乗り換えなしでコルカタに行くことは不可能だ。つまり、グドゥが僕をおいていったプラットフォームから動かなかったという記憶が間違っていたか（その場合、僕は別のプラットフォームから、北に向かう列車に乗って、直接コルカタに運ばれたかもしれない）、そうでないとすれば、南に向かって、途中どこかで乗り換えたことになる。今までの記憶とは異なり、事実はそのどちらかだと認めないわけにはいかないだろう。

前にも言ったが、あの恐ろしい夜の記憶はあまり明確ではないし、かすかにしか思い出せないこともある。ときおり、それが閃光《せんこう》のように現れることがある。最もはっきりした記憶は、列車に乗ったら降りられなくなってしまったというものだが、その列車が駅に停まって、自分が飛び降り、ほかの列車に飛び乗っているという断片的なバラバラのイメージが浮かぶことがある。それは列車の旅の記憶からは独立した、心の底で明滅する画像のようなものので、確信はもてない。だが、それはもしかしたら、僕が最初は南に向かい、それから、その列車が運行を終了したか、自分が間違った方向に向かっていたことに気づいたかして、なんとかもとの場所に戻ろうと別の列車に乗り換えたことを示しているのかもしれない。それはありうることだ。だとすると、僕はブサワルに到着し、たまたま東向きのコルカタ行きに乗ったことになる。

自分が列車を乗り換えていた可能性を考慮に入れると、二つのルートのうちのどちらを行ったのか、断定することはできなくなる。ブサワルで乗り換えたとすると、くねくねと東に進む路線に乗ったかもしれないが、ちゃんとブルハンプールに向かう北行きの列車に乗り換えた可能性もあり、そうだとすると、ブルハンプールに停車していた間ずっと眠っていて、そのまま北東に向かうルートでコルカタに行ってしまったことになる。もしかしたら、最初に乗った南行きの列車がどこかの地点で、僕が眠っている間に、北に折り返したのかもしれないし、僕が乗っていた車両が別の機関車に連結されて、北に引き返したのかもしれない。真相を知ることは不可能だと認めるしかない。それは永遠に謎のままだ。

あのときの旅を正確にたどり直しているのかどうか、はっきり知ることができないからには、どちらのルートを選ぶかは重要ではないという気がしてきた。大事なのは、あのときと同じ距離を旅して、その行程の大きさを実感し、それによって、埋もれていた記憶をもっとすくい出し、何かを眠りにつかせることだ。そう考えたので僕は、ずっと同じ列車に閉じ込められていたという、もともとの記憶に従って、最短距離をまっすぐ行く北東行きのルートを選ぶことにした。もっと正直に言うなら、そのルートの方が手配も簡単だし、楽な旅だという理由もある。このルートなら、ブルハンプールを夜明けに発つ列車がある。一方、南行きのルートを取れば、夜遅くにブサワルまで行って、夜明け前に東行きの列車に乗る必要があった。

こうして僕が乗ることに決めた列車はコルカタ・メール号で、八〇年代にもカルカッタ・メール号という名前で同じ路線を運行していた。インドの西海岸のムンバイが起点で、ブルハンプールには午前五時二〇分に到着し（だから、僕は前の晩にブルハンプールに泊まる必要があった）、それから、名前の通りに東の中心都市コルカタを目指して進む。

僕が子どもの頃、たとえ、どうにかして北東行きの列車に乗ったとしても、この便だった可能性は実際にはかなり低いと思う。この列車はブルハンプールに二分しか停まらないし、その間ずっと車掌が新しい乗客の名前を乗客リストでチェックしているからだ。列車が駅を出る前に僕が飛び乗って、眠りに落ちるなんてありうるだろうか。それに、あのときは確かに車掌はいなかった。そもそも、あの長く苦しい旅の間じゅう、なぜ一度も車掌の姿を見なかったのかはまったくの謎だ。州境を越える列車の場合は車掌がいるのが普通だからだ。僕がなんとか家に帰ろうとしていたときに、コルカタからあまり遠くまで行けなかったのもそれが理由かもしれない。車掌がいる列車を避けていたので、そうとは知らないままにローカル列車だけを選んで乗っていたのではないだろうか（それはある意味、幸運だったともいえる。もし僕があのとき、コルカタ脱出に成功していたら、マディヤ・プラデーシュ州に戻れる確率より、どこか違う地方に行ってしまった確率が高い。そうなっていたら、問題はさらに悪くなっていただろう。僕は二重、三重に迷子になってしまったはずだ。コルカタ以外の場所に行ってしまったら、養子縁組の機関に助けてもらえる可能性もまずなかった）。

子どもの頃にたどったルートにこだわって話をこれ以上面倒にしたくはなかった。だから、コルカタ・メール号に決定すると、ロチャックとスワルニマの助けで何もかもうまく片づいた。ブルハンプールへ行くための車が来て、最後に母の家にもう一度寄った。スワルニマは仕事のために普段住んでいるプネーに戻っていたが、運よくシェリルが来てくれて、僕たちはお別れのチャイを飲みながら、ほんのしばらくおしゃべりをした。家族の写真も撮った。このとき撮った写真を見ると、自分が本当に母や兄妹に似ているのでびっくりした。

母とシェリルも僕を車まで見送るために家から出てきた。迷子の少年が再び家族を後にして出発するのを見ようと、物見高い町内の人たちが集まっていた。胸がせつなくなるような出発だった。僕が迷子になった日のことを再現しているような気がしたからだ。前に僕がこれと同じ旅に出発したときには、「行ってきます」を言わなかった。だが、あれから四半世紀たった今回は、母は僕を固く抱きしめて、ずっとここにこしている。僕と同じくらい、あるいはそれ以上に、母も別れがつらかったかもしれない。だが、母も今回は僕が帰って来ないかもしれないと心配してはいない。これからはいつでもお互いを見つけることができる。母にもそれがわかっている。

その夜はブルハンプールのホテルの中庭のレストランで、町の人々がディワーリーの祭りのために買っておいたロケット花火の残りを打ち上げるのを見て過ごした。コルカタ・メール号の旅で、子どもの頃の旅の謎がすべて解かれることはないのはわかっている。実をいうと、僕はこの旅がいったいどうなるのか、不安になっていた。この旅をすることで、僕の記憶の一部に、僕のアイデンティティーのよりどころとなってきた思い出に、疑いが生じるかもしれないからだ。

念のためにブルハンプール駅には一時間前に行っておいた方がいいと言われたので、寝る前に目覚ましを朝の三時一〇分にセットした。だが、結局それは必要なかった。ノックの音で目が覚めたからだ。ドアを開けると、そこにはミリタリージャケットを着た若い男が立っていた。頭に巻いたスカーフが顔にも被さっていて、顔がよくわからなかった。男はホテルのデスクが僕のために手配したオートリキシャの運転手だと言った。ホテルでは熱い湯が出なかったので、冷たいシャワーを浴びて目を覚ました。ちょうど四時にチェックアウトした。外はまだ真っ暗だった。三輪のオートリキシャに荷物を載せ、静かな町を急いだ。新しいアパートメントが立ち並ぶブロックをいくつも過ぎた。すっかり完成しているものもあれば、建設中のものもあり、色とりどりの看板によれば、間もなく完成というのもあった。インドではこういう看板があちこちにあって、どれもジム、プール、あらゆる最新設備を備えた新築ビルとうたっている。これも経済成長を反映しているのだろう。

まだ夜明け前で涼しかった。旅を前にして僕はほとんど眠っていなかったが、冷たい空気が眠気を覚ましてくれた。まわりには、日除けの下で眠る牛や、身を寄せ合って眠る豚がシルエットになって見えた。

オートリキシャは駅の外に停まった。駅前にはグループになってすわっている人たちもいれば、地面に寝ている人たちもいた。毛布ですっかり体をくるんでいるので、まるで遺体袋に入っているように見えて変な感じがした。駅に入ると、明るい赤いサインが僕の乗る列車が一時間遅れていると告げていた。せっかく早く来たのに無駄だったというわけだ。

子どもの頃にコルカタに向けて出発してしまったこの駅を、今回はゆっくり見る暇があった。だいたい記憶と同じに見えたが、変っている物もあった。僕があの夜眠ったベンチも、プラットフォームにあるほかのベンチも、すべて細長い木の板でできていたと思っていた。だが、今では枠だけが木製で、磨きをかけた花崗岩のベンチになっている。それに、ガネッシュ・タライは子どもの頃より汚く見えたが、ブルハンプールの駅の方は、昔はゴミだらけであんなに汚かったのに、今はとても清潔に見える。壁には、プラットフォームに唾《つば》を吐く男が警察官に逮捕されている絵のポスターが貼ってある。

向かい側のプラットフォームを見ると、そこが間違いなく、グドゥを探そうとして列車に乗り込んだプラットフォームだと思った。僕は最初は南に向かう列車に乗ったに違いない。

その後、再びブルハンプールを通過して北に向かったとしてもだ。頭の中に、考えられるルートの組み合わせがいろいろ浮かんできた。

向かいのプラットフォームにいたチャイ売りの男が、そっちを見ている僕に気づいて、合図をしてきた。ほかにやることもないし、お茶を一杯飲むのもいいなと思って手を振ってやった。彼は僕にそのままそこにいろと身振りで示して、金属のお盆に載せたお茶をこぼさないようにバランスを取りながら、プラットフォームから飛び降り、線路を横切ってお茶を持って来た。彼がもといたプラットフォームによじ登った瞬間、轟音《ごうおん》を響かせて貨物列車が駅に入って来た。まったく冷やりとする恐ろしい光景だった。オーストラリアでは、駅を通過する列車はスピードを落とすのが普通だ。だが、ここでは、巨大な列車がプラットフォームを振動させながら、しょっちゅう駅を通過する。あのチャイを売る男にとっては、列車は生活の一部であり、いつもあんなふうに神業でタイミングを読めるのだろう。だが、もし、心配事があったり、自分を責めていたりして、平静な気持ちでいられないときだったら、そういう判断をするのは難しくなるのではないだろうか。もし、タイミングを誤ったら……。想像するのも恐ろしいことだった。もしかして、それがグドゥに起きたことなのだろうか？

どのプラットフォームから乗車したか、同じ列車にずっと乗っていたのかどうかについては混乱していたが、列車の旅それ自体については、断片的とはいえ、はっきりしたイメージが残っている。僕は列車によじ登ってグドゥを探し、座席の上に丸くなって、また眠ってしまった。目が覚めたときは明るい昼間で、空っぽの列車は猛スピードで進んでいた。途中、少なくとも一カ所で停車したのは覚えている。だが、そこには誰もいなくて、外に出るドアは開けられなかった。僕は混乱し、怯えきっていたから、時間がわからなくなってしまったのも当然だ。小さい子どもにとっては、永遠のように長い時間だったに違いない。

少しずつ空が明るくなってきた。今になってもまだ、プラットフォームに到着する人たちがぱらぱらといた。どうやら、列車の遅れは予想できたことだったらしい。まるで氷点下の気候だとでもいうように、しっかり厚着をした人たちもいる。こういう暑い国の人たちは、明け方の涼しさも寒いと思うのだろう。乗客たちはスーツケース、バッグ、束ねて縛った品物、段ボール箱に入れてしっかりテープでとめた家庭用電気機器など、あらゆる荷物を持って来ていた。空が明るくなって、駅の裏の大きな水道塔が見えた。この水道塔のおかげで、僕は空から見てブルハンプールだとわかったのだ。水道塔が撤去されたり、移設されたりしていなくて幸運だった。そんなことになっていたら、ここだとはわからなかっただろう。

コルカタ・メール号は夜明けと同時に駅に滑り込んだ。アラビア海沿岸のムンバイを出発して北東に向かい、八時間ですでに五〇〇キロの距離を走行している。自分の乗る車両が停まるはずの位置で待っていると、やっぱり、車掌がいて、乗客リストを確認してから僕をその車両に乗せた。予約した座席がちゃんとあった。僕は子どものときのようにつらい旅をしようと思っていたわけではないから、「一等車室《コンパートメント》」を予約してあった。正直にいうと、アガサ・クリスティーの小説に出てくるオリエント急行みたいなのを期待していたのだが、そうはいかなかった。この列車には豪華車両はないし、銀糊《のり》のきいた金ボタン付きのユニフォームを着た乗務員が、銀のトレーに載せてジントニックのグラスを持って来てくれることもなかった。車両内の配置は、子どもの頃に乗った低い等級の車両とほとんど同じだった。窓際に一人用座席が向かいあってあり、通路をはさんで、オープン・コンパートメントとでも呼ぶべきだろうか、ベンチ型の長い座席が向かいあっていて、そっちは寝台のように横になることもできた。もちろん、一等車だから、設備はずっとよかったが、それでも、擦り切れたえび茶色の革のシートはかなり硬かった。幸いなことに、僕は到着までずっとすわっていなければならないわけではない。僕の買った切符では通路の向こうのベンチ席の方も使えることになっている。それに、今のところはこの付近には僕以外に誰もいなかった。

　子どもの頃の記憶では、列車内で目が覚めたときからコルカタに到着するまで車両は完全に無人だったが、それもまったく不思議な事だ。インドで誰も乗っていない車両なんて聞い

一等車の様子。

たこともない。だが、その点については記憶は確かだ。もし誰か乗って来たら、僕は話しかけて助けを求めたはずだ。たとえ、それが車掌だったとしてもだ。隣の車両には乗客がいたのかもしれない。だが、もちろん、僕にわかるはずもないし、誰の姿も見えず、声も聞こえなかった。僕は空っぽの車両にずっとすわっていて、誰かがドアを開けてくれるのを待っていた。あの車両には誰も乗れないように鍵《かぎ》が掛けてあって、修理のためか何かで移動させていたのだろうか。それとも、何かの間違いで、時刻表にも載っていなければ、乗客が乗ることもできないはずの作業用の列車にでも乗り込んでしまったのだろうか？　だが、そうだとしたら、なぜあれほど遠いコルカタまで行ったんだろう？

　列車がゆっくりプラットフォームを後にすると、体に震えが来た。あの絶望的な放浪はこの瞬間に始まったのだと思った。だが、今回は物事を正しい状態にするためにこの列車に乗ったのだ。あのときの恐怖に、あのときの状況にまっすぐ向き合い、あのときよりは

©Ssongee Yang and Henry Chen

僕はふたたびブルハンプールからコルカタへと向かう旅にでた。

ずっと能力のある、物事を理解できる大人として、同じ距離を旅することによって。

コルカタに戻るのは、路上で必死に生き延びたときにさまよった場所をもう一度見るためでもある。そして、ナヴァ・ジーヴァンに行って、ミセス・スードたちに会うためでもある。あの孤児院で、僕の運命は劇的に変ったのだから。列車はスピードを上げ、ブルハンプール駅から出た。僕は車両の中を見まわし、ほかの乗客たちはいったいどんな旅をしているのだろうと考えた。

僕が子どもの頃のインドでは、空の旅は特別な重要人物だけのものだった。政治家、実業界の大物とその家族、ボリウッドの映画スターなどだ。一方、鉄道は人々や品物、お金を循環させる国の血管だった。僕が住んでいたようないなかの町では、列車を通して都会の豊かな生活をかいま見ることができた。僕たちが駅で長い時間ぶらぶらしていたのも不思議な事ではない。人々が到着し、出発していくのをただじっと見ていたり、何でもいいから乗客に売ってお金を稼ごうとしたりした（グドゥが歯ブラシと歯磨きのセットを売って逮捕されてしまったように）。何でもいいからくれないだろうかと物乞いをしたこともある。僕たちにとって、鉄道は外の世界との唯一の接触点だった。インドの多くの人々にとって、それは今も変らないはずだ。

だが、列車のスピードはあまり速くはない。スワルニマといっしょにコルカタ・メール号を予約したとき、その平均時速は五〇キロから六〇キロだとわかった。カレッジ時代のインド人の友人たちは、列車の速度をかなり過大評価していたことになる。僕が最初にグーグル・アースでサーチを始めたとき、自分の間違った記憶のとおりに半日という時間をもとに調査範囲を決めたから、彼らの勘違いは幸運だった。それによって、調査範囲をもっと広げる結果になったからだ。列車がこんなに遅いことを彼らが知っていたら、僕がコルカタから遠い場所の調査に着手するまでにはもっと時間がかかっていただろう。そう考えながら、僕は座席に深く身を沈めた。この先三〇時間近い長旅だ。

最初のうち、ほかの乗客のほとんどは寝台に閉じこもって、睡眠不足を補っていた。だが、そのうちに動いたり、ぶつぶつしゃべったりする物音が聞こえ始め、それからカーテンが開けられて、中にいる家族連れが目を覚まし、体を起こすのが見えた。

出発して一時間ちょっとたった頃、胸の痛みを感じた瞬間があった。子どものときに乗ったのが北東へ向かう列車だったとしたら、僕は自分の故郷カンドワを通ったはずだと思った。いや、もちろん、そこを通ることは知っていたが、今こうして実際に、目を覚まして一日の活動を始めるカンドワの町に列車が入っていくと、僕は自分に問いかけずにはいられなかった。あのとき僕は眠ったまま、カンドワを通過したのだろうか。もし、そのとき目を覚ましさえすれば、僕はなんとかして列車から降りることができたかもしれない。そして、さっさと家に帰っただろう。グドゥはきっと友だちにでも会ったんだろう、そうでなければ何かやることができたんだろう、と考えながら。そして、自分の寝床にもぐり込んだだろう。もっと長いことグドゥ兄ちゃんといっしょに外にいたかったのに、と考えながら。

そうなっていたら、その後に起きたことは何一つとして起きなかったはずだ。コルカタの町で経験したことも、そこから救出されたことも、養子になったことも。そうなっていたら、僕はオーストラリア人にはなっていないし、あなたは僕の書いた本を読んではいないはずだ。だが、実際にはおそらく、カンドワ駅に列車が停まっている二分間、僕は眠りほうけていたのだろう。母と妹がぐっすり眠っていた家から、それほど遠くない場所で。そして眠っているうちに、本来僕が歩むはずだった、今とはまったく違う人生から、はるかな彼方へと押し流されてしまったのだ。

心の中にそんな思いが浮かんでいるうちに、一日は始まり、列車の中の物音も大きくなってきた。乗客はみな、列車が線路を走るゴーゴー、ガタンガタンという音に負けないように声を張り上げていた。全員が携帯電話を持っているようで、ヒンディー語の映画音楽の着信メロディーがしょっちゅう鳴り響いていた。乗客は会話を続けていた。バックグラウンドには、いろいろなジャンルの現代ヒンディー音楽の寄せ集めのようなCDがかかっていた。ジャズもあれば、ヒンディー語のヨーデルみたいな歌まであった。物売りが車内を行ったり来たりし始め、「チャイ、チャイ、ブレクフィースト、ブレクフィースト、オムリッツ、オムリッツ」と歌うように叫びながら、飲み物や朝食を売っていた。

足の運動に車内を歩いてみたら、食堂車があった。料理人たちは上半身裸になって、煮えたぎる油でひよこ豆とレンズ豆のスナックを大量に揚げ、スライスしたジャガイモを大鍋で山のようにゆでていた。煉瓦《れんが》の調理台の上で、ガスの激しい火力で料理していた。料理人たちはそれを長い木のしゃもじでかき混ぜていた。ガタガタ揺れる列車内であんなことができるなんて、信じられなかった。

このコルカタ・メール号には、あのとき僕が閉じ込められたような、窓に鉄格子がはまり、硬い木のベンチが並んだ車両はなかった。僕が子どもの頃に乗った列車では、隣の車両に移ることはできなかった。プラットフォームに降りるドアだけがあって、次の車両とつながるドアはなかった。あのときはやはり、なんらかの理由で使用されていない車両に乗ってしまったに違いないという気がしてきた。インドの鉄道の旅では、慌ただしい騒音から逃れるのは不可能だ。それに、車両の中にほかの乗客がいないなんて、絶対にありえない。

列車は北東に進み、車窓の景色は昔の記憶と同じだった。平らで、埃《ほこり》っぽくて、まるで終わりがないように見える。だが、今回はもっと落ち着いた気持ちで、その地方の様子を詳しく見ることができた。綿花と小麦の畑、水田が広がっている。トウガラシの畑にはびっしりと実がなっていて、遠くからでも真っ赤に見える。それに、牛、ヤギ、ロバ、馬、豚、犬などもあちこちに見えた。コンバイン収穫機が農耕牛や手押し車と並んで作業している。農家の人たちは手で収穫したり、干し草の山を積み上げたりしている。煉瓦と漆喰でできた小さな家が並ぶ村があちこちにあって、家々は淡いピンクやライム・グリーン、くすんだ空色などのパステルカラーに塗られている。赤い煉瓦の屋根は古びて今にも崩れてきそうに見える。小さな駅もいくつも通り過ぎた。どれも、インド国鉄の色である煉瓦色、黄色、白の三色で塗られている。あのとき、列車が停まるようにと祈りながら通ったときも、こんな駅をいくつか見たはずだ。農地で働いている人たちの中には、通り過ぎる列車をふと見上げて、窓から怯えた顔で外を見ている小さな子どもの顔に気づいた人はいなかっただろうか。

僕はコルカタのことを考えた。そして、自分が不安よりも興奮を感じていることに気づいた。コルカタにはいろいろな思い出があるが、その一方で、初めて訪れる都市のような感じもする。僕はカルカッタで迷子になったが、これから行く所はコルカタなのだ。都市も、自分も変った。どれくらい変ったのか見るのが楽しみになってきた。

そんなことを考えているうちに日が暮れてきた。シートを倒して、紙の袋からインド国鉄のシーツを取り出した頃には、すでに暗くなっていた。寝台に横になると、列車が進んでいく先々に、照明をつけた寺院や、自転車のライト、家々の灯りなどがまだ窓から見えていた。ガタガタ揺れる列車の中にいて、予想もしていなかった幸福感を感じていた。僕は列車が揺れるのといっしょに寝台の上で弾みながら、聞き覚えはあるが理解できない言語のおしゃべりに囲まれ、安心してくつろいでいた。

昼間、隣のオープン・コンパートメントにいた好奇心でいっぱいの少年とおしゃべりした。その子は一〇歳くらいで、学校で習った英語を使ってみたくてしかたがない様子だった。「何という名前ですか？」、「どこから来ましたか？」などと聞いてきた。僕の容貌はインド人なのに、外国人だとわかったらしい。服装のせいか、あるいはヒンディー語やベンガル語の会話に加わらなかったせいかもしれない。僕がオーストラリアから来たと言うと、少年は「シェーン・ウォーン！」とオーストラリアの有名なクリケット選手の名前を口にした。クリケットの話をちょっとしてから、その子は僕に「結婚していますか？」と聞いた。していないと答えると、それは大変残念なことですと言った。次の質問は、「あなたの家族は誰ですか？」というものだった。僕は躊躇《ちゅうちょ》してしまった。やっとのことで、「家族はタスマニアに住んでいるけど、インドにも家族がいるよ。マディヤ・プラデーシュ州のカンドワだ」と答えた。その答えを聞いて、少年は満足したように見えた。僕自身も、その答えに満足していた。

次の日の昼近く、列車はコルカタに近づいた。窓から見ると、車輪の下の線路がほかのたくさんの線路と交わっていく様子がよくわかった。多くの平行した二本組のレールがハウラー駅に入っていく。このたくさんの線路のうちのどれかの上を、僕は子どものときにも通過したかもしれないが、それももうわからない。あのときは、この都会の西側に出る線路に乗ることさえ、できていなかったかもしれない。ハウラー駅からは、数え切れない線路が、あらゆる方向に伸びているからだ。いろいろな列車に乗ってみて家に帰る線路を見つけることなど、そもそも不可能なことだという証拠を見せつけられている気がした。

列車はスピードを上げたようだった。踏切を通ると、トラックや自動車、オートリキシャが待っていて、みんながクラクションを鳴らしていた。ほどなく列車は、人口一五〇〇万から二〇〇〇万といわれる世界でも最大の都市の一つにすっかり入り込んでいた。昼の一二時二〇分で、ブルハンプールを出発してから正確に三〇時間後だった。巨大な赤煉瓦のハウラー駅に列車は滑り込んだ。プラットフォームの前をじりじりと動いて、ついに停止すると、駅にははっきりと見覚えがあって胸がうずいた。戻って来たのだ。

列車を降りると、僕は人でごった返す駅の中央ホールに立ち止まり、あのときと同じように、しばらくそこに立ち尽くした。今、僕が立っていると、人の波は左右に別れ、僕を避けて進んでいく。この人ごみに大人が立っていれば、そうなるのが当然だ。だが、あの日、僕がここに立って助けを求めていたとき、彼らは僕を見もしなかったと思う。これだけたくさんの人がいるのに、ほんのちょっとの時間を割いて迷子の子どもを助けようとする人は一人もいなかった。だが、それ以外の行動はありえなかったのだろう。これほど多くの人の群れの中では、一人ひとりは無名で、目に見えない。さまざまな行為がおこなわれているこの場所で、一人の途方に暮れた子どもが人の興味を引く理由などあるはずがない。たとえ、誰かが立ち止まってくれたとしても、ヒンディー語を話す子どもが、聞いたこともない場所の名前をボソボソ言うのにいつまでかまっていられるだろうか。
忘れられるはずもなかったこの駅。

ハウラー駅の雑踏を前に。

それは今も昔のままだった。僕はこの駅の中で物乞いをし、この駅の中で、あるいはその周辺で眠り、あの何週間か、いろいろな列車に乗ってここから脱出しようと無益な試みを繰り返した。僕の人生で最もつらかったあのとき、この駅は僕の家だった。だが、今ここは、ものすごく大きく、見たこともないほど多くの人がいるこの駅は、それでもやはり、ただの駅に過ぎない。そうだ、ここにいる必要などないのに、これ以上ここでぼんやりしていても、なんの役にも立たない。

駅の中でホームレスらしい子どもは一人も見なかった。そういう子どもは今は駅から移動させられるのかもしれない。だが、陽射しの眩《まぶ》しい外に出ると、駅のまわりには二つのグループに分かれた子どもたちがいた。家のない子だということは、見ただけでわかる。路上の暮らしですっかり汚れており、怠惰な様子でありながら、どこか敏捷《びんしょう》な感じもする。誰かがそばを通ったら、物乞いをしようか、それとも何か盗めるだろうか、と機会をうかがっているからだ。僕もそういう犯罪少年のグループの一人になっていただろうか？　それとも、臆病で無邪気過ぎて、なれなかっただろうか？　僕があれ以上長く、一人ぼっちのままで路上で生き延びることができたとは思えない。僕はこういう子どもたちの仲間になっていたか、そうでなければ死んでいただろう。

タクシーを見つけた。すぐに旅行会社が予約してくれたホテルに向かった。着いてみたら、かなり高級なホテルで、インド料理と西洋料理、両方のレストランがあり、バーやジム、それにプールの水が向こうの景色に溶け込んで見えるインフィニティー・プールまであった。僕は泳ぎに行った。プールでは、デッキの上のリクライニング・チェアでくつろぐこともできるし、インフィニティー・プールの縁まで泳いで行って、大都会コルカタを見下ろすこともできた。高層のホテルの下、コルカタはスモッグと交通の混沌《カオス》と貧困にまみれて、見渡す限り広がっていた。

コルカタにやって来た目的の一つは、僕の人生で絶対的に重要な役割を果たした人物に会うことだった。ミセス・スードは存命であるばかりでなく、今でもＩＳＳＡのために働いていることがわかったので、彼女のオフィスを訪問する約束をしてあった。僕はベンガル語の通訳と待ち合わせして、タクシーに乗り、気が狂ったような交通量と埃とたれ流し放題の下水の臭いの中を進んでいった。

ＩＳＳＡのオフィスは、コルカタのパーク・ストリートの一角の古ぼけたビクトリア朝様式のビルの中にあった。このあたりはレストランやバーの多い地域で、胡瓜《きゅうり》のサンドイッチやケーキで有名なティールームのフルリスもすぐそばにある。そういう贅沢《ぜいたく》で洗練された地域にあるのだが、ＩＳＳＡは子どもたちを救済するための基地だ。

僕たちはまず大きなオフィスの中を通ったが、そこでは係の人たちが大きな書類の山を前に仕事をしていた。奥の窮屈なオフィスの中に、公文書と思われるファイルに囲まれて、コンピュータの画面をにらんでいる女性がいる。ミセス・スードだ。古いエアコンが彼女の頭上の壁に設置されているが、今にも落っこちてきそうで危なく見える。そのオフィスは二五年前とまったく同じに見えた。

僕が入っていって自分の名前をいうと、ミセス・スードは目を大きく見開いた。僕と彼女は握手し、ハグしあった。彼女はすでに八〇歳を過ぎているが、それでも子どもの頃の僕をよく覚えていると言った。その後も数え切れない子どもたちの世話をしてきたにもかかわらずだ。ミセス・スードは満面の笑顔で、「お茶目な笑顔をちゃんと覚えてるわ。顔が全然変ってないわ」と完璧な英語で言った。彼女に最後に会ったのはホバートで、養子になってから数年後、彼女がほかの子どもを送りにオーストラリアに来たときだ。

ミセス・スードは、二人のお母さんはどちらも元気にしているかと尋ね、それから、いっしょに働いているソーシャルワーカーのソメタ・メドラに、僕の養子縁組の書類を探してくるように頼んだ。そのファイルがどこにありそうか、二人が話している間、僕は壁の掲示板を見ていた。笑顔の子どもの写真がたくさん飾ってあった。

ミセス・スードは助けが必要な子どもたちのために三七年間、この同じオフィスで働いてきた。その間、約二〇〇〇人のインドの子どもたちの養子縁組を世話してきた。国内の場合もあるし、外国の場合もある。ミセス・スードには娘がいてビジネスウーマンとして成功しているが、その娘さんは「母のことは養子縁組の仕事に寄付したの」と言っているそうだ。

ミセス・スードはデリー生まれで、法律の学位を取得し、養子縁組に関心をもつようになった。彼女が最初の養子縁組を世話したのは一九六三年で、その三年後にはスウェーデンからの留学生マデレーン・カーツがインド人の少女を養子にする手助けをした。カーツはジャーナリストになって、自分の経験を書き記し、ミセス・スードについても触れたので、養子縁組を希望する外国の人たちが彼女の助けを求めるようになった。それが始まりだった。

ミセス・スードはカルカッタに移り、マザー・テレサの設立した修道会「神の愛の宣教者会《ミッショナリーズ・オブ・チャリティー》」で訓練を受けた。彼女はマザー・テレサ本人から祝福を受けている。ほかにも、全インド女性会議の議長や、有名な自由の闘士アショカ・グプタなど、影響力のある人々の協力を得て、一九七五年にＩＳＳＡを設立した。その七年後には、僕も滞在した孤児院ナヴァ・ジーヴァン（新しい生活）を設立している。

僕の恩人ミセス・スード（左）と再会した。

ナヴァ・ジーヴァン。現在は働く貧しい母親が無料で子どもを預けるデイケア・センターになっている。

訪れたとき、10人ほどの子どもたちが昼寝をしていた。

ミセス・スードの話では、僕の養子縁組手続きはとてもスムーズに進んだが、最近の外国の養父母との養子縁組はおそろしく時間がかかっているという。国際的な養子縁組の手続きは今ではＩＳＳＡのような独立した機関ではなく、中央政府が管轄することになっている。それは効率化のための措置だったはずなのに、手続きはますます複雑で時間のかかるものになってしまった。すべての書類仕事、準備、手続きを完了するのに、一年かかるのが普通で、ひどい場合には五年ということもある。ミセス・スードの不満はよくわかった。オーストラリアの母も彼女と同じ考えだ。母も国際養子縁組の手続きの簡素化を求めて熱心に運動している。マントシュを養子にするときにさんざん待たされ、手続きの遅れが劣悪な環境にいた彼にどんな影響をもたらしたか、よく知っているからだ。

一九八七年、養子縁組の許可を得た両親は、養子になる子どもたちに付き添ってオーストラリアを訪れていたＩＳＳＡのスタッフに会い、僕に関する書類を見せられた。二人はすぐに僕を養子にすることに同意した。二週間後、ナヴァ・ジーヴァン孤児院から養子として来たアブドゥルとムサに同行したミセス・スード自身が、二人に会いにいった。そして、新しい両親が僕のために作っておいたアルバムを持ってインドに戻った。

インド人の子どもを養子にした家庭が、その子と血のつながりのない別の子どもを二人目の養子にするのは珍しいことではないのか、と僕はミセス・スードに質問してみた。珍しいことではないというのが答えだった。一人目の子どもが寂しがっていたり、文化的に孤立していたりするのがかわいそうだという理由もあるし、養子を育てる体験は素晴らしいと感激した養父母がもう一度その体験をしたがることもあるという。

　お茶が運ばれてきて、いっしょにお茶を飲んでいるうちに、ミセス・メドラが僕のファイルを持ってきたので、僕は自分の養子縁組に関する実際の書類を見せてもらうことができた。書類は少し色あせていて、破けやすくなっていたので、触った途端にバラバラになってしまいそうだった。ファイルにはオーストラリアで撮った僕の写真が添えられていた。向こうに行ってから、両親が撮影して送ったものだ。僕は手にゴルフのクラブを持ち、旧式のゴルフ・カートの前に立ってにこにこしていた。それから、僕のパスポートのコピーもあった。パスポートの写真の中で、六歳の僕がじっとカメラの方を見つめている。書類でもパスポートでもすべて、僕の名前は「Ｓａｒｕ」となっている。僕が警察署に行ってから、ずっとそう記録されてきたようだ。後にな

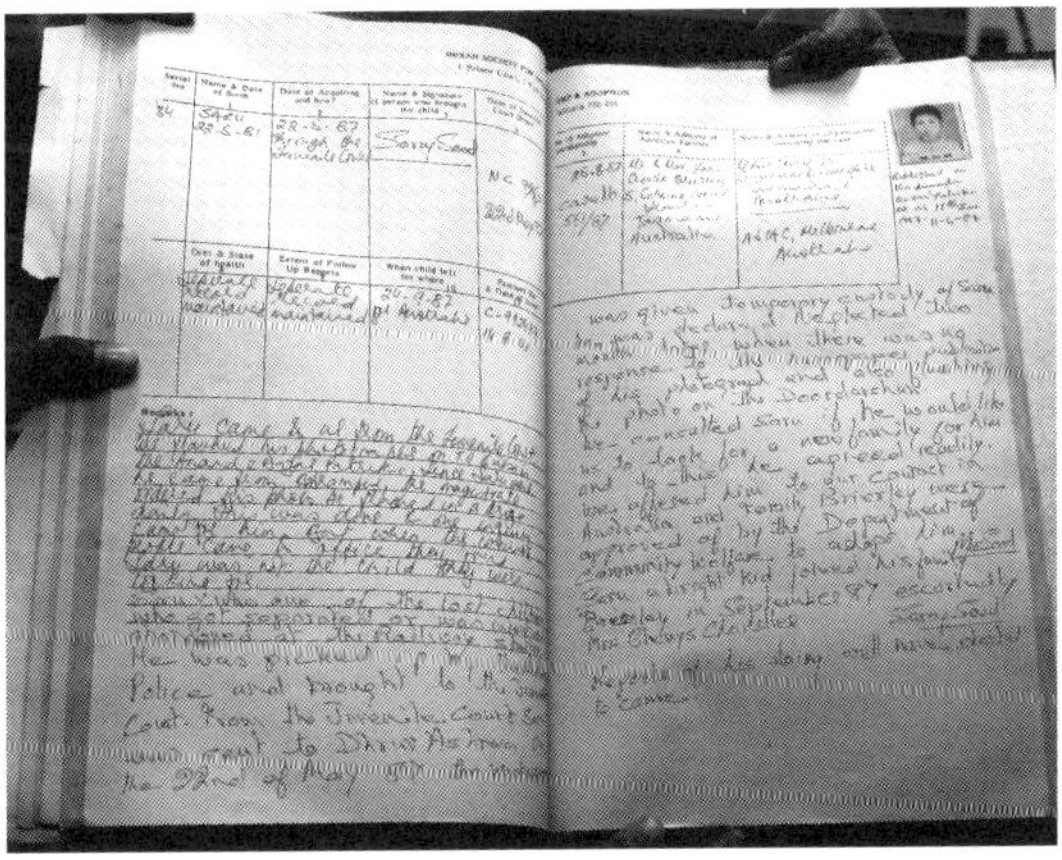

ISSAに残されていた僕のファイル。

って、オーストラリアの両親が「Ｓａｒｏｏ」の方が英語らしい綴《つづ》りだし、発音通りだからと考えて、そう変更したのだ。

このファイルによると、僕は一九八七年四月二一日、ウルタダンガ警察署の警察官が身柄を引き受け、カルカッタの当局の保護下に入っている。僕は少年ホームのリルアに送られ、「保護の必要な子ども」としてそこに収容された。リルアの子どもたちにはほかに二つのカテゴリーがあった。両親が警察や裁判所の世話になっている子どもたち、それに自らが罪を犯した子どもたちだ。そういう三種類の子どもたちがいっしょくたにされて寝泊まりしていたのだ。

自分に起きたことがこれで少しはっきりしてきた。僕はリルアに一カ月いてから、五月二二日に少年裁判所の決定を受けて、ＩＳＳＡの保護下に移された。ミセス・スードは定期的にリルアを訪れて、新しく収容された子どもたちのことを調べ、保護が必要だと判断したら、一時的にＩＳＳＡに移すよう、裁判所に申請していた。ＩＳＳＡは子どもの家族を探し、家族のもとに帰すか、あるいは、孤児なので新しい家族の養子になる「自由がある」という判断を下すわけだが、それには二カ月の猶予が与えられていた。どちらもできなかった場合、子どもはリルアに戻されて、そこに留《とど》まることになる。ただし、その後もＩＳＳＡはその子についての調査を続けることはできる。マントシュの場合もそうだった。ＩＳＳＡが彼の複雑な家庭の事情の問題を解決し、養子縁組を可能にするまでに二年もかかってしまったのだ。

僕の場合には、まずISSAの職員が僕の写真を撮り（人生で初めて撮った写真だ）、六月一一日付のベンガル語の新聞に迷子の広告を出した。六月一九日にはオリッサ州（今はオーディシャー州とも呼ばれている）で購読者の多いオリヤー・デイリー紙にも広告を出した。僕がこの州の沿岸の都市ブラマプールで列車に乗ったのかもしれないと考えたからだ。もちろん、反応はなかった。僕が住んでいた場所からはるかに離れていたからだ。こうして、僕は正式に「養育してもらえない子ども」と宣言され、六月二六日、僕自身も同意して、正式に養子になる「自由のある」子どもになった。

ブライアリー夫妻との養子縁組については八月二四日に裁判所の審理を受け、承認を受けている。だから、僕はナヴァ・ジーヴァンに二カ月いたことになる。九月一四日にパスポートを受け取り、九月二四日にインドを出発して、翌日の九月二五日にメルボルンに到着している。あの手押し車を押していた一〇代の少年が僕を警察に連れていってから、メルボルンの空港で飛行機を降りるまでのすべてのプロセスに五カ月余りしかかかっていない。ミセス・スードの話では、今だったら、何年もかかってしまうだろうということだった。

ところで、自分がリルアから出してもらえる子どもに選ばれたのは健康だったからだ、と僕はずっと思っていたが、それは勘違いだとミセス・メドラに指摘された。本当の理由は僕が迷子だったからだ。ISSAは最初、僕を家族のもとに戻す考えだった。リルアに収容されている子どもたちは、どんなカテゴリーであれ、家族のもとに帰せる可能性があると思われる場合には、リルアから出されることになっていた。僕の養子縁組がおこなわれたすぐ後にも、ＩＳＳＡはリルアにいた二人の迷子を家族のもとに戻すことに成功している。新聞広告で家族を見つけたのだ。だが、僕の場合には情報が少な過ぎて、徹底的に探すことは不可能だった。

実は、ＩＳＳＡの人たちは、僕がリルアに入る前にコルカタの路上で数週間暮らしていたことも知らなかった。僕はすっかり混乱し、それまでの経験で怯えきっていたから、質問されたことに答えるだけだった。仮に、今まで路上で暮らしていたのかという直接的な質問をされたとしても、ちゃんと話ができたかどうかあやしいものだ。貧困で教育も受けていなかったから、きちんと話を伝えられる語彙《ごい》ももっていなかったからだ。僕が路上で暮らしていたことをＩＳＳＡの人たちが知ったのは、それから何年もたってから、僕から話を聞いた母が知らせたからだ。それを聞いて本当に驚いたとミセス・スードは言った。小さな町からやって来た五歳の子どもがコルカタの路上で数日生き延びるのだって不可能だとたいていの人は思う。ましてや、数週間などありえないと彼女は思ったそうだ。僕は本当に信じられないくらい幸運だったのだ。

ミセス・スードと僕はお互いに気持ちのこもった別れの挨拶をした。僕は最後にもう一度、これまで彼女が僕のためにやってくれたことのすべてに感謝した。それから、運転手が僕と通訳とミセス・メドラを乗せて、ますます混雑してきた道路を出発した。建設中の地下鉄のそばを通り過ぎ、コルカタの北の郊外のアパートメントが並ぶ静かな住宅地に入った。これから、ナヴァ・ジーヴァンを訪問するのだ。実は、孤児院はすでに移転していて、僕が覚えている建物は、今では働く貧しい母親が無料で小さい子どもを預けることのできるデイケア・センターとして使われている。

最初、僕は間違った場所に来てしまったと思った。ミセス・メドラは間違いないと言うのだが、僕は自分の記憶に自信があったし、長年の間に孤児院が引っ越したりしたので彼女の方が勘違いしているに違いないと思った。僕は孤児院の建物に二階はなかったと思い込んでいたのだが、それは自分が二階に上がったことがなかったからだった。あの頃、幼児は一階で、赤ん坊は二階で暮らしていたのだ。

階下に降りてみると、僕が覚えていた通りのナヴァ・ジーヴァンだった。一〇人以上の小さい子どもが床のマットの上に横になって、午後の昼寝の最中だった。でも、この子たちの場合は、あの頃の僕たちとは違って、一日の終わりに母親が迎えに来て家に連れて帰るわけだ。

訪問する場所はまだ二つ残っていた。僕たちはまず、かつて僕を孤児と宣言した少年裁判所に行った。裁判所は、コルカタの中心部から車で三〇分ほどの郊外の町にあったが、その町は奇妙なことにソルトレーク・シティーという名前だった。裁判所はこれといった特徴のない、くすんだ感じの建物だった。僕はそこに二回行ったはずだが、いずれも長くは滞在しなかったはずだ。

もう一つの場所はどこかというと、リルア・ホームだ。僕はそこにいたとき、あまり楽しい経験をしたわけではないから、訪問するのは複雑な気持ちだった。リルアを最後にまわしたのは、それが理由かもしれない。僕はリルアに行くのを楽しみにしていたわけではないが、そこに行くことなしには、僕のコルカタ再訪は完了しないと思ったのだ。

またしても、ＩＳＳＡが親切に車と運転手を提供してくれた。僕たちはコルカタのランドマークであるハウラー橋を渡って、ハウラー駅のそばを通り過ぎ、狭い通りに入って、リルアのいかめしい建物に到着した。ほとんど城塞のように見えた。車が建物のそばに停まると、忘れられないあの赤く錆びた巨大な門が見えた。まるで刑務所のように、門のわきに小さな通用口がある。子どもの頃の記憶でもその門は巨大だったが、今見てもやはり立派な門だ。高い煉瓦の塀の上には、尖った金属とギザギザのガラスがはめ込まれている。

入口に青い文字で記されているとおり、この施設は今では女性・少女用のホームになっている。男の子はどこか別の施設に送られるのだ。外見は昔どおりで、今も外では守衛が任務についているが、それでも、昔よりほんの少し、残酷な場所には見えないような感じがした。今の僕はただの訪問者として見ているからだろうか。

中に入れてもらえるように、ミセス・メドラが手配してくれていたので、僕たちは小さなドアからまっすぐ入っていった。塀の中には池があったが、僕はそこに池があったこともほとんど覚えていなかった。建物はどれも、昔より小さく見え、昔ほど恐ろしげには見えなかった。だが、ここの雰囲気の中には今でもなぜか、こんな場所からは一刻も早く逃げ出したいという気分にさせる何かがあった。

僕たちは施設を一まわりした。簡易ベッドの並んだホールがいくつもあった。かつて僕がここから出してもらえる日の夢を見ながら眠ったのと同じ場所だ。この場所を去ったあの日、いつか自分の意思でここに戻ってくるとは考えてもみなかった。だが、今僕はこの場所にいて、自分の昔の恐怖を観光客のように眺めている。

それでも、ほかのどの場所にもまして、リルアを訪れたことで、過去の痛みをついに埋葬することができたような気がした。結局のところ、お役所が迷子や見捨てられた子どもたちの問題に対応するのに、ほかにどんな方法があったというのだろう。安全なはずの場所に収容して、行き先を見つけるまで食事と寝る場所を与えていたのだ。もちろん、こういうホームは子どもたちの生活を惨めなものにするために、あるいは子どもたちを餌食《えしき》にするために作られたのではない。だが、年上の子ども、暴力的な子どもも含めて、あれほど多くの子どもたちをいっしょにしておいたら、いじめが起きるのは避けられないし、虐待だってありうる。いや、あるのが普通だと言っていいだろう。

そして、もし、施設をちゃんと外部から守る予算がなかったら、善意をもっておこなっている事業も堕落したものになってしまう。城塞のように堅固に見えるあの施設に外部の人間が侵入していたことを考えると、誰かが見て見ぬふりをしていたに違いないと思う。組織の腐敗を防ぐために、もっと厳しい管理が必要なことは明らかだ。自分があの施設に滞在中、比較的傷を負わずに生き延びたことは、非常に幸運なことだったのだと思わずにはいられなかった。

もう一つ、行かなければならない場所があった。何かの建物のことではない。ある地域と言った方がいいだろう。コルカタでの最後の日に、僕はハウラー駅周辺に行ってみた。今もまだフーグリー川の土手の上にしがみついている、安っぽいカフェや商店のあたりにも行った。そこは今でも、あまり裕福ではない人々、ほんのわずかの給料で働いている人々、それにホームレスの人々が住む地域だった。この地域には衛生設備もなく、掘立小屋や露店に住んでいる人が多い。露店のまわりを歩いてみて、あの頃、自分はどうしておいしそうな果物や揚げ物の匂いをかぎつけることができたのだろうと思った。糞尿《ふんにょう》の悪臭にディーゼルやガソリンの排気、料理をする火から上がる煙などが混ざりあう中、おいしい食べ物の匂いをかぎ分けるのは不可能なことのように思われた。

川岸を見たくて歩いていったが、店の並ぶ一帯と川岸の間は、住宅地として分割されていた。通り抜ける道はないかと探していると、路地の先に汚らしい犬が何匹も現れ、僕の足を

© Hung Chung Chih / Shutterstock/com

ハウラー橋とフーグリー川。この岸辺で数週間のサバイバル生活を送ったのだ。

取り囲んで鼻をクンクンいわせ始めた。狂犬病の予防注射がちゃんと効くかどうか、実験してみる気にはなれないので退散した。露店の並ぶあたりからは離れて、壮大な鋼鉄の塊であるハウラー橋へ向かう小道を進んだ。じきに人の流れが増えてきて、ハウラー市をコルカタ中心部に結ぶ大きな橋の歩道の出発点に到着した。僕がこの橋を初めて渡ったのは、鉄道労働者の小屋で起きた怖い体験から逃れるためだった。今の僕はこの橋がコルカタの重要な、おそらくは一番有名なランドマークだということを知っている。この橋の建設は、インドが一九四七年に独立を勝ち取る前のイギリスの最後の重要なプロジェクトの一つだった。

塊になって橋を渡る人間の多さ、あらゆる種類の車の流れは信じられないほどだった。人々は僕の後ろで押し合い、僕の前から突進してくる。駅を出たり入ったりする荷物の運搬人たちは、驚くほど大き

ハウラー橋から眺めた赤い煉瓦が特徴的なハウラー駅。路上生活を始めた当初、僕はこの駅からあまり離れないようにしていた。

な荷物を頭にのせて完璧にバランスを取って歩き、まるで巣を出入りする蟻《あり》のようだ。騒々しい橋の上の騒音に混じって歌うような声を響かせているのは、歩道の手すりに沿って並んだ乞食《こじき》たちで、それぞれ、切断された手足で金属の鉢を差し出している。橋の上にはあまりにも多くの人間がいて、多くの活動がおこなわれているので、橋自体がまるで一つの町内のように見える。あまりの人混みの中で、自分がまったくちっぽけな存在のような気がしてくる。この橋を渡ったときの子どもの僕は、どれほど自分を小さく心細く感じていただろうか。

車の騒音はすさまじく、あちこちで青っぽい煙が立ちのぼり、ときおり、景色もかすんで見えなくなる。どこかで読んだが、シドニーやメルボルンでさえも、空気汚染が人の寿命を縮めているそうだ。コルカタに住んでいたら、これほどひどく汚染された空気を毎日吸っているのだから、寿命はどれほど縮まってしまうのだろうか。

橋を三分の一ほど渡った所で、立ち止まって川岸を振り返った。駅や店の列の下の、僕があのとき必死で生き延びていたあたりだ。歩いた覚えのある場所に今はフェリーの桟橋ができている。橋の下の川岸はコンクリートで固められている。今も苦行者《サドゥ》たちはあの辺で寝ているのだろうか。そう思って探したが、見えなかった。インドに戻ってから、あまり多くのサドゥを見なかった。彼らのようなライフスタイルは廃れつつあるということなのか、それとも単なる偶然か、どちらかはわからない。彼らのそばで、あるいは彼らの神殿のそばで眠ったとき、僕はあの人たちが自分の守り神であるかのように感じていた。

今度はあの強い潮の流れがあるフーグリー川に降りていく石の階段を見下ろした。僕が二度も溺れかけたところだ。そして、二度とも僕を水の中から引っ張り出してくれたあの人のことを思った。彼はおそらくもう生きてはいないだろう。その後、僕を警察に連れていってくれたあの一〇代の少年と同様に、あの人も僕に生きるチャンスをくれた。あの人は自分の行為から何の得もしていない。業《カルマ》を信じる人だったなら、別の考えがあるかもしれないが。それなのに、僕はあの人にお礼も言わなかった。二度目に助けてくれたときは人が集まってきたので、驚き、恥ずかしくなってしまったのだ。僕は橋の手すりのそばに立って、自分の過去を見下ろしながら、その人に感謝した。それから、コルカタでの最後の日がピンクと灰色の混ざったような煙霧の中に暮れていくのを見たとき、もう一度、彼に感謝した。

さあ、家に帰ろう。

エピローグ

二人の母が初めて顔をあわせた瞬間は、僕の人生にとって記念すべき瞬間だった。オーストラリアのテレビ番組「六〇《シックスティ》ミニッツ」が、僕の体験を特集する番組の目玉のシーンとして、二人を互いにひきあわせる瞬間を撮影するというアイデアを提案してきてから、僕は少しずつ不安になってきた。今回も胸を締め付けられるような思いで旅をすることになりそうだ。母さんは、僕を生んだ女性に会ったら、僕とのつながりが薄れるような気がしないだろうか。インドの母さんが僕を取り返したがるのではないかと心配にならないだろうか。一方、カムラ母さんはこっちの母さんと気持ちを通じあわせるのは不可能だと思ったりしないだろうか。カメラの前で、しかも初めて会う人の前に突き出されるなんて恥ずかしいと思ったりしないだろうか。母さんも不安になっているのが、僕にはわかっていた。そもそもインドに行くのも初めてなのだから。

もちろん、僕はずっと二つの家族をひきあわせたいと思っていたし、みんなもいつかきっと会いたいと言っていた。だから、父さんがいっしょに行けないことになったのは残念だった。今回はまず、二人の母だけが初めて顔をあわせることになった。

「六〇ミニッツ」の撮影スタッフをひきつれてガネッシュ・タライに到着し、その瞬間がついに訪れたとき、まるで時間が止まったようだった。二人の母が、僕に一つの人生だけでなく、二つの人生を贈ってくれた母たちが、涙を流しながら抱き合うのを見て、すべての心配は洗い流された。小さい子どもだった僕が、この日にたどり着くまでに、いったいどれほどの出来事があったことか。僕は信じられない思いだった。

僕たちは通訳を通して話をしたが、みんなの喜びと愛は通訳なしでも伝わった。

母さんは、カムラ母さんが多くの困難に打ち勝ってきたことを称賛していた。インドの母の力になることは、僕にとって大きな喜びだ。家賃を払ってあげるとか、食料を買ってあげるとか、何でもいいから、生活がもっと楽になるようにしてあげたい。母はいらないと言っていたが、僕も二重国籍を得てインドで不動産を買えるようになったので、母の友人たちが住むガネッシュ・タライの町内にもっといい家を買いたいと思っている。貧しい町でのビジネスには忍耐が必要で、まだ書類手続きを待っているところだが、カルゥとシェキラと僕は母のためにもう家を見つけてある。母がずっと僕を待っていてくれた所から、角を曲がってすぐの場所だ。僕たちは母の引っ越しの手伝いをするのを楽しみにしている。母にとっては、初めての自分の持ち家になる。

僕は自分の人生に信じられないくらい重要な役割を果たしてくれたもう一人の女性の手伝いもしている。ミセス・スードだ。彼女がいなかったら、僕が今ここにいてこの本を書いていることはなかっただろう。僕は捨て子や迷子のための孤児院ナヴァ・ジーヴァンの修繕を手伝った。ミセス・スードとＩＳＳＡのスタッフへの感謝の思いは言葉では表現できない。僕と同じような境遇になってしまった子どもたちを助けるという彼女の使命を手伝えるなら、僕はどんなことだってするつもりだ。

自分自身についての今後の希望はまだはっきりしない。故郷と家族を見つけるためにあらゆる努力をしたが、それは失った人生に戻るためではなかった。誤りを正さなければならないとか、自分の属していた場所に戻りたいとか、そういうことではなかったのだ。僕は人生の大部分をオーストラリアで育ってきたし、ここでの家族の絆を壊したり、疑問をもったりすることはありえない。僕はただ、自分がどこから来たか知りたかった。地図を見て、ここが僕の生まれた場所だよと指さしたかった。自分の過去のいくつかの謎を解き明かしたかった。そして何より、期待し過ぎないようにいつも自分を抑えてはいたが、インドの家族を見つけて、僕がどうしているか知ってほしかった。インドの家族との絆もけっして断ち切ることのできないものだ。僕は彼らとのつながりを確かめあうことができて、本当にうれしいと思っている。

僕はもう、自分が誰で、家はどこなのかと悩むことはない。僕には二つの家族がある。二つの自分がいるわけではない。僕はサルー・ブライアリーだ。

インドを再訪し、きょうだいと母の生活に触れたことは、僕の人生を豊かにしてくれただけでなく、文化的にも豊かな経験となった。特に、兄と妹が伝統的な考え方を守って、家族との関係を大切にしていることに感動した。言葉で説明するのは難しいが、先進国では、人間味のない郊外の住宅地で生活し、個人主義を重視しているうちに、何かを失ってしまっているような気がしてきた。僕は宗教を信じてはいないし、今後も信じるようになるとは思わないが、インドの家族の風習や信条はこれからもっと学びたいと思っているし、家族がそれを手助けしてくれればいいなと思っている。

姪や甥たちに会えたのもうれしかった。今後は僕も彼らの人生の一部になりたいし、彼らにチャンスを提供できることがあったら、きっとそうしたいと思っている。

もし僕が迷子になっていなかったら……。あの夜、グドゥといっしょに出かけていなかったら、あるいはすぐに家に帰ることができていたら、もちろん、僕の人生はすっかり違っていただろう。大きな苦しみは避けられていた。僕の家族は息子の悲劇的な死にくわえて、もう一人の息子の失踪《しっそう》という苦しみを経験しなくてもすんだはずだし、僕自身も別れの悲しみや、あの列車の中やコルカタの町で味わった冷たい恐怖は知らないですんだはずだ。だが、僕という人間がこれまでの自分の経験によって形づくられたことは間違いない。それに、家族の大切さについて揺るぎない信念をもつようになったのも（それがどんなふうに結成された家族かは関係ない）、人間の善意を信じられるようになったのも、チャンスが目の前にあったらしっかりつかむことの大切さを信じるようになったのも、これまでの経験があったからこそだ。僕はそのどれをも消し去りたくはない。インドの家族も、これらの出来事がなかったらありえなかった可能性を手にしたことも事実だ。これまでの出来事が、僕を要《かなめ》として二つの家族を結びあわせたことに強い運命を感じないわけにはいかない。

両親も僕とマントシュのいない別の人生を生きたかったとは思っていないはずだと思う。僕は二人が与えてくれた愛情に、そして人生に、言葉にできないほど感謝している。そして、自分たちより恵まれていない人たちのために尽くそうという二人の決意には頭が下がるばかりだ。僕がインドの家族を見つけたからといって、オーストラリアの家族の絆があやうくなることはありえない、むしろ、もっと強くなると僕は確信している。

家族を見つけたことをマントシュに話したとき、彼はもちろん、僕のためにすごく喜んでくれた。悲しいことに彼のもともとの家族が崩壊してしまったことは、僕たちもＩＳＳＡを通じていくらか聞いていたが、僕がインドの家族と再会したことで、マントシュの気持ちも明るくなったようだ。マントシュは子どもの頃、大変な苦労をして、悲しい思い出を抱えているが、インドにいる生みの母を探したいという希望がよみがえってきたと言っている。それが本当に可能なことかどうかはわからないが、僕に訪れた心の平安を弟も感じることができたら、どんなにいいだろう。

それから、ナヴァ・ジーヴァン孤児院でいっしょだったアスラも、僕の幸運をいっしょに祝ってくれた。僕たちは驚きの連続だったオーストラリアへの旅の間もいっしょだった。僕の家族と彼女の家族もなかよくなって、子どもの頃はしょっちゅう電話で話していたし、州をまたいでお互いの家を訪問しあっていた。大きくなってからは、よくあることだと思うが、しばらく連絡をとっていなかった時期もある。でも、そのうちにまた連絡しては、仕事の話や、恋愛の話や、生活のいろいろな話を伝えあったものだ。僕の経験の中には、アスラ以外の人にはわかってもらえないこともある。そういう友だちがいて、本当に幸せだと思う。

自分がどうやってカンドワの町を見つけたかを振り返ってみると、特にグーグル・アースでの調査がどんなに疲れるものだったかを思い起こしてみると、本当はもっと別のやり方があったはずだ、その方が探していたものがもっと早く見つかっていたはずだ、とは思う。地図に出ている「ブルハンプール」に似た名前の町を一つひとつ徹底的に調べ、コルカタからだんだん遠くに向けて国じゅうを探すこともできたはずだ。インターネットでもっときちんと調べていれば、これらの町のうちのいくつかは該当しないとすぐにわかったかもしれないし、少なくとも、調査対象を限定していくことができたかもしれない。僕はしやくし定規にハウラー駅からだいたい計算した距離まで、あらゆる路線を全部たどっていた。そうしなければならないという不可抗力のような力に引きずられていた。だが、本当は、「ブルハンプール」に似た名前の町の中で最後に残ったいくつかの候補の駅の近くに限定して線路をたどることもできたはずだ。そうしていれば、カンドワはもっと早く見つかっていたかもしれない。だが、やっぱり見つかっていなかったかもしれない。

結局、僕はそういうやり方はしなかった。あのとき、これが最良の方法だと思った方法でやったまでだ。これまで起きたいろいろな出来事について、僕はまったく悔いはない。兄の悲劇的な死を除いては。僕の人生に何度か奇跡のような展開があったのには本当に驚いている。母が不思議なビジョンを見て、外国の子どもを養子にしようと決意したことや、インドの母が祈りの最中に僕の姿を見て、次の日に僕たちが再会したことなどだ。単なる偶然なのだろうが、ハウラーという名前の場所にある小学校に入ったことも含めて、ときどき、理解を超えた何かの力が働いているのではないかと感じてしまうときもある。だからといって、何かの宗教を信じようとは思っていないが、家族を失った迷子だった僕が、大人になった今は二つの家族をもっていることを考えると、すべては起こるべくして起こったことなのだと強く感じる。それを思うとき、僕はとても謙虚な気持ちになる。

インドを横断していた僕の鉄道の旅

ブルハンプールからコルカタまで（乗り換え1回だけ、あるいは乗り換えなしの場合）の最も可能性の高い2つのルート。子どものとき、どちらに乗ったのかは結局わかっていない。僕がこれほど遠くから運ばれて来ていたとは誰も考えてもみなかったので、僕の家と家族を探す努力は徒労に終わってしまった。2012年、僕はコルカタ・メール号に乗って、子どものときよりもはるかに快適にインドを横断した。

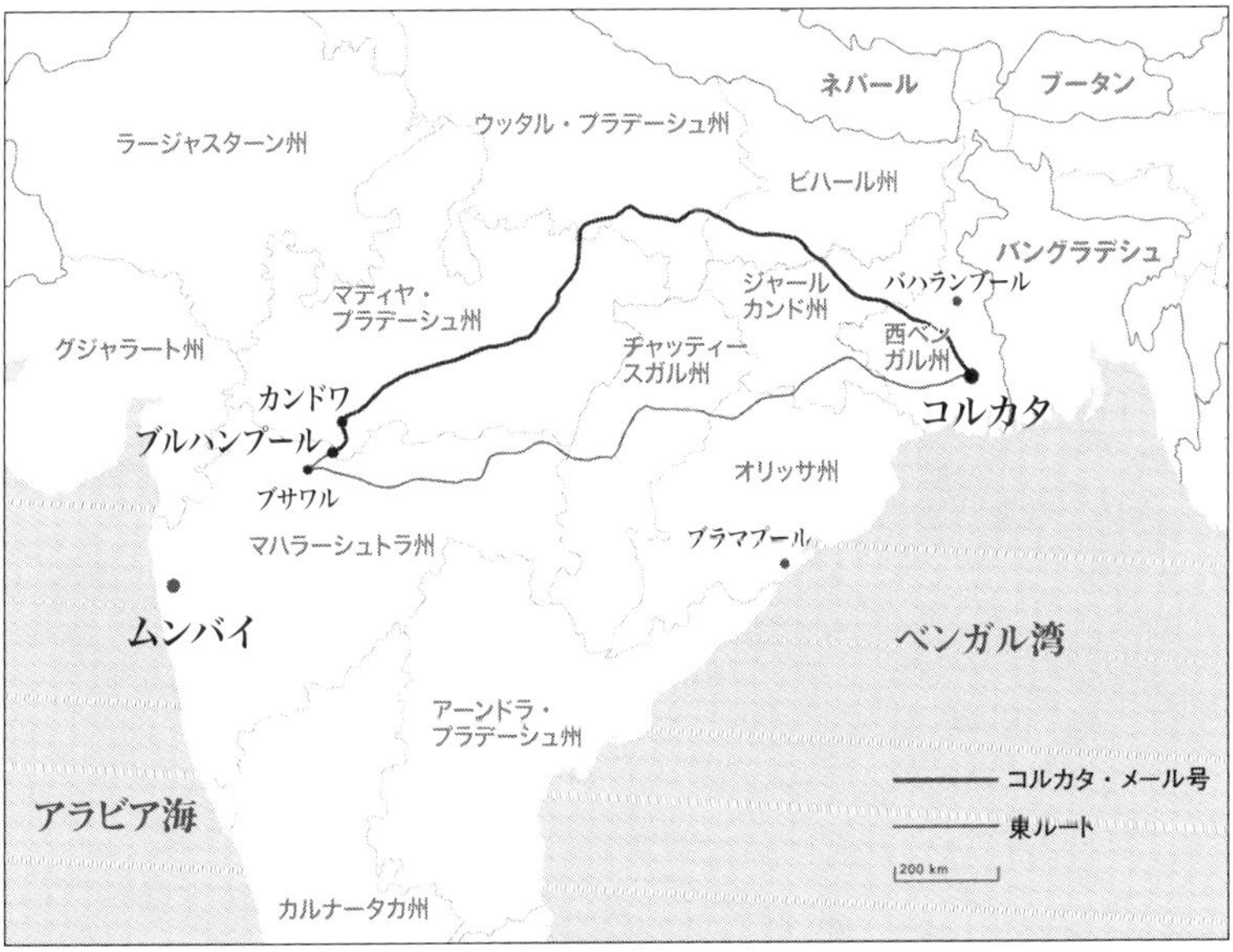

謝辞

僕はこの本を書いて自分の人生を語る中で、インドとオーストラリアの両方の家族の人生も語っているわけだが、みんなそれをこころよく許してくれたばかりでなく、この本を書くことに賛成し、応援してくれた。本当にありがとう。それから、リーサの愛と忍耐にも、ありがとう。

僕の人生にも、この本にも、大きな貢献をしてくれたサロジ・スード、それにソメタ・メドラにも感謝しています。シェリルとロチャック、いろいろ助けてくれてありがとう。僕のために多くの時間を割いてくれたスワルニマの友情にも感謝。

最後に、いろいろ助言してくれるサンスター・エンターテインメントのアンドリュー・フレイザー、ペンギンのラリー・バトゥローズ、ベン・ボール、マイクル・ノーランに感謝します。

25年目《ねんめ》の「ただいま」

2015年9月16日　第1刷発行

著者　サルー・ブライアリー
訳者　船山むつみ
発行人　松浦一浩
発行所　株式会社静山社
東京都千代田区九段北 1-15-15 〒102–0073
電話 03-5210-7221
http://www.sayzansha.com

印刷・製本　中央精版印刷株式会社

Published by Say-zan-sha Publications, Ltd.
ISBN978-4-86389-314-6
Printed in Japan